子午線を求めて

horie toshiyuki
堀江敏幸

講談社文芸文庫

JN259121

子午線を求めて　目次

I

子午線を求めて

ジャック・レダに

その日は月曜日で、週末が勝負の古物市に人出は多くなかったけれど、それにしてもずいぶんな数の人間が環状線の高架をくぐってパリの外にひろがる市場へ急いでいた。高級家具を扱うビロン街など、大半の店がシャッターを下ろしている大通りを尻目に繁盛しているのは、道路沿いにびっしり張りつくように設置されたスポーツシューズの屋台で、ちょっと無理をすれば高校生でも買えるくらいのナイキやアディダスの靴をならべたにわか靴屋がいまにも壊れそうな棚を連ねて、狭くるしい舗道に大勢の若者を集め、それと連動してか反対側にある革製品や米軍グッズの店も大変な賑わいようである。ところが、歩くのもひと苦労のそんな密集地のなかに、ぽかりとあいた小さな特別保護区のような空間があって、アラブ系の男が灯油缶を利用した簡易コンロのうえに網を乗せて細々と玉蜀黍《とうもろこし》を焼いているのだった。地下鉄の通路でキウイやバナナやピーナッツを売っている連中とおなじ胴元から派遣されているのだろうか、一日のノルマなどまったく意に介さない堂々たる仕事ぶりの玉蜀黍屋が計算し尽くされた間隔で出現し、さりげなく商品名を叫ぶものだから、運悪く小腹がすいていた私はついに我慢できず、《ナイキのトウモロコシ》はあるかと莫迦《ばか》な冗談を口にして相手をいっとき痴呆状態に陥れたあと、いちばんよく火の通ったのを一本選び、どことなく醬油の香りがしなくもないその熱い玉蜀黍をかじりながら糞ころがしよろしくジャン゠アンリ・ファーブル通りを経由してポルト・ド・モンマルトルに抜けたのだったが、サン・トゥアンからパリ市内に入っても、おおよその位置を確かめておいた図書館がどうしても見つからない。埒があかないので、大通りのわきにあった郊外バスの案内所で暇そうにしているいかつい国連軍の兵士みたいなおじさんに訊いてみようと目で合図を送った瞬間、さっきから無意識にかじりつづけていた穀物の粒が大量に歯に詰まって口がきけなくなっているのに気づいた。間抜けとはこのことだ。なにしろ私は、子どもの頃から玉蜀黍を食べるのが異様なまでに不得手なのである。茹でたもので、なおかつ粒が揃っていれば、あるときは上の歯を、あるときは下の歯を、ケーキサーバーみたいに操って列のあいだにさし込みながらはぎ取っていくとか、本体を縦にして前歯だけを小刻みに移動させながら任意の一列を崩していくとか、要するに盤上戦術の厳密さでごくまれに成功することがあっても、粒が焦げて形の崩れた焼き玉蜀黍が相手となるとこれはもう完全にお手上げで、前歯ぜんたいで一挙に粉砕するほかないものだから、歯といわず歯茎といわず、つぶれた実がフジツボさながら口腔に繁茂してしまうのである。けれども悔やんでいる余裕はなかった。私はもはやなんらかの言葉を発しなければ不自然な距離にまで、国連軍兵士に接近していたからである。

――ふみまへん、とほはんは、ほこに、はりまふか？

――なんだって？

――とひょ、ふぁん、ふぁ、おこに、はりまふか？

――ああ図書館かい、だったらあんたの、ほら、後ろだよ、反対側の通りだ。

なるほどわからなかったのも当然だ。パリの中心部でのように大きな建物の一部に収まっているのではなく、それは完全に独立した低層コンクリートの、外装もきわめて質素な吹付けだけで済ませた公民館ふうの建物だったからである。おまけに今日は休館日で人の出入りもなく、周囲の雰囲気から公共施設だと判断することもできなかった。しかし広い道路を渡ってよくよく見れば、街路樹のわきにそこが図書館であることを示す看板が立っているではないか。私は道路から一メートルほど低い位置にある出入口のステップを、いまや迷うことなく、そしていくらかの興奮を抑えきれずに降りていった。

目指す物体は、ガラス扉の前のコンクリートに嵌め込まれていた。すでに芯だけとなった穀物を握りしめたまま私はそこにしゃがみ込み、鈍い真鍮色に輝く直径一二センチほどの小さな円盤をつくづくと眺めた。《ARAGO》の文字を中央に配して、あとは南北を示す《N》と《S》だけが打ち出された、簡素な銅製の円い記念盤。十八区の図書館前にさりげなく置かれたこのメダルを起点とする不可視の南北線、つまり《パリ子午線》を、私はこれからたどろうとしていたのだった。

ラジオの気象通報を聴いて天気図を作成したり、BCLと呼ばれた海外短波放送受信に凝って世界標準時の放送時間表を編んだりしながら、少年時代の私は、北緯、東経といった言葉にずいぶん親しんでいたように思う。言うまでもなくここでの基準はグリニッジ子午線であって、それ以前にべつの本初子午線があったことなど当時は知る由もなく、恥ずかしいことに、《パリ子午線》の存在を教えられたのは、ずっとのち、エルジェことジョルジュ・ルミが生み出した国際冒険漫画タンタン・シリーズの一冊、『ラッカム・ル・ルージュの秘宝』（邦訳は『レッド・ラッカムの宝』。以下、登場人物名等、仏語読みに準ずる）を手にしたときのことだった。少年記者タンタンとその相棒アドック船長は、船長の先祖にあたるアドック卿が倒したという十七世紀の海賊ラッカム・ル・ルージュの宝を求めて、羊皮紙の地図を頼りに宝島へと出発する。ところが北緯、西経とも計算通りの海域に達しているのに、それらしい島影が見えてこないのだ。タンタンははたと膝を打ち、あの頃のフランス人がグリニッジ子午線など使うはずがない、彼らの拠り所はパリを通過する経線だったにちがいないと、航路を東へ二度だけ修正するのである。

タンタンが指摘するように、フランスの船乗りや地理学者や旅行者にとって基準となる子午線は、ながいあいだパリ天文台のうえを通過する南北線だったのであり、それまでイギリスとその属領にしか用いられていなかったグリニッジ子午線が、海洋を制覇した大英帝国の威光を反映して本初と定められたのは、ようやく一八八四年のことにすぎない。ロンドン郊外にあったこの天文台は、第二次世界大戦後、グリニッジの南方サセックスにあるハーストモンシューに移転し、こちらも最近、空気の澄んだパナマの施設にその役目を譲って保存されることになったようだが、北緯五一度二八分三八、標高四七メートルに設置された標柱が世界標準時を決定していることには変わりなく、それどころかグリニッジという固有名詞は、たんなる地理学や天文学の領域を超えて、精神活動に波及する一種の象徴としても機能しつづけている。たとえばジャン・エシュノーズは、あまりに象徴性が高まってほとんど架空の存在に近づきつつあるこの一本の線に分断され、わずか数センチで昼と夜が切り替わる南半球の孤島を舞台に名作『グリニッジ子午線』を書いているのだが、抽象の極致である子午線の冷淡さに、はからずも組織の一員に組み込まれて消費されていく殺し屋たちの悲哀を重ねつつ、ポラールと呼ばれる七〇年代フランス産ミステリーの重要な作家、ジャン＝パトリック・マンシェットの圧倒的な影響下にある乾いた文体で描かれたスリリングなこの処女作の要諦は、おそらく《グリニッジ子午線》という単語の、詩的で、同時に有無を言わさぬ裁断の響きだったのではないかと私は愚考している。

　ところで、北はダンケルクから南はペルピニャンを貫くフランスの本初子午線が引かれたのは、一七一八年のことだった。この計画を推し進めたのがパリ天文台の初代台長であったジャン＝ドミニック・カッシーニとその息子ジャック・カッシーニ、そしてフィリップ・ド・ラ・イールで、一七四〇年に一度修正されたのち、さらに半世紀後、国民公会の命を受けたジャン＝バティスト・ジョゼフ・ドゥランブルとピエール・メシャンが、一七九二年から一七九三年にかけて、正確なメートル基準を割り出すための再調査に乗り出した。ドゥランブルが北部を、メシャンが南部を担当し、それをもとにオワーズ県のブルトゥーユからオ・ド・セーヌ県のセーヴルまで照準器が設置されたのだが、メシャンの死後中断されていたこの試みを引き継いでジャン＝バティスト・ビオーと協力しながらバレアレス諸島まで線をのばしたのが、ほかならぬフランソワ・アラゴーだった。

　フランソワ・アラゴーは一七八六年、父親が市長を務める南仏ペルピニャンに近い小さな町、エスタジェルに生まれた。砲兵学校に入るためまず理工科学校に学んだアラゴーは、しかし一八〇六年、国立経度局の一員となり、子午線を完成させるためスペインに赴く。地中海の島々をはさんでの大がかりな移動が要求される子午線の測量は、それだけで命を落としかねない危険な行為であったし、政情不安定なスペインの山中には賊徒が跋扈《ばっこ》していた。じっさい彼は、ビオーを先にパリへ帰したあとマヨルカ島で反乱に巻き込まれ、スパイ容疑で捕らえられている。サッカー、いやフットボールのワールド・カップ・フランス大会の狂騒もいつしか沈静化した一九九八年のパリで、見えない南北線をたどるといういかにも益のない冒険を私が敢行する気になったのは、若き天文学者が味わっただろう緊張と昂揚を、弛緩した心身に呼び覚ましてみたかったからでもある。ともあれ三年後、一八〇九年に解放されて無事パリに戻り、二十三歳の若さで科学アカデミーに選出されたアラゴーは、一八四三年には国立経度局の局長となり、一八五三年、パリ天文台でその生涯を終えている(ドゥニ・ゲージュ『子午線』、一九八七年)。

光の波動説を実証し、回転板による光速度の測定を提唱、さらに渦電流現象を発見したこの優秀な科学者は、政治家としても一流だった。一八三一年、下院議員に当選、一八四八年の革命にも参加して臨時政府の陸海軍大臣となり、植民地奴隷制度の廃止を宣言する法令を出している。奇しくも一九九八年は、その奴隷制度廃止百五十周年にあたり、記念切手も発売されているから、政治家としてのアラゴーを偲ぶにはこれ以上ない機会なのである。もっとも科学と政治の両面で誰にも否定できない足跡を残したこの人物へのオマージュは、つとに一八九三年から一九四二年まで、天文台の南側、イル・ド・サン広場の銅像によって捧げられてはいた。られてはいた、と持ってまわった言い方をしなければならないのは、この時代の例に漏れず、彼の似姿もまた第二次世界大戦中、軍部の手で鋳つぶされてしまったからだ。主人を奪われた台座は現在も残されているのだが、かりにこの空席が新しい彫像かなにかで補われていたとしたら、アラゴーはせいぜい小中学校の教科書か大通りにその名をとどめただけで、おおかたの人びとの記憶からは失われてしまっただろう。

ところがこの天文学者を蘇らせるために、思いがけない企画を立案した人物がいたのである。オランダの芸術家、ヤン・ディベッツ。ディベッツの計画は、過去の文化、あるいは権力の蓄積を、大がかりな建造物やごてごてした銅像や簡略な地名の表示板などに返さず、誰の目にもつかないけれどつねにそこにある架空の線分上に再現するという、まことに意表をついたものだった。想像上の線の跡に実現される想像上のモニュメント。アラゴーの名と南北の記号が刻まれた直径一二センチの銅盤一三五枚を不可視の子午線に沿って埋め込んでいくこの作業は、一九九四年に完了している。敷設された円盤の列は、グリニッジに奪われた栄誉を取り戻すためばかりでなく、ただでさえ歴史のひしめく重々しい都市空間にたいする軽やかな挑戦でもあり、世紀末における記念建造物の姿にひとつの方向性を示す、穏やかだが画期的な試みであった。

ポルト・ド・モンマルトルからシテ・ユニヴェルシテールに至るパリの垂直軸にアラゴーを称える銅盤が埋められたことを知った詩人ジャック・レダがこれらの指標をたどる旅に誘い出されたのは、一九九六年十二月なかばのことだった。午後遅く、自宅のあるパリ二十区ピレネー通りの節目をなすガンベッタ広場からポルト・ド・モンマルトルへ行くために、たまたま目の前で待っていた六十番のバスに飛び乗ったところ、予想外にくねくねとした順路を走り、ようやく目的地に到着したときにはもう夕方になっていたと、そんな意気をくじく記述から『パリ子午線』と題されたささやかな物語ははじまる。途中下車の誘惑に打ち克った詩人は、すでに日の落ちかけた寒い冬のパリの辺境で地面ばかりを見つめるといういかにも生産性のない冒険に乗り出すのだ。これまでの作品にもその兆しはあったとはいえ、『パリ子午線』でレダが見せた行動は、少しばかり意外な印象を与える。なぜならこの詩人は、中空から先を見はるかす、もしくは見あげる人として、遠い空に浮かぶ巨大な雲の成長や爆発を、建物と空の海とのあいだに生まれる喫水線を追いつづけてきたからだ。ファタ・モルガナ社から刊行されたこの薄手の瀟洒な冒険譚の末尾には、彼が参照した某ジャーナリストの不正確な記事にたいする控えめな異議申し立てが添えられているのだが、レダに先んじて奇特な散策に乗り出したその記者は、円盤の数も埋められている場所もきちんと特定しないまま、せっかくの試みをかなりいい加減に済ませてしまったらしい。厳格な地理学者たらんと心に誓ったレダは、「第五学級の数学の授業中に、紫のインクに浸したチョークのかけら」を思わせる日没間近の空の下で、フランソワ・アラゴーの加護のもとに最初の指標となる市立図書館を探しまわった。そして今度はこの私が、ジャック・レダの加護のもとにくだんの図書館を訪ねたというわけである。もっともポルト・ド・モンマルトル大通りとビネ通りの角で、まばらな黄斑の残る松明みたいな玉蜀黍を棄てたあとふたつめの円盤があっけなく見つかったものの、そこからしばらくはただ闇雲に歩きまわるだけでほとんど成果は得られなかった。さまざまな曲折を経てレダが通過したポイントはいちおう手帖に控えてきているのだから、だいたいの目安は確認できるはずなのに、私は頑迷にそれを拒み、グリニッジを基準とすれば東経二度二〇分に相当する線分をボールペンで転記したミシュランの地図を開いただけで、あとはひたすら、どこに点綴されているのかもわからない小さな銅盤が幻出させる架空の糸のうえを、自分の脚で踏査してやろうと考えていたのである。

十八区、九区、二区、一区、六区、そして十五区を縦断する幻の線上には、ピガール広場、パレ・ロワイヤル、ルーヴル美術館、フランス学士院、リュクサンブール公園など、いくつかの重要なトポスが横たわっているのだが、円盤そのものはこれら特権的な空間と生活の場に階級差を設けたりしないでごくふつうの舗道に同化し、事情を知らなければ水道やガス栓の蓋と見分けがつかないひかえめな存在に徹している。考えてみれば、踏みつけられる記念碑ほど石の街にふさわしいモニュメントはない。しかも都市の中心軸に散り敷かれた円盤を求めてさまよい歩く者は、周囲の目など気にせず身をかがめ、ひたすら地面に眼を凝らして、始源の測量士の相貌を獲得する。俯瞰と鳥瞰のあいだに存在理由を見出す巨大な建築物につきまとう、いわば政治的な臭いを消し去った幾何学的な熱狂がここにはあって、ヴァレリーの『エウパリノス』で天上のソクラテスが語るように、ごくわずかな言葉で表現できる運動の痕跡が幾何学だとすれば、透明なハープの弦でありながら東経二度二〇分と正確に記すことのできるこの線分こそ、まさに幾何学の精髄と呼ぶべきものだろう。けれどもそうした想像力の痕跡をつなげて一本の線分に仕上げるのは、建築家ではなくてたぶん詩人の役目なのだ。いかなる建築物よりもながい生命を付与されている不可視の糸は、最初から存在していないだけにいっそう豊かな倍音を与えられて、フランソワ・アラゴーのみならず、アラゴーの栄誉をたたえて舗道に身をかがめる輩にも、このうえない幸福をもたらしてくれるはずなのである。

とはいえ私にはなかなかその幸福が摑みきれない。寂しくうらびれた月曜日のダムレモン通りをなかほどで左折し、運よく開いていたカフェに腰を下ろすと、エスプレッソといっしょに水道水を一杯頼んで地図をひろげ、顔を隠しながらくちゅくちゅと水でしごいて歯に詰まっていた玉蜀黍を退治する。すっきりした気分でラマルク通り、リュイッソー通り、フォンテーヌ・デュ・ピュイ通りを歩けば、そこはもうサクレ・クールに背後から忍び寄る立派な観光地である。丘の中腹に掘られた防空壕みたいなラマルク・コーランクールのメトロの駅の階段をのぼり、モナコ・グランプリのヘアピンにも匹敵する急激な弧を描くジュノー大通りとシモン・ドゥルール通りでようやっとあらたな円盤を発見する。レダの記述によれば、たしか北の照準となる標柱は私邸の中庭にあって、特別な許可がなければ拝むことはできないという。分割民営化された夢――それにしてもなぜ夢の私物化が許されるのか――については諦めざるをえないので、今度はルピック通りに場を移してべつの円盤を押さえ、子午線からはまちがいなく逸れているのにリュ・ド・ラ・ミールと、つまり「標柱通り」と名づけられた細道の階段を下ってドルシャン通りに戻り、あちこち迂回しながらムーラン・ラデのあたりにそれらしき物体はないかと目を凝らすのだが、アドック船長同様きれいに計測を誤ったようでその影に触れることすらできない。不首尾に終わったむなしさを紛らわすために、私は微妙に表情の異なるガスや電気や水道栓の蓋をながめつつガロー通りからデュランタン通り、さらにはジャルマン・ピロン通りを下り、クリシー通りを抜けて地方都市の駅前ロータリーみたいに落ちつきのないピガール広場に出る。ポンパドゥール夫人に庇護されたこの著名な彫刻家が、広場の周辺でみごとな脚線美と豊満な上半身を昼間から誇示している女性たちを目にしたら、どれほど創作意欲をかきたてられたことだろう。子午線は赤毛の女性たちが惜しげもなく開陳している脚線に合流して広場の中心を西にはずれ、けばけばしいセックスショップのわきを貫通しているはずなのだが、そこには《司祭たちのビストロ》というなんとなく卑猥な名前のカフェがあって、このあたりの舗道をうろついていると、いまはまだ点灯していない赤いネオンの下で早くも商売に精出しているお姉さんたちに声を掛けられるか、そうでなければヴィデオだけでことを済ませる店にいつ入ろうかと機会をうかがう好き者の観光客と勘違いされそうなので足早にデュペレ通りにまわり、楽器店の前で連続してふたつのメダルを獲得する。その直後、隣のピガール通りでもひとつ見つかった。当てずっぽうにしてはなかなかの戦果をあげたことに満足して、サン・ジョルジュの駅で私はひとまず初日の探検を終える。

遅い朝食を近所のカフェで済ませたあとホテルに戻って部屋の鍵を貰おうとしたら、アルジェリア人のフロント係が、くはっ、くはっと息を吸いつつ吐くような母国語と変わらぬリズムのフランス語で、レダという人から電話があったが、あなたの知り合いではないかと言う。驚いてすぐ部屋にあがり、渡仏前に教えてもらった番号をまわしてみると、艶のある穏やかな男の声が応じた。レダ本人だった。

――本当にきみかね？　いま手紙を書いたところなんだよ。何度訊ねても埒が明かなくてね、そんな男は泊まっていないとホテルの連中が言い張るんだ。なにごともなくてほっとしたよ。ところでいま時間はあるかね。それじゃあ十五分後にボンジュールを言いに行くから、そこで待っていてくれないかな。

私の宿は、さながらスペイン国境の山脈のごとく聳えるピレネー通りにあって、レダのアパルトマンからはほんの五分とかからない距離にある。こんな場所に宿を確保できたのはまったくの偶然だが、夏休み前にトゥール・ド・フランスの真似をして自転車で走り回っているうち腰を痛め、三週間寝たきりになっていたという七十歳近い詩人とコンタクトをとるには好都合だった。二十年ほど前に刊行された散文集『パリの廃墟』の一部をある雑誌に訳載したことが機縁となって、私はこの詩人と書簡のうえでの知遇を得ていた。はじめのうちこそ、翻訳上の疑問点という、あのじつに信憑性の薄い口実を前面に押し出した手紙だったのだが、どうやら仕事の話をするのがおたがい苦手らしいとわかってからは、気に入った絵はがきに簡単な消息を書いて送る程度の気楽なものになり、架空の国の切手を描きつづけた画家ドナルド・エヴァンズに関する小文を準備しているうちにみずからも「ポスト・レダジィ」なる郵便局を設立し、手製の切手を発行するようになったレダが本物のわきに多様なモチーフの作品をこっそり貼りつけてくれるまでになったので、なんとなく無理を言えそうな気がして、パリで是非お会いしたいと、臆面もなく投宿先を知らせておいたのである。久しぶりの異郷の空気に身体を慣らしたあと、折を見てこちらから連絡するつもりでいたのに、先手をとって声を掛けてくれたのだ。なによりその気遣いに私は感謝したかった。

とはいえ元NRF誌の編集長であり、現代フランスを代表する詩人のひとりを前にして緊張しないわけがない。ホテルの入口わきの薄ぎたないソファで身を固くして待っていると、流布している写真よりもいくらか老けた、しかしまことに木訥な感じの、白髪まじりの男性が現われた。初対面だが、日本人とアルジェリア人しかいないフロントに温厚そうなフランス人が入ってくるのだから、見誤りようがない。堅苦しい挨拶のいとまもなく握手を交わすと、レダは恥ずかしげな微笑を浮かべ、お近づきのしるしだと言って小さな紙袋を差し出した。許しを乞うてなかを開けると、驚くなかれ、わが愛するタンタンの、『ファラオの葉巻』の一場面をあしらった黄色い缶入りチョコレートと、おなじくタンタンが象にトランペットを吹いている絵柄のついた学童用ノートが入っている。きみはタンタンが好きなんだろう、いつか手紙に書いてあったよ、とレダは言う。突然の贈り物に感激で胸がつまり、なにがなんだかわからなくなって、とにかく大切なその袋を部屋に置いてくると、誘われるまま散策に繰り出した。

ガンベッタ広場に面した二十区の区役所の裏が警察署になっていて、ただいかめしい壁がつづいているだけの清潔だが味気ないその空間に、「日本通り」の名が付されている。いかにもフランスから見た日本のイメージに合致しそうなこの警察署前をまずは通過しながら、ただ私が日本人であるというだけの理由でつまらない順路を選んだことをレダは詫び、しかしそれでも歩をゆるめずに細いクール・デ・ヌ通りを下っていく。この辺りには古い小さな家がたくさん生き残っていたのに、二、三年のうちに開発が進んですっかり変わってしまったと街の詩人は嘆く。ときどき謎めいた名前の通りがあるので由来を尋ねてみると、人の名を冠した通りで表示板に生没年も職業も記されていないのは、ただたんに、かつてその周辺の土地を所有していた人間の名を借りたものにすぎないと言う。わたしが知っているので、カロリーヌ通りというのがある。バティニョルの近くにね。所有者のものならともかく、その娘の名前なんだ。いいかね、娘の名前なんだよ！

穴を掘ったまま屋根をつけずに放置されているシャロンヌの貯水池を覗き、偉人たちの死で観光客を集めているすぐ隣のペール・ラシェーズとは比較にならないささやかなたたずまいの墓地を通る。十三世紀に建てられたサン・ジェルマン・ド・シャロンヌ教会の所有地で、教会の敷地内に自前の墓地を持っているのはパリ市内ではここだけだ、俳優のピエール・ブランシャールやアンドレ・マルローの息子が眠っているんだよとレダが教えてくれる。バニョレ通りに面した教会前の広場にあるカフェで、腰に不安を抱えたレダのためにひと休みし、サン・ブレーズ通り、リブレット通りの、こぢんまりした白壁の低層住宅が肩を寄せあう静かな区域を歩く。その名を口にしただけでエグゾチスムに浸れそうなヴィクトール・セガレン通りを抜け、とんでもない飲兵衛で知られていた《青い軽騎兵》の作家アントワーヌ・ブロンダンの名を付した公園に入り、それからふたたびバニョレ通りに出て、小環状線の古い駅舎を改造した感じのいい店に入る。

いったいそこで何を話しただろう。窓の下に廃線が見えるテラスでワインを飲みながら、遅々として進まない『パリの廃墟』の翻訳になんとか話題を転じたいのだが、現物が手元にないのと仕事の話はしないという暗黙の了解とで、大雑把な物言いしかできない。

あの本は、まだ勤めを持っていた時分、一カ月に二篇ずつと決めて書いたもので、完成までに三年を要したとレダは言う。十年間で二千部しか売れなかったのに、ガリマール社の有名な《ポエジー叢書》に入ってからは一万部も売れた、この叢書ならなんでも揃えておこうという奇特な読者がいるからだと彼は笑うが、詩集の一万部は誇りを持っていい例外的な数字だろう。酒の勢いを借りて、私はひとつだけ、それこそ翻訳者らしい些末な質問を投げてみた。献辞に挙げられた人物のうち、マルソーとあるのは、作家のフェリシアン・マルソーでしょうか？　いいや、あれは息子の名前だよ、不思議なことだがね、いま息子はチベットにいるんだ、カトマンズのシェルパの娘と結婚して、ツアーガイドをしているんだよ。シェルパの娘ですって？　思いがけない回答が得られたものだから、私はついいい気になって、それじゃあ息子さんは「チベットのタンタン」ですねとあらずもがなの応答をしてしまった。あの不屈の少年記者は、南太平洋の宝島のみかインドや中国にまで活躍の場を開拓しているのだ。私はすぐさま失地回復を期して『ラッカム・ル・ルージュの秘宝』に出てくる子午線の挿話を持ち出し、『パリ子午線』をそこに結びながら、ある雑誌の企画でパリの南北軸を考えるためにあなたの跡を追ってちょうどその子午線をたどりはじめたところなんです、とひと息に報告してから、ついでに《南北線》という言葉でなにを思い浮かべますかと質問してみた。《Nord-Sud》といえば詩人ルヴェルディの雑誌だし、メトロの四番線や十二番線はまさに南北線だが、南北なんて中心にこだわらなければいたるところにあるだろう、たとえばわがピレネー通りでもいいじゃないか。

たしかにもっともな意見である。「ピレネー通りで気に入っているのは」と、レダは『パリの廃墟』で書いていた。「まず区間ごとにのぼったり曲がったりしていることで、地図のうえではまっすぐに見えるこれらの区画は、最終的にポルト・ド・ヴァンセンヌからメニルモンタンを経由してベルヴィルにいたる巨大な弧を描いているのだ。当然ガンベッタ広場の踊り場で止まるだろうと思いきや、疲労の色など毫も見せず、その後も逆に、より生き生きと、アカシアのなかを揺れながらのびていく。ふたつ目に私を惹きつけるのは、あの小刻みにふるえる木々だ。プラタナスやマロニエも、ここではあまりしっくりこないだろう。植えられているのは、むしろ広場に平穏を、ゆがんだ辻公園に均衡をもたらすのにもってこいの木々である」。

ところが、いまや彼は、プラタナスでもマロニエでもなくニワウルシのならぶこの通りの、じぶんが住んでいる区画を毛嫌いしていると言う。やたらに長いばかりで、要するにガンベッタとメニルモンタンをつないでいるだけの線分だし、結果としてどちらの駅からも遠い、おまけに隣人の問題もあるからね、と。階下の住人はイスラエル出身のユダヤ人医師で、信仰に篤く、毎日のようにシナゴーグに出かけているのだが、その家族がほぼ全員、深夜に突然叫んだり、喧嘩をして物を投げ合ったり、とにかく常軌を逸した連中だというのである。しかも、レダはおなじ建物の一階に仕事部屋を持っていてふだんはそちらにこもり、客人を迎えたりしているので、イスラエル人医師は、レダを同業者と勘違いしているらしい。

――そんなわけで妙な悲鳴や音が聞こえるかも知れないが、今度、夕食を食べにきてくれるかね。そうだ、なにか苦手なものがあったら聞いておこう。

――いえ、なんでもいただきます。ただ……

――ただ？

――焼き玉蜀黍をのぞいて。

――焼き玉蜀黍？

――ええ、焼き玉蜀黍です。


中断されていた南北線めぐりを、前回メトロに逃げ込んだサン・ジョルジュから再開したものの、ラファイエット通りのあたりで早くも気が滅入ってくる。またなにか歯につまるような食べ物を買ったからではない。歴史のある銀行や大企業の持ちビルが蝟集し、ひとの臭いが欠落してくるからだ。レダは「株式会社」を意味するソシエテ・アノニムという単語から文字どおりアノニムな要素を、つまり「無名性」を引き出して、この一帯の居心地の悪さを難じていたはずだが、たしかにカフェなどは近辺で働いている企業の人間を顧客としているのだろう、午前のテラスにはほとんど活気がなく、事務的な静寂のうちに昼食の準備だけが着々と進んでいるような按配で、休みたくとも休めないラファイエット大通りからピエ・ウィル通りに入ればそこは両側に丈高い雪の壁が迫る冬のバス道路のごとき威圧感に満ちあふれ、勾配などないのに、いつのまにか脚だけではなく四肢を使って歩いている山男のじぶんに気づく。オスマン大通りに出ると、円盤があるならおそらくここだろうと予測したまさにその区画で工事が行われていてなにも見えず、消沈の体でテブー通りに足を踏み入れると、イタリア人大通りとの角に、遠火にあてた煎餅みたいなひときわ色の濃い一枚がぽつんと据えられている。クレディ・リヨネの荘厳な正面玄関の、斜め前にある屋根付きタクシー乗場の横にまたひとつ円盤を確認したが、表面のすり切れ方がほかの場所とちがってどこか上品なのは、エリート社員たちの履いている高級な靴底のせいなのだろうか。幅の広い歩道だけあって大海に浮かぶ小島の寂しさと自由を身にまとった円盤を、少し離れたところから、つまり歩道の真ん中にしゃがんで斜めのアングルから眺めていると、真っ黒な制服に身を包んだ守衛が怪訝そうな顔でこちらに近づいてくる。銀行強盗の下見か地雷の敷設でもしたような罪の意識に駆られて私は足早にその場を立ち去り、ガラモン通りとパサージュで知られるショワズール通りのどちらを抜けるか迷った末、一度も通ったことのないパサージュを歩いてみようと決断、そのための順路としてまず九月四日通りのメトロの前を通過したところ、地下への入口に、インド料理店《ガンジー》の、頰のこけた偉人の肖像付き看板があって、お昼間近で萎縮していた私の胃袋を断食の強固な意志でほどよく膨らませてくれる。そのせいなのか、欲望がいったん抑えられてパサージュの商品には食指が動かず、せっかくの社会科見学もじぶんがベンヤミンの読者になる資格のないことを確認するにとどまった。知的レベルの低さを暴かれたようで殺伐とした気分になり、子午線を離れてリシュリュー通りにまわれば、またしても『パサージュ論』の著者との相性の悪さを痛感させる国立図書館が聳えている。誰でも入れる売店で広大な閲覧室の絵はがきを買ったことだけが研究者としての唯一の業績である私には、Bibliothèque Nationale の輝かしい略号《BN《ベー・エヌ》》も、たんなる Bête Noire、要するに嫌われ者の頭文字にすぎない。そしてこの知の殿堂とはまた別種の違和感をもたらすのが、並木とベンチが整然と配置されて一糸の乱れもなく、噴水が吹き上げる水ですら完璧におなじ高さを保っているパレ・ロワイヤルの公園であって、幾何学的といえばこれほど幾何学的な造作もなく、なんやかや障害物に遮られてどこかでつねに均衡を崩そうとしている子午線の円盤のほうが、まだしも人間味があるとさえ感じられる。

ところが公園を取り巻く廻廊の一辺、ギャルリー・モンパンシエのブティックで、私の頭からは整序されすぎた空間への批判も、欲望を抑える断食の訓えも、この彷徨のそもそもの発端であるアラゴーの面影も瞬時に消え失せてしまったのだ。磨きぬかれた大きなガラス張りの飾り棚に、精緻きわまりない、時代も様式もさまざまな鉛の兵隊の隊列が、降りはじめた雨に濡れる公園をにぎわすようにぎっしり並べられていたからである。ひとつひとつ丁寧に塗装された人形の表情や軍服の細部を堪能したあと、アラゴーを称える姿勢よりはるかにアクロバティックなやり方で上半身を折り曲げ、顔だけを仰向けにして本体の下に貼られている丸い値段シールをガラスの棚板ごしにたしかめようとしたのだが、入荷したばかりの品を飾りに来た店の女主人と目があって、私は狼狽しつついかにも自然なふうを装ってくるりと身を翻し、廻廊に出してある絵はがきの棚からサミュエル・ベケットの言葉を抜き出したシンプルな一枚を選んで、最初からこれを買うつもりだったと言わんばかりに店内に入った。高雅なイメージからは遠い派手な赤いブラウスを着たさきほどの、そう、タンタン・シリーズの登場人物である女性歌手カスタフィオールそっくりな女主人にベケットを差し出すと、ちょうどレジのわきに、ババールの絵柄の、《七つの家族》というロゴの入ったカードゲームが目に入り、なにげなく遊び方を訊ねてみたのが祟って、あわれ私は、たっぷり二十分間、女主人とつき合う羽目に陥ったのである。

同一の背景が描かれた六枚一組のカード七組で構成されているこのゲームを楽しむには、通常四人のメンバーが必要だ。カードを配って、いきなり「家族」ができあがっていたらそれはカウントせずにわきに置き、最初の人間が、手持ちの札に欠けている絵柄を次の人に要求する。もし相手がそれを持っていたらカードをもらい、さらに次の人に同じことを要求する。持っていればつづけられるし、そうでなければ権限は次の人に移される。いちばん多くの「家族」を集めた者が勝ちとなる単純なゲームだ。しかしふたりの場合は花札の積み札のようにして順々に引いていくよりほかなく、口角泡を飛ばして説明しながら私とさしで勝負を重ねているうち女主人は次第に興奮してきて、あなたは是非このカードを買うべきですと営業を開始するのだった。私の目は彼女の唾の散弾がババール王とセレスト王妃の顔に降りかかったのを見逃さなかったから、ひと組しかないその品を買うのはやはりためらわれて、じつはタンタンが好きなんです、ババールはなんだか人畜無害にすぎますし、作者の植民地主義的な偏見はべつとしてやっぱりタンタンの方が面白いですねとお茶を濁そうとしたら、敵もさる者、あいにくとタンタンのカードはいま切らしているんですよ、あなたは日本人でしょう、日本の方は『星の王子さま』でフランス語を覚えるって聞きましたけれど、ババールで勉強することもできるじゃありませんか、それに小さなお子さんへのお土産になさるのであれば——と彼女は勝手に私を人の親にする——、象さんの方がわかりやすいに決まってます、いいえ、あなたはババールをお買いになるべきです、ババールだってすばらしいフランスの財産ですよと熱弁をふるうので、結局その、彼女の唾とわれわれの手で温まったカードゲームを買うことになってしまったのである。皮肉なことに、回転棚から抜いてきたベケットの絵はがきには『名づけえぬもの』の一節が印刷されていた。「けれども私は話しつづけなくてはならない。けっして口をつぐんではならないのだ。けっして」。ベケットは売り子の心得を説いていたのだろうか。ともあれ彼の言葉との偶然の一致に驚嘆しつつやってきたパレ・ロワイヤルとリヴォリ通りの角で、急激に気温が下がって降りはじめた驟雨に表面の濡れた小さな円盤を発見。冷たくけぶる雨のむこうに迫ってくるのは、言うまでもなくルーヴル宮だ。子午線は明らかにこの宮殿の敷地に侵入して展示室の一角を貫いており、勇気ある冒険者ならかならずや内部を探索するにちがいないのだろうが、円盤の存在を確かめるためだけに入館料を払うのは阿呆らしいという先達レダの教えにしたがって、『ファラオの葉巻』のタンタンよろしくガラス張りのピラミッドを目指して進むと、まるで未盗掘の地下墳墓への扉を開く仕掛けのように、タイルのうえに《ARAGO》の文字が神々しく浮かびあがった。

――《七つの家族》だって？　きみはいったいパリになにをしにきたんだね？　ベケットが売り子のために本を書いたとは思わないが、そのブティックならたぶんわたしも知っているところだよ。

中庭に面した窓があるきりの、ずいぶんと暗い変六角形の仕事部屋で、ゴロワーズをのみながらレダが半分あきれ顔で言う。先日鎧戸を閉め忘れたために窓から空き巣に入られ、CDを盗まれたのだが、ふたつの窓のあいだの棚に収容された二千枚以上あるジャズのCDはすべて無事で、売ろうと思ってわきによけておいた聴く価値もないような代物だけが無くなっていたとさらにあきれたように笑う。壁に造りつけられた自作の棚にはガリマール社の本がぎっしり詰まっていて、その前に、木製の脚立に厚手の板切れを渡しただけの質素な机があり、デッサン用の色鉛筆とサインペンがたっぷり入った大きな缶が並んでいる。この机からあの濃密な散文が生まれるのかと想像しただけでまともに口がきけなくなって、しょうことなしに《七つの家族》の話をしたのだが、こういうくだらない逸話を喜んで聞いてくれるような友人は日本にだってそういはしないと、しばしの幸福をかみしめた。机の背後の壁には、私も贔屓にしている作家ピエール・ベレグニウーがパリ郊外の自宅で制作した奇妙なオブジェ——古いフェラーリかなにかの部品を溶接した人形だとか、木製の複葉機だとか、鉄片をつなげたカルダーふうのモビールだとか、それなりに凝ったものばかり——がたくさん掛けられ、丈の低いガラス戸つきの棚には、スピッツファイヤーのプラモデルや、楕円形のチーズの箱で作った軍艦が美しい艦隊を整えて出陣を待っている。チーズの外箱が欲しいばかりに、市販の、ことのほか不味い銘柄を買い集め、中身はぜんぶ捨てたんだと彼は胸を張り、物心ついたときから戦争しかなかったよと話をつづける。かってこうだった戦争、これから起こるだろう戦争、まあ現実に起こったがね、ぜんぶ戦争だ。わたしはロシアと日本の戦争に興味があるんだよ。ロシアの海軍がアジアを制圧すべく、延々アフリカをまわって日本海に到着したはいいが、奇襲が失敗して逆にやられてしまった……なんだって？ 対馬沖の海戦？ バルチック艦隊？ 日本ではそう言うのかね。戦争で思い出したが、きみはこの夏、ゴロワーズのパッケージデザインがマイナーチェンジして、《Caporal》のロゴが消えたことを知ってるかね、わたしは

「伍長《カポラル》」の消滅が徴兵制廃止の声と通底しているのではないかと睨んでいるんだよ。さも重大な秘密を打ち明けているかのようにレダは声を落としてそう言うと、さっきから満足げに吸っているオリジナルデザインのゴロワーズを一本くれたのだが、火をつけるときの私のマッチの角度が悪いといって、みずから手ほどきしてくれる。いいかね、ほうら、先を下に向けて炎を三角形に立たせるのがこつなんだ、三角形にね。

ゴダールではなくウディ・アレンの映画を愛し、マラルメの詩行なんて何度読んでもわからないと言いながらジャン・フォランの思い出を語り、ズート・シムズにあわせて口笛を吹き、日露戦争を話題にしつつ東洋から来た翻訳者にゴロワーズを勧めるこの気さくな人物は、本当にガリマール社の重鎮なのだろうか。最近、古いガソリンスタンドの給油ポンプばかりをならべた写真集のために序文を書いたと言って、レダはその見本を探そうとするのだが、なかなか見つからない。そのかわり、ゴロワーズのパッケージよりはるかに重大な秘密を見せてくれた。彼はパリの街路をアッジェさながら写真に撮っていたのだ。整理されてはいないものの、専用の引出しに、撮影場所と日時を裏面に記した写真が投げ入れてあり、珍妙な看板や、かつて管理人が住んでそこから通行人を見張っていた門のうえの狭い部屋の窓や、どうして人間が住めるのか不可解なほど平たい角地に建つアパルトマンなどの映像が無造作に束ねられている。いくつかの写真がレダの文章の一節につながって軽いめまいを引き起こし、そのめまいのなかで頼りない櫓みたいな鉄の橋脚をとらえた一枚が、私の目を撃った。
——ビル・アケムですね？
——そう、ビル・アケムだ。

リビア砂漠の水源に名を借りたビル・アケムは、十五区の北のはずれ近く、ラジオ・フランスの巨大なバウムクーヘンと二枚折りの絵みたいなシャイヨ宮を結ぶ線分を底辺とする逆三角形の、その頂点に位置するメトロの六番線の駅だが、ホームのセーヌ寄りの端からは、対岸に、それこそ軍艦島か九龍城を髣髴させる不揃いな高層住宅の居並ぶ一角を見渡すことができる。『パリの廃墟』のなかでレダが高原地帯の移牧のイメージを重ねているとおり、この駅はまさにぼんやりした夢想を誘う中天のプラットホームだ。私の目的はしかし、羊の放牧でも転地療養でも偵察飛行でもないから、早々とC線に乗り換えてブーランヴィリエの駅へ向かう。小環状線の廃駅であったこの駅の建物には、かつて女性の歯科医が住んでいて、トンネルは射的場になっていたという。九番線との乗り換えを実現するためにぜひ復活させるべきだと訴えるレダの声が届いたのか、それから数年後に、植物園の温室みたいなガラス張りの通路ともども新線に再利用されることになったブーランヴィリエの駅は、いわば詩が現実を引き寄せた記念すべき実例のひとつなのである。私はその幸福な出来事にあやかってサンジェ通りをのぼり、モーツァルト通りに合流、そのままコスタ・リカ広場を目指して東へまっすぐ歩く。天才作曲家が中南米に赴くという奇跡の空間にやってきたのは、広場を北から南へと横切って下っていく坂道の両脇に、不揃いな塔がならんでいるかどうかを確かめたかったからだ。「半分をフィリップ＝オギュストが、もう半分をフェリックス＝ポタンが占める角」とレダが書いている坂のあがりはなには、なるほど尖塔のある大きな建物が坂道をはさんで向かい合っており、現在は左手がクレディ・リヨネ、右側には不動産の事務所が入っているのだが、そのあいだにかなり傾斜のある坂がなだれ込んで、なかほどにひっかかったロープウェイを連想させるパッシーの駅が驚くべきパースペクティヴを展開し、セーヌをまたぐ鉄橋の先に、ビル・アケムの駅が靄とともに浮かびあがる。ああ、パリの子午線は、いったいなぜ密な等高線を必要とするこれら魅力的な地形を取り入れずにいられるのだろう。カッシーニでもメシャンでもビオーでもいい、アラゴーがだめならその先達や同僚に登場願ってここにも円盤を埋め込み、いわば子午線の支線を引くべきではないか。そんなことを思いめぐらしながら階段を下り、チャールズ・ディケンズ通りに出ると、そこには霧雨のせいばかりではないアクアティックな「水の街《リュ・デ・ソ》」があり、建物と建物のあいだを切り裂いてこしらえた細く急な階段の出口でしばし海底の気分を満喫していると、とつぜん、深い紺色の、たいそう質のいい傘を差した日本人の女の子が二人、その階段からウォーターシュートさながらに飛び出してきて、あわれ彼女たちは、飛び出した先にみすぼらしい男が待ち伏せしているのに気づくと、いまがその旬の、クロイチゴの実のような小さな黒い目を思いきり見開いて立ち尽くし、見つめられた私のほうは水の流れに飲まれる前にデヴィッド・コパフィールドさながらの走りでいかめしい柵に「私道」として隔離されたプルースト通りへ飛び込んでいく。私道とはいえ、ここは十九世紀イギリスの大小説家から二十世紀初頭のフランスを代表する小説家への橋渡しとなり、じつにもってアジア的な混沌の気配を漂わせた建物がひしめく九龍城をはさんでプルースト通りとレヌアール通りの高度差を埋める、文学的かつ地理的な閘門《こうもん》である。私はそのなかほどの、騒々しい工事現場を監督するのに最適な踊り場が設けられた階段を、打ち棄てられた倉庫みたいに角材で封鎖されている城の基底部を横目に見ながら這いあがっていく、階上に住む一家が新しい食器棚をひとつ買い足したらもうそれで終わりだという崩壊の恐怖にあらがって。本来なら南東からふりそそぐはずの陽光を建物に遮られたレヌアール通りは、サンジェ通りとの交差点付近でいきなり片側町となって、左手にベルトン通りの深い海溝をさらけ出す。この海の底にラッカム・ル・ルージュの宝が沈んでいるとしたら？　軍艦ユニコルヌ号とともに消えたこの宝を発見できれば、バルザックの登場人物みたいな大金持ちになれるのではないか？　私はアラゴーが完成させたパリ子午線の時間に追われてひたすら創作に没頭している十九世紀の文豪を偲んで、いまや美術館となった彼の住居の先にある「バルザック食料品店」でビスケットと水を仕入れ、子午線の走る町へと軌道を修正する。

学士院の手前からオデオンまでの、いかにも知的な界隈を跨ぎ、リュクサンブール公園を抜けてポール・ロワイヤルへと私を走らせたのは、晴れて軌道修正されたパリの子午線である。細長く領土を拡張している大旅行家マルコ・ポーロの公園をうろついているうち、コンクリートの卓球台のあたりにアラゴーの文字を発見、学生らしいカップルの試合に割り込む勇気がないのでアヴニュ・ド・ロプセルヴァトワールを一挙に踏破し、天文台の白いドームを閉じられた門の外から拝観する。ついでカッシーニ通りをまわって由緒ある国立経度局に立ち寄り、なにか参考資料が欲しいと守衛に掛け合ったのだが、どうやら担当者が時空を超えたパリ標準時のヴァカンスに出ているらしくて話がまったく通じず、一方グリニッジ標準時に守られて数日後には北緯三五度四二分、東経一三九度四六分の極東の都市に帰っているはずの私は、しかたなくもうひとつの聖地、アラゴーの碑があった小広場に進路を向ける。天文台とアラゴーの台座を一直線に貫く子午線は、信じがたいことに、月一度の解説付き見学日にしか入れない天文台そのものに遮られて私の視界から消えうせる。「不可視のものの門は可視でなければならない」と主張したあのルネ・ドーマルの『類推の山』とは、その中心に古びた六分儀が置かれているパリ天文台のことではないか。通常の手段では近づくことのできない天文台の、子午線に沿って細い銅の枠が床一列に埋め込まれているという中心部を「類推」するにはひとまずアラゴーの碑を訪ねるほかなく、ダンフェールの交差点を左折して裏口にまわると、落ち葉とゴミにまみれた歩道にひとつ、幻のアラゴーを護りつづける台座の下にひとつ、さらにはサン・ジャック広場の先の、モンスリ公園の入口でまたひとつ円盤を探しあてる。聖地が近いせいか子午線の引力が増して、他のどこよりも強く銅の恒星を招き寄せているように感じられるのだが、途中で私の軌道を歪めたのは、やはり文房具屋の店先に放り出されている古本でできた「類推の山」であって、そこからラジオの書評番組で有名なジャック・シャンセルの、『視線の時代』と題された日記形式のエッセイ集を拾いあげる。一九七七年の出来事を記したなかなか興味深い文章だが、私の目はむしろ著者略歴の方に惹きつけられた。ジャック・シャンセルがインドシナ戦争の従軍記者だったことを、いったい誰が知っているだろうか。

わがフランスのインドシナ統治はディエン・ビエン・フーの戦いで終結したんだ、きみの南北探検は、いよいよヴェトナムに向かうのかね、とレダが茶化す。私たちはピレネー通りを北上し、アンヴィエルジュ通りを抜けたベルヴィル公園の、高台のテラスから夕暮れのパリを見下ろしていた。右手にある張りぼての岩山が邪魔になってサクレ・クールが見えないだけで、デファンス地区のビル群、エッフェル塔、ムードン天文台、ポンピドゥー・センター、サン・ジャック塔、ノートル・ダム、アンヴァリード、そしてパリ天文台を一望のもとに見渡すことができる。帯状の雲が低く流れて積乱雲をくだき、いまにも破裂しそうな深紅色の太陽に襲いかかる。空ぜんたいが沈み切る直前の光源に染まってかすかに震動し、あちらこちらに縦のひずみを走らせる。流れているのは本当に雲なのか、それとも私たちの方なのか。あるいはまた、微妙な気象のポエジーをその散文にひそませる詩人といっしょに遠浅の屋根の海を眺め下ろす贅沢が、私の足もとをぐらつかせるのだろうか。薄い雲海をかいくぐるように、見えない子午線が網膜のなかを横切り、右から左へと透明な天蚕糸を張り渡す。地上では数々の障害物に行く手を阻まれる一本の線が、ここではのびやかに、なんの不自由もなくきらめいていた。と、だしぬけに、どこからともなく現われた、複雑きわまりない房の繁る髪形の、黒人の女の子たちの声で夢想が中断される。あたしたちが作ったビーズの腕輪を買ってください、と言うのだ。ことの次第を整理している隙に、すかさずレダが応じる。なにを買ってくれって？　ブレスレット？　いくらだね。ひとつ五フラン？　選んでいいのかい？

楽しげにつぶやきながら、詩人は彼女たちの頭を覆う細くきつい房よりもずっと手の込んだ色鮮やかな腕輪を吟味し、じゃあ、これとこれで十フランだねと、いちばん年かさの少女の目を見て確認してから、しなやかにひろげられた菩薩のような褐色のてのひらに、RF（フランス共和国）の刻印がある十フラン硬貨をそっと落としてやる。歓声をあげて少女たちが走り去ったあと、詩人はこちらを振り向いて、《ベルヴィル公園の少女たちのブレスレット》をきみの奥さんに、と言って、今度は私の黄色いてのひらにその素朴な民芸品を落とすのだったが、礼を言おうとする私の口を、閉園時間を告げる公園管理人の声がふさいでしまった。こいつは大変だ、いつだったかあの男に閉じこめられたことがあってね、どんなに見晴らしがよくても、ここで夜を過ごすのはまっぴらだよ。つい先日まで横になっていたとは思えないほど敏捷な動きで、レダはコンクリートの坂道を出口へと急ぐ。私は詩人のあとを追いながらふたつの腕輪を左右の手で持ちあげて標柱をつくり、夕空のなかに架空の子午線を通して、モンスリ公園まで延ばしてみるのだった。

おだやかな起伏のある厚い芝生の絨毯に小さな池を配した、パー・スリーの十五番ホール、つまりはモンスリ公園の、遊動円木や木馬の近くの売店で、お父さんの髭の意味になるバルブ・ア・パパ——日本ではアメリカ経由の絵本のせいだろう、バーバパパと名を変えている綿菓子——を買ったのだが、そうなるとわかっていたのに指がべとべとして不快になり、結局焼き玉蜀黍の教訓を生かせなかった私は、チュニジア大通りと名付けられた園内の道が分岐するあたりにあると踏んでいた標柱が見つからないのでますます気落ちし、いったん丘を下って、井戸の小径《アレ・デュ・ピュイ》の真ん中で身を寄せ合って雑談をしているロサンジェルス警察の警官みたいな三人の守衛に声を掛けた。綿菓子を持った奇妙な日本人にいやな顔ひとつ見せず、彼らは声をそろえて、それなら気象庁の観測所の近くにあると教えてくれる。即座に答えが返ってきたところを見ると、この小さなモニュメントを探してうろついている物好きはかなりいるらしい。目指す南の標柱は、たしかに観測所の横の、飲み物の屋台の正面にある木立のなかに隠れていた。「この照準器はパリ天文台の管理下にある」という銘が彫られた柱の頂には、石器時代の遺跡を思わせる輪が載っている。はなから無視したモンマルトルの照準器にも同等の輪があるはずで、ふたつの円の中心を結んだ弦は余勢を駆ってジュールダン大通りを飛び越え、趣味の悪い住宅展示場としか見えない大学都市に私を導き、現在は建替え工事中で鉄柵がめぐらされている、朽ち果てたアンコールワットさながらのカンボジア館をかすめていく。すぐその裏の、環状道路をいっそく飛びに越える陸橋は、むなしく閉じられていた。とぎれることのない車の音と排気ガスに耐えながら、ジャンティイの可憐なサクレ・クールの、キリストをやさしく包む光背のレリーフが、厚い雲に漉された白光をほんのりと照り返していた。

それにしても、天文学的な知の体系から導き出される抽象的な線分が、なぜこれほど曖昧で、不確実な印象を与えるのだろう。もとより街なかをどこまでもまっすぐに歩きつづけるのは不可能である。地面から顔をあげれば、前方には建物の壁があり、街路樹があり、駐車中の車の列があり、ごみ箱やバス停があって、大きくひらけた空間などめったにありはしない。パリ子午線は、やはりついに誰もそのうえを歩くことができない道なのだろうか。私たちはその周囲の、かろうじて方向だけは正しい近似値をつたっていくほかないのだろうか。ならばその近似値である円盤をいくつ発見できたのかといえば、悲しいかなせいぜい数十個どまりで、百二十以上を数えてなお不満げなレダの戦果に比してもかなり情けない成績である。しかも旅の終わりに、彼はいつものユーモアを発揮して、飾り気のない円盤に変化を持たせるべく、ときには肖像入りの大きな円盤を使用するとか、クロッケーのゲートのように照準器の輪を地中に埋めるとか、あるいは不注意な歩行者が踏んだ瞬間びっくり箱みたいに中身が飛び出す仕掛けをつくるとか、いくつか傾聴に値する提言をまとめているのだが、私はといえば、散在する《点》をつないでありうべき意味を探る行為に、少年探偵団が尾行の最中に落としていくバッジをたどっているような昂りを覚えていたことを告白しなければならない。その証拠に、私はカンボジア館の横の立木のなかで、誰を追跡しているわけでもないのにポケットからこうるさい音を立てていた硬貨を取り出すと、アラゴーの円盤にいちばんよく似た十サンチームを数枚よりわけて、小林少年さながら一列にばらまいたのである。ところがそこで思わぬ方向から声を掛けられ、私の身体は数センチほど飛びあがった。振り向くと、ちょうど雨よけにいい木の下で、ワインボトルを抱えて横になっている中年の男性が手招きしている。道ばたに小銭を捨てた不道徳をとがめられるのではないかとびくつくこちらの不安などまったくおかまいなしに男がしわがれた声で要求したのは、煙草だった。あいにく私は、節約のために長持ちするベルギー産の巻き煙草しか持っていなかった。それでもいいかと訊ねると、吸えればなんだっていいが、俺は巻けないからあんたがやってくれと言う。

――紙を嘗めてもいいのか?

――あんた、病気じゃないんだろう?

――ちがう、と思うよ。

――じゃあ、あんたが巻いてくれ。

私はいつもより葉の量を多めにして丁寧に巻き、糊しろを舌先でさっと溶いてゴロワーズとおなじくらいの太さの煙草をこしらえると、両端をきれいにちぎってから黙って男に差し出した。火はあるんだと男はこちらの動きを制して薄汚れた上着のポケットから湿っぽいマッチを取り出し、アルコールにやられているのだろう、小刻みに震える手で火を起こそうとするのだが、ただでさえ手先が安定しないのに、軸の頭を立てて無防備に風にさらすものだから何度やっても消えてしまう。見かねて私はそのマッチを奪い、勢いよく音をたてて火を起こすと、両手で囲いをつくっていまや男のものとなった煙草に命を吹き込みながら、敬愛する詩人の言葉を復唱した。

――いいかい、マッチは先を下に向けて炎を三角形に立たせるのがこつなんだ、三角形にね。

貴重な助言を聞いているのかいないのか、男が深々と吸い込んでゆっくりと吐き出した濃い煙草の煙は、見えない子午線のうえに大きな白い楕円をつくって、やがてあとかたもなく風に流れた。

Ⅱ

いちばん低い雲

地面と空の境目を区切る土手のような、一種の稜線に沿って打ち込まれた棒杭の列。じっと目を凝らすと、薄くたちこめた霧の微妙な濃淡にかき消されるようにして、さほど効果もなさそうな有刺鉄線が浮かびあがってくる。牧草地の境界を示すこのそっけない指標からほんの少し離れたところには、まばらな木立があってうねうねと小径が走り、ほとんど溝といったほうが正確な小川がひと筋、つつましい跡を刻んでいる。人影はどこにも見当たらないのだが、馬や牛の気配はすぐそばまで迫っていて、柵を抜ければたぶんゆるやかな一日のはじまりに迎えられた農家が姿を現わすにちがいない。干し草や薪を積み上げた木造の納屋と母屋から独立したパン焼き窯。白黒の画面には、朝露に湿った草の匂いや牛の鳴き声とともに、火の温もりすら感じられる。

ジャン＝ルー・トラッサールが、それまで家族や友人にしか向けていなかった写真機を、はじめてマイエンヌ県サン・ティラール・デュ・メーヌにある実家付近の風景の前に据えたのは、十八歳のときだった。記念すべき最初の一枚は、地所の牧草地を流れる小川の写真であり、四十年あまりの年月が経過した現在でもなお、この水の流れはたえず新しい相貌をまといながら、トラッサールの心をつなぎ留めている。一九六〇年七月、二十七歳にして今度はペンで捉えた作品をジャン・ポーランに見出され、翌年四月にはガリマール社から『蜜蜂の友情』を刊行するという幸運に恵まれた。処女作もまた親しい田舎を舞台にしたもので、農村を包み込む不思議な時間を掬いあげた散文集としてトラッサールの存在を認知させることになるのだが、興味深いのは、写真にせよ文章にせよ、彼の愛の対象があくまで「田舎」に限定され、手つかずの「自然」には傾斜していかない点である。野原や耕地や牧草地や家畜で構成された空間が「田舎」だとするなら、おずおずと土手のあいだを縫って流れる小川も、じつはありのままの自然と似て非なる、長い時間をかけて農作業が育んできたいわば「人工的な自然」の一部なのであり、トラッサールの視線が折に触れて農家の生活を支える道具に向けられるのも、したがって当然のなりゆきと言える。土を耕し、家畜の世話に供すべく人の手がこしらえた自然を、農具は目に見える形で凝縮しているからだ。

たとえば梯子。むろん梯子を生粋の農具だと言い張るにはいくらか無理がある。しかしトラッサールが「梯子は一種の樹木だ」と書くとき、一本の棒を渡しただけの生活用具は、まったく予想外の意味を帯びて輝き出す。「農民たちの手で、または彼らのなかでもひときわ器用な人間の手で生み出された樹木。農家では、いろんな大きさの梯子が行き交っていたものである。短い梯子は奥まったところで役に立つ、というか、役に立つと思われていて、おなじ場所に置きっぱなしにされることはめったになかった。反対に、長くて重い部類の梯子は、ほどほどの使い方ができ、場合によっては建物の裏手や外壁に、真横か、あるいは謎めいた格好で掛けられることもある。さながら農家が背中に梯子を背負ったまま時間のなかへ逃げていくかのように」(『火の考古学』、一九九三)。

梯子には細工が必要である。側木の内側は平らにならし、外側はきちんと掌に収まるよう円い膨らみを残さなければならない。立て掛けたとき安定させるためには、一方を重く、一方を軽くしておくことも肝心だ。どんなに見栄えが悪くとも、どんなに重量があろうとも、水平にすればとりあえず持ち運び可能な移動式階段。そのむかし、梯子は干し草を運ぶ荷車の頂に掛けられた。そこでは草を積みあげる男が娘たちの摘んだ野花を棒の先にくくりつけて高々と掲げ、好天に恵まれるよう空への供物としていたのである。だが気持ちよく軋んでいた荷車はいつのまにか解体され、黒い薪の山はとうに燃え尽き、藁は踏みにじられ、土に返されてしまった。中庭を囲む干し草の山は、もはや想像のうちにしかない。「けれども目をあげた先にそんな旅の目的地などありはしないのだから、梯子をのぼりつめれば、いちばん低い雲にたどり着くのである」。目的地を奪われた梯子という心持ち傾いた樹木は、いまや空に浮かぶ雲につながっているのだ。

これだけの話なら、詩的な夢想くらいで済まされることだろう。ところが梯子の上にひろがるその雲にいくらかでも近づこうと、ある夏、トラッサールはアルプスの高地に滞在し、移牧されている羊を追う日々のなかで地上の夢想を現実に転換してしまうのである。彼の郷里の風景に溶け込んでいたのは、牛であって羊ではなかった。かつて付近の森には狼が棲息していたし、石灰や肥料のおかげで土地が肥え、作物や乳牛の飼育に適してくると、羊は草を根元から引き抜くとしてますます敬遠され、戦時のわずかな期間を除けばトラッサールの周囲に羊はほとんど見あたらなかった。にもかかわらず、自伝的な要素の強い『過去の空間』（一九九三）のなかで、少年の頃、移牧中の羊たちが咲き誇るジギタリスのなかを進んでいくという物語に胸ときめかせ、そこに自身の文章観の原型があったとすら告白しているように、羊との邂逅はずいぶんまえから準備されていたのである。

鈴をつけた羊たちが群をなして移動する光景に彼が出会うのは、それから二十五年後の夏、ル・ケラスの谷間でのことだった。「友人たちにこの村まで連れてきてもらったとき、ユバック（北側に面した谷の斜面）にいる二千頭の羊毛用の羊が、八月半ばを過ぎるまえにアドレ（南側に面した斜面）へ移動すると教えられた」。ある朝、犬の鳴き声で目を覚ますと、鈴の音とともに動物の気配がぐんぐん近づいて来た。急いで山小屋を出てみると、羊の大群がかなりの速度でこちらに向かって来る。やがてあたりは羊たちの鳴き声と村人の陽気な挨拶とで途方もない濃度の物音に満たされ、村は興奮に包まれた。翌日トラッサールは、放牧地まで登って若い羊飼いと知り合い、羊をめぐるさまざまな物語を採集する。そればかりか十年後にふたたびこの村を訪れ、成長した羊飼いとの再会を果たすのだ。

二度におよぶ羊との蜜月は、『ウアーユ』(一九九一)という魅惑的な一書を産み落とした。キリスト教の信徒を意味すると同時に雌羊の古語でもある単語を借りている以上、主役があくまで二千頭におよぶ羊の群であることは明らかだ。トラッサールの筆は昂揚をひたむきに抑え、穏やかな叙事に徹して、まことに美しい。だが私は、本文に添えられたみごとな写真を眺めながら、少なからぬ感動をもって独りごちずにいられないのだ、山肌を埋め尽くすおびただしい羊たちのわずかに汚れた羊毛の白こそ、農家で自在に活用されていた人工の樹木、梯子というすばらしい人工の樹木の彼方にトラッサールが見つけた、いちばん低い雲の色ではなかったかと。

象を説得すること

以前『わが心のマラン』（一九九二）を手にしたとき、ウジェーヌ・サヴィツカヤはその特異な視点と言語感覚が十全に発揮されうる主題をようやく探り当てた、と私は思った。息子の誕生から千日間の記録をもとに構成したこの作品は育児小説ともいうべき体裁をとっているのだが、サヴィツカヤの文章はむしろ詩に隣接し、日々の暮らしを克明に記録する育児日記とは似て非なる場所に立っている。息子マランは大地の創造にさかのぼる雄大な自然と同化し、塩や水や大気や草や魚に姿を変えうる存在として、大人とはまったく異なる「子ども」という独立した種族として把握されるのだ。その意味で、これは個人的な随想ではなく、もっと規模の大きな世界の叙事をたくらむ書物だった。

「よその土地で野生の象が捕獲されているようにして、子どもを迎え入れる、つまり子どもを生む習慣がここにはある。野生の象を捕獲し、わが物にしようとする人びとは、囚われの生活が自然状態で生きえた場合よりもはるかにすばらしいことを象に納得させるだけの、強力な論拠を示さなければならない。その論拠が、タイの人びとにあっては嘘偽りに満ちているがゆえにきわめて長大な詩の形をとって現われ、詩は当然のこととして、迎え入れる家の富と美しさを褒めそやす歌の形をとってきた。少なくとも、野生の象たちを迎え入れるための歌があった。ぼくらがいつもやさしいことばで呼びかけてきた子どもたちは、夜昼の区別なくこの世にやって来てはぼくらについてくるのだが、彼らになにかを約束する義務などこちらにはまったくない。じつのところ、歌も約束もなにひとつありはしないのだし、それどころか、存在しているのは詐欺まがいの沈黙、自分たちもまたその一端を担い、そしてまた永遠に騙されつづけている詐欺まがいの沈黙なのだ。ならば、歌い、そして約束しようではないか、たとえ言葉に幾多の嘘がまじろうと、手遅れになって口を開くことができなくなる前に。そして、歌い、約束することで、ぼくらの土台を確めてみようではないか、それらが崩れ去ってしまう前に」

マランの血には大地と変わらぬ塩分が溶け込んでいる。ついこのあいだまで羊水に浸っていて、粘液質の肌を持つ生物としてこの世に現われた小さな象は、やがて産声をあげ、涙を流し、悲しみや喜びの感情に目覚め、握りしめていた拳を開いて指を動かし、差し出された哺乳壜の吸い口に貪りつき、空腹が満たされると静かな眠りに落ちる。「誰も憎まず、誰からも憎まれない」まっさらな布の手触り。何物も汚すことのできない白紙の世界。時には小びととなり、時には巨人となって世界のすべての要素を吸収し、ゆるやかなリズムで一歩ずつ成長していくその無垢な歩みの確実さが、サヴィツカヤの博物学者のように忍耐強く精度の高い視線に感応して、ごくありきたりな事象に固有の意味を付与する。たとえばひとつの命が生まれるたびに零から反復される子どもの成長と育児。人類生誕から延々と繰り返されてきた新生児と親の関係は、死とおなじく一回性の体験であり、それをおおらかに味わいながらより普遍的な語りにつなげようとする意志こそが、「象の説得」をもくろむ祝詞に似た書き出しを要求しているのだ。

サヴィツカヤは、ロシア人の母とポーランド人の父とのあいだに、一九五五年、ベルギーのリエージュ郊外で生まれた。現在もこの霧深い北の町をとりまく小高い丘の中腹の、赤い煉瓦造りの家で、子育てと庭仕事を排除しない執筆生活を送っている。楓やニセアカシアなどが茂る庭の小さな自然は、彼自身が幼少時に置かれていた環境をそのまま持ち越しているようだ。両親は捕虜として強制労働させられていたドイツからの亡命途上でベルギーにとどまり、そこで知り合って結ばれた。父親は農家の出で、孤児だったため戦後も帰国しなかった。母親は母親で、スモレンスクの比較的裕福な家庭の出身だったにもかかわらず、いかなる理由でか戦前の人生を絶ち切り、母国へ戻ろうとは考えなかったという。一家はリエージュ郊外で畑と動物に囲まれた自給自足に近い生活を送り、サヴィツカヤは四歳までロシア語とポーランド語だけを聞いて育った。運命が両親をベルギーに引き留めなかったら、彼はフランス語作家にはならなかったはずである。高校進学とともにリエージュに出てシュルレアリスムを発見し、詩を書くようになった頃の愛読書は、ジュネの『泥棒日記』やベケットの『モロイ』だった。サヴィツカヤの初期のいくつかの小説には、たしかに世界の重さをどんどん希薄にしていくベケット的な方向と、饒舌な幻想を展開するジュネの方向とのせめぎあいがあって、じつをいえば私はそれを心の底から楽しむというわけではなかったのだが、『わが心のマラン』にいたってこれらふたつの要素がはじめて穏やかに調和したというのが偽らざる実感だった。そして三年ぶりに発表された『生きている』(一九九五)が、そのおぼつかない感想を確信に変えてくれたのである。

マランにくわえて、今度は娘のルイーズと妻のカリーヌが登場し、話題はより日常的な仕事に向けられている。陽光を導き入れる窓拭きの神聖さ、夕方のガラス窓を通して入ってくる不透明な光の美しさ、存在の痕跡を消してしまう掃除機の機能にたいする不満と雑巾への愛着、掌に収まるわずかな道具で手品のようにできるボタン付けの快楽、洗濯物を乾かし、食事の匂いを運び、木こりの音を届けてくれる風の役割、跳ね返りを恐れずバルコニーのうえから地面に向かって放尿する喜び、正しい埃の払い方。日々の暮らしから引き出されたそれらの雑感が、ときには自己を客体化して生まれるユーモアとともに並記される。

だがその裏で、隠遁に通じた否定しようのない静けさが頁を覆ってもいるのだ。たがいの存在に波風がたたないような呼吸を維持し、自然との共生を謳い、輪廻転生を想わせる箴言も数多く散りばめて、どこか東洋的な匂いすら漂わせている。章立てこそないものの、ゆったりした季節の推移が断章のあいまから染みだし、飛躍を恐れずに言えばこれはほとんど『枕草子』の世界なのである。かつてエルヴェ・ギベールは、サヴィツカヤの文章を評して、聖書から抜き出したようだとの至言を残したが、『生きている』はまさに、聖書の神々しさと『枕草子』の軽やかな身ごなしを兼ね備えた、幸福な黙示録とも呼ぶべき書物である。

　ある文学サロンでたまたま居合わせたモンテルランが、作家とは多かれ少なかれノートを取ったり、日記をつけたりするものだと自信ありげに述べたとき、友人のマルセル・ジュアンドーが賛同したのを横目で見やりながら、彼は口をつぐんでいた。日記をつけていないじぶんが、まるで本当の作家ではないように感じられたからだ。なぜ日記をつけないのか、彼はそれを、なかなか会う機会のないジュアンドーに宛てた手紙の形で弁明することにした。

　これまで何度か、人との出会いや、興味深い出来事や、心動かされた書物や、すばらしい風景や、時々の省察をノートに記録しようとしたことがある。だがそのたびに、これがいったいなんの役に立つのかと思い惑い、二十頁を超えるか超えないかのうちに放り投げてしまった。ひとつの出来事が、ひとつの考えが真にこちらを感動させ、心のうちにながく刻まれるのであれば、わざわざ整理しておく必要などないのではないか。創作のための素材管理を名目とした日記には無意識の取捨選択が働くものだし、そもそも自分の人生は記録に値する重大な局面ではなく、むしろ「田舎の片隅、水や風の音、沈黙、和音のきらめき」といった些細な事象に支えられているように思われるのだ。

十通の架空書簡で構成されたマルセル・アルランの小品『あなたに宛てて……』（一九六〇）のうちの第二通、「書くことの恩寵について」から引いた挿話である。アルランといえば、二十世紀初頭、ダダやシュールレアリスムと交錯し、若々しいマニフェスト「新しい世紀病」（一九二四）によっていちやく名を馳せた作家で、たいていの文学事典には、この時宜にかなったエッセイと、一九二九年のゴンクール賞受賞作『秩序』の書き手として名を留めている。細やかで目配りのきいた文芸批評や美術評論も数多く残しているが、創作活動ぜんたいの印象はどちらかといえば薄味で、文体そのものに新時代を画する攻撃性も斬新さもない。正直なところ、筋書きだけを追う読者にとっては、永遠に退屈な小説家にすぎないだろう。もっとも一九五二年からはジャン・ポーラン率いるＮＲＦ誌の編集にたずさわって、悪名高い「編集委員会」の一員にもなり、一九六八年にはアカデミー・フランセーズ入りを果たしているから、その作品が現在どれほど忘れられていようと、世間的には恵まれた文人だったと言える。

私もまた、アルランの作品すべてに目を通しているわけではないのだが、にもかかわらず、六十一歳のときにグラッセ社から送り出された『あなたに宛てて……』は、この作家の精髄がにじみ出たみごとな散文だと信じて疑わない。田舎家での仕事と休息、故郷ヴァレンヌの自然、ブルターニュへの愛、親しい友人への思い、いまは亡き作家へのオマージュなどが、大げさでなく語られたこれらの文章には、思索を妨げるいかなる夾雑物も見あたらない。むろん開かれた孤独への傾斜ともいうべき架空書簡の手法はアルランの発明ではなく、フランス文学が古くから用意してきた創作の鋳型であり、なにを注ぎ込んでも一応の形だけは整う、悪く言えば簡便で体のいい逃げ道でもある。しかし簡便であるからこそ、それを使う人によって大きな差の出る分野でもあって、なまじ感傷に訴えれば読むに耐えない代物ができあがり、逆に生半可な理屈をふりかざせば読者が遠ざかる。アルランはその困難をじつにさりげなく克服しているのだが、どこがどうさりげないのか、それを納得のいく言葉で説明できないこちらがもどかしくなるような、まさにその種の技法がここにはあるのだ。

ただし大枠ははっきりしている。第一通と第十通は、いずれも幼年時代の思い出を中心に据えた、どこか阿部昭を連想させる回想風の文章で、手紙にはいずれも副題が添えられている。「ひとりの子どもに」捧げられた第一通に登場する「おまえ」とは、少年時代のアルランその人なのだ。「笑い、大声をあげることはあっても、私は微笑とはほとんど無縁だった。おまえは、そんなふうだったのだ」。五十年前のおまえと、いまのわたしは合一できる。アルランはそう語り、現在の心象を、名宛人という複数の鏡を借りて描き出していく。マルセル・ジュアンドー、セヴィニエ夫人、ジャン・グロジャン、ドミニック・オーリー、アレクセイ・レーミゾフ、J（妻のジャニーヌ）、ジャン・ポーラン、そしてブルターニュの島々に吹く東風。語りかける相手に応じて、これら一連の手紙は時にエッセイとなり、時に心情告白となり、時に未完の小説の紹介となって微妙に声域を変える。なかで最も美しいのは、第三通、セヴィニエ夫人に宛てた「アンボワーズの春について」だろう。

一週間前から、木々がどんな色に染まっているとお思いですか？　そんなセヴィニエ夫人の書簡の一節に、アルランは夫人とおなじ土地でおなじ季節を共有しながら返信をしためる。奥様、それは緑ではなく、赤、いやもっと正確にいえば、キリストの髪のような赤みがかったブロンドです、と。散策の途中に訪れたアンボワーズの教会で、アルランは、祭壇の奥にひっそりと横たわった女性像に出会う。「ロワールで溺死した乙女」と名づけられたその彫像は、十六世紀の画家ル・プリマティスこと、フランチェスコ・プリマティッチョの作品で、フランソワ一世、二世に愛されたこのイタリア人宮廷画家が、晩年に娶った若妻を表現したものだった。

苦悩に満ち、安らぎを奪われたその彫像に感ずるところのあったアルランは、偶然、アンボワーズから三キロほど離れた、いまじぶんの泊まっている城館こそル・プリマティスが妻のために建てさせたものだと知って驚き、セヴィニエ夫人にむけて語りはじめる。老画家がなぜ、アンジューのような田舎の孤児と結婚し、彼女を自殺に追い込んだのか。ひとりの芸術家による絶対の探求の犠牲となった十八歳の美しい女性マリー・ベリオンの生涯に触れたこの手紙は、ロシアの亡命作家レーミゾフとの交流をその葬儀の思い出にからめた第七書簡ともども、短篇小説に匹敵する余韻を残して忘れがたい。

最後の手紙がふたたび幼少時代へとアルランを引き戻し、九通の書簡を封緘する。病弱だった彼の父親は二十七歳で亡くなり、一家三人は専業農家だった祖父母に養われた。アルラン三歳、兄六歳。彼らの生活ぶりは、一九三八年に発表された自伝的小説『生まれた土地』のなかで淡々と描かれているが、若くして寡婦となった母親の被害者意識に苦しみつつ、アルランは表面的な貧しさに負けない強靱な生活の芯をこの時代に獲得した。「やがて私は信仰を持つようになる、というのもその信仰がすべてのはじまりにあるからだ。私が思い浮かべているのは信心ではなく、そうした心の持ちようである。私たちがなにかを選択する際の助けになり、支えてくれるのはそうした信条なのだ。みずから選び取ったものを信じることにおいて、どのように誤り、どのような弱みを見せようとも」。

二十代で前衛芸術の一端に触れたのちみじかくはない迂路をたどって、ただ古典的というにはあまりに繊細な散文を完成させていったアルランの到達点に、『あなたに宛てて……』がある。不在の人物にかこつけて自分自身への慰謝を探ろうとする手紙の、いわば《雑歌》的な機能を十全に生かした、これはひとつの新しい文学の試みであろう。

美しい母の発見

三十歳のとき嫁いだ最初の夫には連れ子があった。その夫を胃癌で亡くしたあと、義理の息子はひとりだちしてインドシナに行ってしまったから、以降、恒常的なつきあいはなくなっている。七年間独り身を通し、四十七歳のとき、ある雑誌の後添え探しの広告に応じて結ばれた五十六歳の相手にも、もう一人前の大人だが、少しばかり頭が弱くてずっと家にいる息子があった。二度にわたって後妻となり、都合ふたりの義理の息子をもったのだ。二度目の夫を失ってからは、血のつながりのないその風変わりな青年と親子の関係を、なんとか維持していかなければならない。

クロード・ピュジャッド゠ルノーの《*Belle Mère*》(一九九四)は、ある世代の人間にとってはありふれたものかもしれないそんな奇妙なめぐりあわせをいささかも嘆かず諾おうとするひとりの女性の、受け身の生を点綴した静かな作品である。小説家に男女の別を求める愚など承知してはいるのだが、地の文と独白の特異な溶解度、ほんの些細な日常に向けられた観察のきめこまかさと落ちついた息づかいからして、やはりこれは女性にしか描きえない、陰影に富んだみごとな文章だと思う。これまでピュジャッド＝ルノーが南仏に活動の拠点を置く出版社アクト・シュッドから刊行してきた完成度の高い一連の短篇集、『他人の子どもたち』（一九八五）、『かくも美しき小さな本』（一九八九）、『おひとりですか？』（一九九一）、『猫の抜け道』（一九九三）の系譜を、その声の質においてこの作品が踏襲しているのは明らかだろう。

ウードクシー、といういささか大時代な名前の女性が、われわれの主人公である。物語は、彼女が二人目の夫アルマン・ブーヴィエとはじめてベッドを共にした場面からはじまる。アルマンの先妻プレジーヌは、息子リュシアンの誕生後、子どもに没入するあまり夫との性関係を絶ったという。会ったことのないその女性のシーツにくるまって、七年間のひとり暮らしで躰の悦びを忘れてしまったのではないかと不安にかられるウードクシーの、ありきたりな新婚よりもずっと濃密で複雑な感慨をもたらす二度目の初夜の様子を、作者は寝息のような穏やかさでさらりと流してみせる。再婚相手のアルマンが戦中の機銃掃射にやられて早々と姿を消し、大切な話し相手になってくれたプレジーヌの姉のフェルミーヌも死んでしまうと、実の母親の寵愛を一身にうけて育ったリュシアンとウードクシーとの共生が、大胆な省略をともなった時の流れのなかで展開される。

リュシアンは器用な子どもだった。機械に強く、ガレージで働くうちに新しいエンジンの開発を思い立った彼は、三年間技術学校で研鑽をつみ、いよいよその発明の特許を取ろうとする。ところが同型のエンジンをすでにシトロエンが申請していたため、夢はもろくもつい え去った。その衝撃が尾をひくかたちで、彼は母と、母に似たマルスリーヌ叔母の思い出を抱えたまま、じぶんのなかに閉じこもるようになった。ウードクシーがやってきた当初、彼はまったく口をきかず、鈍い目をして打ち解けようとしなかったのだが、やむを得ずふたりで暮らしていくうち、じつはこの新しい母親を無視していたのではなく、逆に彼女の話のひとつひとつに注意ぶかく耳を傾け、記憶にとどめていたことがわかってくる。自閉気味の青年が、彼女の健康にも気遣いを示すやさしい男性に生まれ変わっていくのだ。

この小説のすばらしさは、一方が老境に入り、一方が精神を病んでいるという、それだけで十分に不安定な義理の母と子が、これまでの誰とよりも深く理解しあうようになっていく経緯を、反復される日々からひろいあげた双方のかすかな認識のずれを契機として、遡行的に描きだすところにある。たとえば、単語を聴取する習慣。ウードクシーの母アマンダは、生まれ故郷のラ・デリヴランド《デリヴレ》へ戻りたいと祈念しながら、死ぬまでルヴァロワに釘付けにされていた。嫁いだ先から解放されぬままに一生を終えたのである。単語の響きに裏切られた母親の例を教訓としつつ、ウードクシーはなお因習めいた自然さで地名の音楽にひきつけられる。再婚相手の住所ヴェール・ド・サン・ジュリアンから「緑《ヴェール》」のイメージを、その最寄りの駅であるムードン・ヴァル・フルリィから「花《フルール》」のイメージを想像して、新しい人生を送る土地に、そこはかとない期待を抱かずにいられないのだ。

おなじように、リュシアンもまた単語との親和を保っている人間だった。遠いむかし、ウードクシーがたった一度口にしたきり触れたことのなかったラ・デリヴランドなどという地名を彼はきちんと覚えているし、パン屋に入れば、見かけではなく名前が面白いからと、《ポーランド女《ポロネーズ》》だの《修道女《ルリジューズ》》だのを買ったりする。「おや、この子も単語に耳を傾けているんだわ」とウードクシーがつぶやくのは、物語も三分の二近くを経過してからだ。お菓子を介したこの挿話は、彼女とリュシアンの最初の接触がやはり自家製のタルトによってなされていたという過去の記憶を呼び覚ます。死んだ母親のタルトにつよい思い入れがあって、他人が焼いたものをかたくなに拒んできた彼が、ウードクシーのタルトをすんなりと口に入れてしまったのだ。騙されまいと警戒する小動物が、その警戒心にもかかわらず受け入れてしまうたぐいの、無償の愛に似た出来事が、何十年もの時を経て象徴的によみがえる。

ひときわ感動的なしかたで彼らの関係を照射するのも、リュシアンの言葉だった。九十五歳になった彼女がみずから養老院に居場所を見つけて家を出たあと、すでに異常をきたしつつある頭を抱えた彼が後を追い、もどって欲しいと懇願する。そして帰りがけに、「ここでいちばん美しいのは、あなたなんだ！」と叫ぶのだ。いちばん美しい存在は、実の母であり、叔母のマルスリーヌであるという不可侵の賛辞が、いまや、いつ死が訪れてもおかしくはない年齢に達した老女に捧げられている。生まれてはじめてひとから美しいと言われた老女は、唐突な、狂気すれすれの発言に面食らう。おそらくリュシアンの台詞は、これまでに書かれたフランス小説のなかで、最も美しい愛の言葉のひとつだろう。

これは人生で二度も「義母」となった女性の物語であると同時に、彼女をついに「美しい母」として認知するにいたった「義理の息子」の物語なのだ。仏語でごくふつうに《義母》の意を示す《*Belle-Mère*》ではなく、あえてハイフンを取り払った《*Belle Mère*》が表題に選ばれているのは、むろん字義どおりの「美しい母」を讃えるためにほかならない。ハイフンひとつの差異を、ピュジャッド＝ルノーはながい時間をかけて埋めてみせたのである。

距離について

声と文字がさまざまに変奏し、他者の存在をも巻き込む複数の音源から流れ出るポリフォニックな書物。ミシェル・ビュトールとフレデリック゠イヴ・ジャンネの共著『距離について、散策』は、前者から後者に送られた一〇九通の書簡と、親子ほども歳の離れたふたりの対談をコラージュした、きわめて音楽的な試みである。コラージュというからには視覚にも訴える工夫がなされており、引用文の性質を一瞥で認識できるよう、ビュトールの発言と文章はローマン活字で、ジャンネの手になるそれらの解説や回想はイタリックで組まれている。ただしジャンネの言葉も、じつはいったん口に出した言葉をテープに吹き込み、それを起こしてからさらに何度か推敲を加える煩雑な作業を経たもので、いまさら指摘するまでもなく、これは数多くの「対談」をこなしてきたビュトールの、その「対談する」という動詞の胡散くささにかすかな自虐をもまじえた、なおかつ積極的な目論見である。多種多様な主題をめぐってなかば即興的になされる大学での講義や世界各国での講演録を文字に移し換え、べつの機会の講演やエッセイに反映させるのがビュトールの創作における常套手段なのだ。

時間を置いて不規則に重ねられた対談は四十八の章に分割され、徹底的に再構成されているのだが、発言の出所は、日付と録音場所を明記する巻頭の凡例にはっきりと刻印されている。《一九七五年六月二十五日、ジュネーヴ》、《一九七九年四月、ニースとメキシコのあいだでかわされた筆談》、《一九七九年十月八日、メキシコでの録音》、《一九八六年六月三十日、フェルネー・ヴォルテールでの録音》、《一九八六年十一月十二日、ガイヤールでの録音のつなぎ、カットオフ》。つごう五つの対談が、それぞれの年号を括弧でくくった記号で断片化されており、読者はこの記号を頼りに分割された時間を組み替え、ジャンネが避けた編年的な流れをたどり直すこともできる。現に私は、分散されたビュトールの私信を、時間の指標に沿って読んでみたことがある。多声の意義を無にしてしまいかねない行為だが、少なくともその名がビュトールと対等にならべられている人物を知るためには、さほど無益な作業だとも思われない。

裏表紙に記された情報によれば、フレデリック＝イヴ・ジャンネは、一九五九年生まれのメキシコ系フランス人である。一九七五年五月、ビュトールに心酔する悩み多き文学少年だったジャンネは、校内誌のためのインタヴューを口実に、憧れの作家に面会を申し込む手紙をしたためた。思いがけず承諾の返信を受け取った少年は、翌月の末、作家を訪ねてジュネーヴ行きの列車に乗り込む。わざわざスイスに出向いたのは、ビュトールがその地の大学で教鞭をとっていたからであり、ジャンネがサヴォワ地方の要所のひとつ、シャンベリーの住人だったからだ。自宅のあるニースに来るより、こちらの方が好都合だろうと日時を指定したのはむろんビュトールのほうだが、面会場所が大学の研究室ではなくジュネーヴ駅のビュッフェだったというのも移動の人らしい選択である。しかし小さな録音機を回して対話に臨んだ高校生は、緊張のあまり用意していた質問事項をすっかり忘れてしまう。苦しまぎれに発した、「書く必要性はどこから来るのか」との問いかけに、ビュトールは相手の年齢に媚びることなくこう応えた。とにかく長くつづけることだね、書いている状態を持続することがじぶんには必要なんだ、それは死ぬか狂気にさいなまれるか、結局のところ人生の問題なんだ。そうして、書かれつつあるテクストを、少し「距離をとって」眺め、それがひとりでに枝分かれし、大きくなっていくのを眺めるんだよ。初対面で受け取ったこの発言は、ある意味でジャンネの方向を決定づけた。じっさいそのときから、一九九〇年の本書の刊行まで、彼はビュトールの手紙や作品とつきあいつづけ、自身の思考が分岐し、増殖するさまをつぶさに観察することになったからである。

目の前の道が見えない思春期特有の孤独に陥っていた高校生にとって、ビュトールは精神的な父親の役割を果たしていた。『距離について』を根底で支えているのは、ビュトール の文学への傾倒である以上に、郵便箱をあけて返信を見つけた日の、瑞々しい感動だといっても過言ではない。あたかも時を超えてモンテーニュかホメロスから手紙をもらったような気分だったというジャンネの述懐に嘘はないだろう。これを機会に、主として手紙でのやりとりを中心とした親密な交遊がはじまる。「主として」と断わらざるをえないのは、以降、ふたりが競うように移動を繰り返すからで、彼らの声は欧州、北米、南米、豪州、そして極東の島国のあいだを飛び交うことになるのだ。いつしかジャンネは結婚して人の親となり、ビュトールはユゴーばりの風貌を整えながら孫を持つ身となった。ところがビュトールは、祖父である術を学ぶだけでなく、母国の文壇の、相も変わらぬ敬意ある無視を堪え忍びつつ、過去に倍する勢いで作品を量産していったのである。ジャンネは疲れを知らぬ作家の足どりを振り返って、こうじぶんを追いつめる。《これで十一年間、ぼくは作品について、またそれを書いた人物について考えつづけているのに、適切な方法がまだつかめない。いま書いているこれらの注釈に、どう手を付けたらいいのか、どんなふうに対談をやり遂げたらいいのか、どんな方向にはっきりとした目標を定めて進むべきなのか、いまだにわからないのだ……》。

短い消息を通して明らかにされるビュトールの途方もない仕事ぶりとアイディアの醗酵過程には、小説的な興趣すら認められる。ジャンルを不問に付す文章を積み重ね、バルザック的な世界を築こうとするその壮大な作品の生成について貴重な証言を残すためなのだろうか、ジャンネは自身の手紙をすべて削除してしまった。もちろんそこには相手の入れ知恵もあったことだろう。当初、作家の側からは、ジャンネの試みにたいして『遠ざけられた会話』、『遠いコメディー』といった、あきらかに《距離》への目配せをふくめたタイトルが提案されていた。ジャンネの声を消したほうが、世界にふくらみを持たせられると彼は判断したのだろう。

けれども読後に思い浮かべたのは、ビュトールとの、おそらくは特権的と呼んで差し支えない時間を十年以上も享受してきた若者の行く末だった。リルケの忠告を生かせなかったあの若い詩人とおなじ轍を踏まずに、独自の世界を切り開いて行けるのかどうか。ジャンネには『どこでもない場所からかくも離れて』と題された著作がある。私は大いにそそられながらも、読むのをためらった。出来映えを心配してというより、彼のおそらくは最良の作品が、ビュトールとの交流とその文学の圏域にあるだろうと確信しているからだ。『距離について』には、美しくも残酷な人間関係の「距離」が焼きつけられている。憧れの人からの手紙を受け取ったひとりの感性豊かな高校生の現在と未来が、つまりはジャンネの半生が、思いつきではない仕方で、頁のあいだからまざまざと浮かびあがってくる希有な書物だと私は思う。

＊フレデリック゠イヴ・ジャンネは、その後、自伝的散文『サイクロン』（一九九七）、『慈悲』（二〇〇〇）を発表。また、アニー・エルノー、エレーヌ・シクスー、ロベール・ギュイヨンとの対話集を刊行している。

人恋しさについて

家賃は安いが湿気の多い一階のアパルトマンの窓は道路に面しているため通行人や車の騒音に心乱され、中庭に面したもう一方の窓の下はごみ置き場になっているので、夏ともなれば不快な臭いが鼻をつく。冬には冬で、ラジエーターはあるけれどそれを一晩中つけていては電気代がかさんでしまうから、両手でおなかを抱え込むように身体を丸めて寒さをしのがなければならない。貧相な部屋で漫然とテレビをながめ、ラジオを聴く毎日。ピエール・ロムール、四十三歳、離婚歴一回。別れた女房や息子にはいっさい連絡をとらず、おまけに三年前から失業中の身だ。リ・ゾランジ、ノジャン、ギャロノール、シャンピニー、エピネーといったパリ郊外での、不定期の穴埋め仕事にすらありつけないときには、近所の図書館へ新聞を読みに行ったり、クリニャンクールの蚤の市に出かけたり、さしたる意味もなく地下鉄に乗って、ぼんやりと女性を目で追ったりする。毎朝飲むのはもちろんネスカフェだが、やかんの水が沸騰するまで待てずに蛇口から直接お湯をボルに注ぎ、なまあたたかい液体を啜ることもある。贅沢といえば、たまの日曜日にファミリー・レストランで四十九フラン五十サンチームのメニューを注文するくらいだ。本当に金に困ったときには、恥も外聞もなく見知らぬ人びとに小銭をねだりもする。

ドミニック・ファーブルの『俺だって、いつかは遠くへ行くんだ』(一九九五)は、そんなふうにまったくうだつのあがらない中年男の日々を描いて、「やりきれない日常の美学」とでも呼ぶほかない哀感を漂わせた秀作だ。モーリス・ナドーが出版を引き受けている以上、読む前からひと癖ありそうだと予想のつくこの小説の舞台はとりあえずパリなのだが、連作短篇に類する本書に刷り込まれた「やりきれなさ」の質は、あえていえばアキ・カウリスマキの映画のそれに近い。『真夜中の虹』の、ビスコットとマーガリンとインスタントコーヒーからなる殺伐としたフィンランドの朝食や、『コントラクト・キラー』に描かれたロンドン郊外の、陽当たりの悪い灰色のアパートからのぞく空や、その下で行き場を失ったジャン゠ピエール・レオー扮する水道局員の孤独を連想させる。

カフェテリアのウェイトレスをしていたポーランドからの出稼ぎ女性と恋に落ち、苗字も年齢も出身地も訊ねないまま半同棲まで進展して将来を夢見るのもつかの間、筋書きどおり父親危篤の報で相手が帰国し、唐突に終わりを迎える「テレザ」、偶然のなりゆきから秘書として短期間雇ってくれた職業斡旋所の主人とのつきあいを語る「ロジェ・ランベール」、サン・ラザール駅の近くで知り合い、窮状を訴える作り話に耳を傾けてくれたばかりか、四つ折りにした百フラン札を握らせてくれた男との淡い友情をたどる「ベルナール・ラクロワ」、深夜パレ・ロワイヤル付近で声をあげて泣いていた黒髪の美女との短い交流をぎくしゃくとたどる「見知らぬ女」、その美女と入ったバーに居合わせ、じつは彼女の夫だとわかった男との滑稽なすれ違いをつたえる「アリー」、物乞いをしていたある日、サン・マルタン運河沿いのベンチで出会って恋に落ちた「アニー」、病気で倒れている主人公を発見し、命を助けてくれた行き付けのカフェの主人「アンドレ」。

　ピエールを取りまくのは、都会のはずれに生きる人間ばかりだ。冷たい肌をあわせたテレザは異国の女性であり、彼女を雇い入れたカフェテリアの支配人はモロッコ人であり、仕事にあぶれた者に救いの手を差しのべる男は重い病に蝕まれている。好きになった女性は生粋の郊外人で、年老いた母親の監視に自由を奪われているし、深夜のバーで語り手に奇妙な関心を示す男は、こちらが妻の浮気相手ではないかと勘ぐる寝取られ亭主にすぎない。多かれ少なかれ、彼らはみな、たがいの傷を嘗めあう寂しげな存在である。それにしても、一九六〇年生まれの作家が八歳も年長の冴えない男の視点を仮設した必然性は、どんなところにあったのか。

　第一作にしてはいかにも気力の萎えそうなこの小説を読みながら、私は数年まえ話題になった、マルセル・レヴィの『人生とわたし――ある落伍者の年代記と考察』(一九九二)を思い出していた。皮肉な副題が添えられたこの回想録は、九十三歳にして初の著作を世に問うたという作者の経歴が、多少の疵を覆い隠す付加価値となっていた。「いかによく生きたか」で締めくくられる高らかな人生の肯定ではなく、「いかに人生を失敗したか」という逆転の発想で自己卑下を売り物にしているレヴィの文体は、しかし落ちつきのあるそれなりに端正なもので、ことに父親を早く亡くし、貧窮のさなかにあった幼年時代、三人の子どもを抱えて寡婦を通した母親の奮闘ぶりを描く部分などは、むしろ甘美で幸福なトーンに貫かれている。語り手に躓きがあるとしたら、文学に憧れつつそれに没頭できず、人生の終焉間近になってようやく夢が叶った、そのタイムラグだけだ。

落伍者の烙印を嬉々として読み物に仕立てあげるレヴィにたいし、ファーブルの主人公は「人生をいかに失敗しつつあるか」、その哀れを進行形で淡々とつづっている。挫折を語るに最もふさわしい手法は、「回顧」ではなく「現在形」の語りにあるのだ。かつてこれほどまでに「人恋しい」小説はなかったと言いたくなるほどの切なさと、希望のない生活のなかでの適度な自己の突き放し。レヴィの本には、表面的な諧謔はあっても「人恋しさ」がない。人恋しさのない孤独は、深いようでいて浅いのだ。それはしょせん作りものであり、擬態にすぎない。仕事を終えて郊外電車に乗るまでの、ほんのわずかな時間の逢瀬を堪え忍び、ようやく家に来て欲しいと新しい恋人から申し出があった段階で別れを決心するピエールは、「人恋しさ」を生み出す微妙な距離に飢えているのであって、それは初対面でじぶんの内側に入り込んでくれた男の死に動揺する場面や、普段の行動をそれとなく観察し、ついには命を救ってくれたカフェの主人の行為に戦慄するほどの感動を味わう場面からも窺い知ることができる。各章の末尾を覆う情感は、求めていた対話のはかなさにたいする悔い以外のなにものでもない。

ドミニック・ファーブルの小説が私に強い親近感を抱かせるのは、不惑を過ぎ、もはやすべての面で後戻りがきかなくなった語り手が、つねに自己を鼓舞し、また鼓舞するだけで結果が伴わないだろう人生を覚悟しながら、先の見えた行く末をそれでもなお正面から受けとめてやろうと、いじましくも声を高めてみせるからである。ピエール・ロムールにとって、定職にありつけるかどうかはもはや問題ではない。仕事があろうとなかろうと、本当の生活が変わることはないのだ。心がいつでも失業状態にあるような日々をやりくりし、俺だっていつかは遠くへ行くんだと呟きつづけることにこそ、人生半ばの、現在形の敗者に許された、なけなしの処世術があるのだから。

変名について

私見によれば、ミステリー作家が認知される条件は、圧倒的な量産を誇るか、決定的な一書を残して沈黙するか、あるいはマイナー・ポエットとして少数の充実した作品群を生み出すかの三点である。純文学の領域に住み着いている書き手が片手間にミステリーをものす事例もあるのだが、その多くは作品の価値を本業での知名度と評価に頼る一種の変動為替と考えていい。「誰だろうか」をもじった『加田伶太郎全集』がどれほど印象的な一冊であり、また日本推理作家協会のお墨付きを得た『事件』がどれほど緻密な名作で、さらにはその作者に、経歴のごく初期からミステリーを書いていた事実を明かす『最初の目撃者』のような短篇集があろうとも、福永武彦や大岡昇平を、推理小説作家と呼ぶのは不適切なのである。

この場合、問題となるのは、彼らがミステリーを発表するに当たって変名を使わなかったという点であって——福永武彦は当初覆面作家たらんと欲したにもかかわらず、のち、公然の秘密となった——、それというのも先に掲げた三つの条件のうち、二番目と三番目にまたがり、なおかつ純文学からの越境を満たすものとして、変名による執筆が考えられるからだ。仮面をかぶってあらたな領域に乗り出す韜晦と野心。背後に経済的な理由が隠されていることもあるだろうが、そうした俗にして切実な動機をもふくめての固有名の神秘化は、本名以外の名義で書く行為によってほぼ達成されてしまう。

ただし、生活費とのからみを無視するのであれば、やはりそこに、「変名」へのかすかな憧れがひそんでいると考えていいのではないだろうか。完成度の高いミステリーを生涯に一冊、しかも変名で書き残し、きわめて少数ながら持続的な読者を獲得することは、物書きに許されたひとつの夢だとも言えるのであって、そのときこの作品は、伝説をひきつれて世にもたらされた詩集と同等の輝きを得るだろう。書く側にすれば、それは冴えないじぶんの片面しか覗いていない周囲の読み手に爽快な驚きを強いることであり、読者からすれば、親しんでいた作家のべつの顔が唐突に現われてくる現場に立ち会うことは、隠された宝石を発見したような歓びにも等しい。これは無知をさらけ出すだけの話になりかねないのだけれど、かつて私が『盲目の愛』というその甘く苦い小説をひそかに愛読していたパトリック・コーヴァンと、《黒い河《フルーヴ・ノワール》》叢書の作家クロード・クロッツが同一人物であると知ったときの驚愕はかなりのものだった。悪意のニヒリズムに徹するクロッツと、切り返しの速度感にもかかわらずほのかな微笑を誘うコーヴァンの作風は、それほどに異なっていたからである。

その衝撃はやがて静かな歓喜へと高まっていったのだが、比較的最近、思いがけずそれと似たような感情を味わう幸運に見舞われた。昨秋（一九九五）フランスの大きな文学賞候補になってそれなりに注目を浴びた、ジャック゠ピエール・アメットの『プロヴァンス』を手に取って読み進めていたとき、九〇年代フランス小説の定型なのだろうか、無邪気とも映りかねない美文への傾斜におののきつつ、妻を弟に寝取られた男の回想を機軸とする展開と作者の名前にどことなくひらめくものがあって、区切りのいいところで栞をはさみ、巻末の著作リストに目を通してみると、ジャック゠ピエール・アメットは、八〇年代に《セリ・ノワール》叢書から二冊のポラールを刊行しているポール・クレマンの実名だと判明したのである。

ミステリー作家としての活動はどうやらその二冊をもって打ち止めにされた様子なので、おそらくここにも「食うための」事情があったと推察される。変名で書いた作品を臆せず著作リストに載せているあたりなかなか図太い神経だが、裏を返せば、アメット自身にとって、ミステリー作家ポール・クレマンは、否定し、抹消できるような軽々しい存在ではないということかもしれない。ある資料によると、ポール・クレマンは一九四三年生まれ、カーン大学で文学を学び、のちに「ウエスト・フランス」「ル・ポワン」の記者として活躍、本名でも小説や戯曲を書いているとあって、著作リストには『出口』（一九八一）と、植草甚一ふうに直訳すれば『俺は田舎で殺す』（一九八三）の二冊が挙げられている。

ただしこのささやかな情報をもたらしてくれた書物よりはるかに網羅的なモーリス・ペリセの辞典にはクレマンの名が記載されておらず、名実ともにミステリー作家であるとはお世辞にも言いがたいようだ。にもかかわらず、私はクレマンの名がわずか二度しか記されぬまま立ち消えてしまったことを遺憾とせざるをえないのである。作者の経歴も前評判もまったくわからない手探り状態で、目についたときにだけあがなう《セリ・ノワール》のなかでも、ポール・クレマンの小説は、頁の匂いや活字組みの視覚的な好感度や読んでいたときの気候などを鮮明に憶えている作品のひとつであり、そんなふうにこちらの脳裏に刻まれるについては、なにがしかの美点があったにちがいないのだ。

妻ローラの浮気を疑っていた夫レデールは、別居しながら、綿密な追跡調査によってその事実を確認すると、パリ十四区サン・ゴタール通りのアパルトマンに住んでいた彼女を待ち伏せし、非合法に入手していたコルトで射殺する。『出口』の書き出しはおよそ期待どおりの紋切り型で、それじたいはけっして特筆すべき事項ではないのだけれども、たまたまこの本を買ったのが十四区のダゲール街からすこし脇に逸れた書店であり、買った時点でもう黄ばんでいたその頁を開いたのがモンパルナスまで一直線にのびるメーヌ通りのカフェだったという偶然が、クレマンの名にある付加価値を与えてしまった。妻の死を知らせてきたのは、まさしくメーヌ通りにある警察署の刑事だったからだ。

ところが、取り調べの翌日、同型のコルトを使った殺人事件が起こる。刑事はレデールに不利な証拠を重ねたあげくオルレアン近郊にある別荘に誘い出し、突然仕事でパリにもどると言ってじぶんの妻とレデールをふたりきりにし、関係を持つよう仕向けるのだ。レデールが目を覚ますと彼女は死んでいて、持っていたコルトがなくなっていた……。

ノワールな雰囲気というより、日常の歯車が狂って、それまで考えもしなかった行動に駆り立てられる男の姿が、淡いながらも的確に描かれている。探偵と犯人、スパイとその敵といった、せいぜい二百頁ほどの叢書に求められる条件をクリアするためだけに生まれてきた水っぽい文章はそこになく、クレマンと名乗る書き手の背後にかなり熟達した経歴が透けて見える。アメットの小説をほかに読んだことがないので、その実力がどの程度で、『プロヴァンス』がその経歴においてどれほどの位置を占めるものなのか、それを判断する資格が私にはない。けれどもこの小説を通読したかぎりでは、語りが安手の回想に頼りすぎていて、さほど成功しているとは思えず、本名での小説よりも二冊のミステリーの文体のきめの粗さのほうに妙味を感じた。ともあれ「変名」とは、電圧が変わるたびにあたらしい世界が生まれる感覚の変電器である。出来不出来はべつとして、変容の臭いをかぎつづけるために、仮面の在処をつねに意識しておかなければならない。

＊ジャック゠ピエール・アメットは、二〇〇三年『ブレヒトの恋人』によって、ゴンクール賞作家となった。

こころに屈託を残したまま通りを歩いているようなとき、ふだんは手もなくやられてしまうバスの誘惑にもまったく無関心になり、どうしたわけか地の底に降りたくなる。その入り口は、ビルのあいだにのぞく四角い小さな穴であったり、道路わきにコンクリートの屋根を戴いた、あるいは異郷でならくすんだ鋳鉄がやわらかく表示板に絡みついた階段であったりするのだが、ときおり突風が吹きあげるあの魔界の開口部へ、しぜんと足が向いてしまうのである。地底世界の目印が見えたとたん、地上をさまよっていた歩行者の足どりはいつしか微妙な修正をほどこされて、かくべつ速いわけでも、ゆったりしているわけでもない、しいて言えば「夢のなかで屋根の上を歩き、煙突のまわりをめぐり、深い淵に沿って進んでいるときと変わらぬ歩み、奇妙にも確かでありながら、しかしぼんやりとした歩み」に変容している。切符を買い、巨大な金属の歯茎を連想させる改札を抜けてプラットフォームに降りれば、そこには「鉄と電気の大河」が流れている。

この大河をモチーフとしたグワッシュの連作をジャン・デュビュッフェが制作したのは、一九四三年のことである。熟慮された色彩の配置を見せているのに本能的芸術《アール・ブリュット》を掲げるその画家を発見し、いささか興奮気味に擁護役を買って出ていたジャン・ポーランは、一九四五年、デュビュッフェの連作に添えるべくパリの地下鉄を題材に小さな文章を書き、翌年画文集としてパヴォワ出版から刊行している。残念ながら私はまだこの版を目にする機会に恵まれていないので、四〇年代前半のデュビュッフェに関しては、マーグ版の画集に掲載されたいくつかの作品と、友情の証である《ジャン・ポーランの肖像》の筆致などを手がかりにその感触を想像するほかないのだが、出会いを引き延ばしているうちにもう現物と会った気になってしまったのは、ひとえに「メトロマニー」と題されたポーランの文章の磁力によるところが大きい。異能の編集者であり、またきわめて私的な言語論者であり、すぐれた美術批評家でもあったポーランの、物語作者としての地位を早急に復権すべきだと切望している人間は、おそらく私だけではないだろう。しかし地下鉄に魅せられた都会人の脆弱さを小声で語るようなユーモアをまじえて描き出したこの小文が、デュビュッフェの絵と切り放されて活字になるには一九六〇年の『全集』を待たねばならなかった。生誕百年にあたる一九八四年に、採算を度外視した感じでル・トゥ・シュル・

ル・トゥ社からふたたび世に送り出された新装の小冊子も、その後再刊された形跡がない。一九四六年版を踏襲した本文に、ドゥニ・プップヴィルという、なんとなくふざけた名前を持つ銅版画家の作品が数枚加えられ、黄色地に茶色のラインが入っているだけの表紙の、小規模な展覧会用に画廊が用意するカタログのようなその本は私の手もとにあり、地下鉄の出口で足どりに変調をきたす歩行者の姿態をとらえた先の一節も、ここから引いたものである。

わずかな距離のあいだに、目を楽しませてくれる小売店の飾り窓や、静かな時間を過ごせるカフェがならぶ大都市内部での移動を目的としているのに、いったいなぜわざわざ暗闇を抜ける乗り物を整備する必要があるのか。二十世紀初頭にパリを訪れ、あちこち案内されたあげく食傷気味になって、いろんなものが詰まりすぎているこんな街は嫌いだと漏らしたシャムの国王の逸話を引きつつ、ポーランは地下鉄の意義を、すべてに過剰な都市生活からの一時的な逃避にあると説く。恋人だの夫婦だの両替商だの会計士補だのといった身分を消去し、世間の些事から逃れるために、人目を惹くものと言えばくだらないポスターくらいしかない「組織された欠如」ともいうべきこの地下鉄に、人びとは舞い降りてくるのだ。つまりメトロとは、一種の河、それも忘却の河なのである。いまや神話は想像のうちに存在するものではなく、鉄や鋼鉄や木でじっさいに打ち建てられているのであり、地上に生きるわれわれは、古代ギリシア人が畏怖したこの忘却の河のなかで、その気ならまる一日過ごすこともできる。終点からふたたび反対方向へと走り、要所での乗り換えを反復すれば、わずかな料金で驚くべき距離の移動が可能となる。そればかりか、高架を走る路線を選びさえすれば、闇の深さを一時忘れることだって許されるのだ。

パッシーに出れば自由の女神像が、ベルシーを走れば釣り人が、グラシエール近辺なら両脇の通りの眺めが閉塞感を解消してくれるはずだし、いきなりそんな高見に恵まれると、ちょっとした山登りでもしているような気分になってくる。闇から光へのこの転換の妙にあらためて魅力を感じ、ついには地下鉄なしで生きられなくなっているわが身に驚くのだ。ポーランはここに「メトロマニー」の誕生を見、そして彼らの生態を少年時代の思い出に絡めて解明しようとする。謝肉祭の最終日、赤い縁なし帽子をかぶり、ヴェネチアの漁師の服装をしたポーラン少年は、もしやじぶんに似た仮面が出現するのではないかと、地下鉄に乗ってひたすら街路の下の空間を経巡ったという。

「われわれは誰しも（あるいは似たような思い出の効果にすぎないのかもしれないのだが）、男であれ女であれ友人と呼べる人びとを、また敵を、なおよければ誰よりも恐ろしい存在、つまり無関心な連中を、人形に変えてしまいたいという漠たる欲望を抱いている。そしてその人形を腕に抱き、かわいがり、ちやほやし、服を着せたり脱がせたりしたいという欲望を。ある意味でそれは悪魔的な誘惑ですらあって――エゴイスム、卑劣さ、わたしにはなんだかわからないのだが――、われわれはそこから身を守るべきではないのではあるまいかと、そんなふうに思えるのだ。メトロがその誘惑を鎮めてくれなければ、なお長いあいだ、それについて自問しつづけることになるだろう」

　地上ではあれほど多い危険と誘惑が、ここでは執拗だが優しい欲望に縮小還元されている。ある男は、毎日地下鉄に乗ってなにをしてるんだと友人に訊ねられたとき、《Mais j'y vole》と答えた。哀れな友人は、この返答の、仏語ではおなじ音で表現される「盗む《ヴォレ》」と「飛ぶ《ヴォレ》」の意味を取りちがえて早速あぶない稼業に転身し、メトロの麻薬から解き放たれて車両から降りる乗客をねらっているうち逮捕されてしまった。《voler》とはもちろん後者の文脈で解すべきなのである。「車両に足を踏み入れるとすぐ、じぶんの近くにいることに飽きてしまう。じぶんを離れ、漂い、頭のなかを軽くし、最後の綱を切り放して、それから飛ぶんだ」。

　デュビュッフェはポーランに宛てた手紙のなかで、この文章の夢遊病的な深みを絶賛しているが、それは親しい批評家にたいする媚びでも外交辞令でもなかった。地上の喧噪を忘れるために、おのれを忘れるために、たしかにひとは、地下を流れる忘却の河の岸辺まで、ゆっくりと降りていくにちがいないのである。

Ⅲ

セリーヌとロマン・ノワールのための序章

『夜の果てへの旅』と郊外

1

アフリカとアメリカを経由してふたたびフランスに戻ったバルダミューは、数年間の勉学を終えて医師の免許を取得し、「じぶん好みの郊外」に居を構える。それがラ・ギャレンヌ・ランシーだ。『夜の果てへの旅』(一九三二)では、冒頭を飾る北仏のノワルスール・シュル・ラ・リスを手はじめに、いくつもの地名が、それもつねにフランスから、というよりパリから遠心的に主人公の彷徨を導くような地名が次々に繰りだされている。これらはいずれもその音のうちに語り手の遍歴を巧妙にあやつる力を備えていて、たとえば戦場の夜をそのまま取り込んでしまったノワルスールのように、いきなり真っ暗《ノワール》な闇のなかへ彼を投げ入れてしまう。

こうした想像上の地名のうち、バルダミューと最も緊密な関係を保っているのが、後半に大きな舞台として登場するパリ郊外のラ・ギャレンヌ・ランシーとヴィニー・シュル・セーヌである。パリ郊外の地図を広げてみれば、誰でもこのふたつの土地が実在の地名をたくみに結合した虚構であることに気づかされるだろう。とりわけ前者は、オー・ド・セーヌ県のラ・ギャレンヌ・コロンブやセーヌ・サン・ドニ県のル・レンシーを容易に想起させ、またそうしてできあがったランシーの音は、酸化してすえた臭いを発する状態をいう形容詞《ranci》と重なって、人間の本能が噴出する腐りかけた場所、異臭の漂う郊外を、それだけで体現しているかにみえる。もっとも、セリーヌは綿密な地図を引いて架空の町を作りだしているわけではない。位置関係にいくつかの矛盾が残されているからだ。ランシーがバティニョルとポルト・ド・ブランシオンのどちらからもたどり着けるなどということは地理的にありえないのであり、セリーヌが紙面にふくらませたこの空間は、ダシール・ハメットのポイズンヴィルと同様、住民の腐敗と毒を内包しながら存在する架空の世界なのである。

ただし地理的矛盾をかかえた虚構の郊外は、不変の大都市パリを定数に持つことで揺るぎない存在感を獲得している。金持ちと貧民、この二項対立はパリの城壁の内部でというより、むしろその内と外でなされるのだ。

パリの金持ち連中は寄り集まって住んでいて、パリをケーキにたとえるなら連中の街の塊りはそのひと切れといった恰好で、先端はルーヴルまで延びているのだが、反対側のまるみを帯びた底辺はル・ポン・ドゥーユとラ・ポルト・デ・テルヌのあいだの木々に接している。そう、そいつはパリのでっかいひと切れだ。残りはみんな貧困の掃き溜めだ。

掃き溜めの大半は郊外に住んでいる。彼らは新しく造成された箱のような住宅から、地下鉄に乗ってパリの職場へ出ていく。通勤電車につめこまれ、見すぼらしいねぐらと都心の職場を往復する。「都会はこうした足の汚い群衆をその電気仕掛けの長い下水道の中へできるだけ隠そうとする。やっと地表へ這いあがれるのは日曜日だけ」という余裕のない日常を、バルダミューは《大敗走》と呼び、完全な敗北と断じてはばからない。「毎日のように明け方をすぎるとおなじことの繰り返しで、みな群れをなして扉や手摺にしがみつく。大敗走だ。これがみんなパリの雇い主のもとへ、飢え死にから救ってくれる人間のもとへ行くためなのだ、そいつを失うより怖ろしいことはないんだ、この意気地なしどもには。ところがはした金と引きかえに、めちゃくちゃ汗を絞られる」。しかもこの大敗走にはランシーの名に恥じない強烈な臭いが追随し、郊外の住民たちはこの異臭から逃れるようにして都市へなだれこんでいくのである。

鉄の箱の中にごみ屑みたいに押し込まれてランシーを縦断するのだが、いや夏なんかその臭いこと。パリの境界の城壁跡のあたりまで来ると、最後にひとしきりおどしあい罵りあって、あとはなにも見えなくなる。人から物から地下鉄がいっさい呑み込んでしまうんだ、汗でぐっしょり濡れた背広も皺くちゃのドレスも絹の靴下も子宮筋層炎も履き物みたいに汚れた足も支払期限のように堅い万年カラーも流産のなりかけも戦争の英雄も、何から何まで、コールタールと石炭酸がぷんぷんにおう階段を雪崩をうって転がり落ち、まっ暗闇に吸い込まれていく、一人分だけでプチ・パン二個分もする帰りの半券を握りしめて。

生活のために右往左往し、搾取されるのを承知で都会へ働きに出なければならない連中の滑稽ともいえる姿は、いつもと変わりなく反復される光景であるにもかかわらず、どこか常軌を逸した、かすかな狂気の糸をすら曳いている。頭脳に異常を来した人間が集団でうごめいているかにみえるこの世界はほとんど精神病院の比喩であって、実際セリーヌのテクストにおいては、郊外と病院が同等の扱いを受けている。『夜の果てへの旅』の前半部で読まれるパリ郊外の地名は、つねに病院とともに提示されているのだ。気の触れた負傷兵はみなイシー・レ・ムリノーのリセを利用した施設へ放り込まれ、軍法会議にかけられたり北アフリカの囚人部隊か前線に送られているのでなければ、クラマールの精神病院にまわされている。後半部を占めるヴィニー・シュル・セーヌでは、この郊外＝精神病院の図式がより明確に描かれ、両者の類縁が疑う余地のない事実として語られているばかりか、郊外と呼ばれる空間は個々の名を持つ特定の土地を離れて、不特定の強迫観念にまで膨張している。セリーヌがとりあえずヴィニー・シュル・セーヌと名づけた郊外の情景はどこに適用してもかまわない汎用の書き割りで、郊外は郊外を生みつづけるというあまり口にしてはならない定式通り、まちがっても都市には転生しない城壁の外の本質が徹底的に暴かれているのだ。

ヴィニー・シュル・セーヌは、ふたつの水門のあいだの、緑を剝ぎ取られた丘にはさまれた、郊外に変身しつつある村だ。やがてはパリに取り込まれてしまうだろう。月にひとつずつ庭が滅びていく。町に足を踏み入れたとたん、広告がロシア・バレーみたいにけばけばしくなる。執達吏の娘がカクテルの作り方を心得ている。市電だけが歴史の遺物になろうと頑張っている。こいつは革命でも起きないかぎりなくなるまい。人びとは不安顔だ。子供たちはもう言葉のアクセントからして親とはちがう。ここがまだセーヌ・エ・オワーズ県だなんて考えると妙な気がする。奇跡が起こりつつあるわけだ。ラヴァルが首相になると同時に最後に残っていた庭も姿を消し、家政婦は夏休み明けから時給を二十サンチーム値上げした。競馬ののみ屋がひとり密告される。郵便局の女局長は男色小説を買い込んでいるが、自分じゃあそれよりずっと生々しいのを思い描いている。司祭はのべつ汚い言葉を吐き散らし、物のわかった連中に株の手ほどきをしている。

ここでは出自にふさわしい行動をするという約束ごとが消え去り、階級が崩れ、アナーキーな狂態ができあがりつつある。薄められた都会が侵入し、呆気ないほどの執着心のなさで、郊外はどんどん受け身の変容を経験していく。対独協力時代の首相となったラヴァルの名がすでに第二次世界大戦における悲劇を予告し、来るべき強制収容所ドランシーの変奏としてランシーをなんのためらいもなく引き寄せてしまうあたり、セリーヌのユダヤ人への呪詛を思うときわめて示唆的な一節である。皆殺しのバガテルを歌う男が、現実にその皆殺しの音頭をとった人間のひとりを先んじて攻撃しているようにも受け取れるからだ。しかもここで再度呼び寄せられるランシーは、バルダミューが投げ入れられたビセートルの病院周辺の光景と、時をへだてて結ばれている。

ある日の午後、母親と二人で、病院の近くの道を、そこらのできかけの道を、街灯などまだ塗装もされてない道をぶらぶら歩いた。両側にはじめじめした壁がどこまでもつづき、窓には雑多な色のぼろぎれが、貧乏人の下着がわんさと下がっていて、昼時の炒め物のぱちぱちいう小さな音が、安物の油のにわか雨みたいな音が聞こえていた。あらゆるものから見捨てられた生気のない都市の周辺、いつわりの栄華が滲み出して来て腐り果てるこの界隈では、町は見る者の目に、都会の汚物溜めのようなばかでかい尻を曝している。誰もが避けて通るようなあらゆる臭気を放つ工場の群れがあり、中でもひどいのになるとその臭気ときたら信じられないくらいで、まわりの空気の悪臭もその勢いを殺がれるほどだ。

すべてがこの土地の真実をごまかそうと無理しているのだが、そいつはすぐさまもどって来て人びとの上に涙を流す。なにをしても無駄、飲んでも無駄、赤葡萄酒のインクみたいに濃いやつを飲んだところで空が変わるわけじゃない、空は郊外の煙のせいで、大きな沼みたいに頭上を閉ざしている。

臭気は腐敗と不可分である。身体が、社会が少しずつ腐り、崩れ、そしていったん腐ったものは二度ともとに戻らない。さまざまな臭いが流れ、混じりあう工場街の描写は、場所の特定を必要としない、郊外に共通する記号なのだ。都市のごみ箱、掃き溜めとしての郊外。しかもその臭いは、空を介してアメリカの都市とも結ばれてしまう。「ランシーの空の光はといえば、これがデトロイトと何ら変わりがなく」、平野は煤煙で汚染され、「残骸みたいな建物が黒い泥で地面にくっつけられている。煙突が、短いのや高いのや、遠くから見ると海岸の泥土に突っ立ったでかい杭のようだ」。フォードの自動車工場にのみこまれていく労働者たちの汗、不満、不安、貧困、煤煙に覆われた太陽の見えない空。人間の条件はどこへ行っても改善されはしない。オートメーション化された過酷な労働環境、耳をつんざく機械音。それらはランシーを脅かしている状況と瓜ふたつなのである。いつまでたっても青空は顔を出してくれない。澄んだ青い空は、郊外には広がってくれないのだろうか。

いや、澄んだ空は昼間ではなく、むしろ夜にこそ存在しているのだ。休息の時間をもたらし、私たちを護ってくれる夜、散策のなかで夢を養うやわらかな夜。『夜の果てへの旅』は表題を裏切らない夜に満ちた書物である。主人公をつつみこむやさしい夜は、しかし死と隣り合わせになる戦場での闇を持ち出すまでもなく、時としてそのまま絶望的な狂気へと一瞬にして色調を変える。バルダミューが軍から二カ月の休暇を得てミュジーヌとビアンクールに住む頁を覆う夜はまちがいなく静かで、恋人との新生活を約束するかに見えるのだが、じつは住居が遠くなったことを口実にして彼女はパリに泊まり、なかなか帰って来なくなる。バルダミューはセーヌ川の敷居のむこうにいるその相手を待って、むなしく夜の散歩を繰り返す。「愛しい相手を待つあいだ、夜になると、よくグルネル橋まで散歩したものだ、流れから立ち昇る闇のうえには地下鉄の鉄橋が鈴なりの街灯をつけて暗闇のなかへ伸びている、鉄橋のうえにはでっかい鋼鉄の塊りが、パッシーの河岸に立ちならぶ大きな建物の脇腹をかすめて、轟音をたてて突っ込んでいく」。そんな夜の空襲のさなかに、彼はまたミュジーヌを失ってしまうのである。

バルダミューが斥候として敵地へやられ、そこでロバンソンと会ったのは夜だった。ミュジーヌを待ち、失ったのもやはり夜、アフリカへ近づくのも、アメリカへ渡るのも、恋人モリーと別れるのも、トゥルーズから帰ってくるのも、ランシーの診療所を放り出して逃げたのも夜だった。物語の最後、ロバンソンがタクシーのなかで殺されるのも夜だったではないか。夜は、バルダミューにとっても物語の展開にとっても、重要な節目を用意している。彼はいたるところで夜を受け入れ、夜を飲みほし、夜に溶け込む。そんな夜の原点ともいうべき、いわば真の夜をバルダミューに啓示したのは、ランシーの無料診療所医師としての体験だった。ヴィニーでの光景はあくまでランシーの人びとの心の闇を垣間見てこそ顕現するものだし、そればかりかフランドル郊外の戦場、ニューヨークの株の大暴落など、世界のすべての苦境が、彼の瞳を、奪われていく光に敏感な装置へと育てあげていったのである。なるほどトゥルーズのカタコンベやロバンソンの失明も、闇を引きつける大切な役割を担っているのだろうが、研ぎ澄まされた救いがたいほど深い暗黒は、医師としてのバルダミューが目の当たりにしたランシーの闇にほかならず、またそれほどの闇はパリの周辺地域にしか存在していない。闇のある郊外。光の降り注がない城壁の外こそ、バルダミューにふさわしい空間なのだ。太陽が見たければどこかの高台、たとえばサクレ・クールまで出てくるほかなく、かりに丘のうえに足を運んだとしても、じぶんの町は煤煙に霞んでその位置すら確認できない。工場が民家に入り込み、あるいは工場と工場のあいだに民家が入り込み、煤けた路地と大雑把なブルヴァールが延び、墓地にしか木々が繁らず、どこにも中心のない場所、それがセリーヌの郊外なのである。

外から内にむかう運動が凱旋ではなく敗走と解されるバルダミュー的逆説を考えるとき、《Foutez le camp!》という『夜の果てへの旅』の登場人物がよく口にする台詞は、ひどく魅惑的に映る。文字通り〝現場から逃げ去れ〟との意味で使われるこの言いまわしは、戦争の馬鹿らしさから逃れるというより、なぜ逃げようとするのか、どこへ逃げようとしているのか、じぶんでよく摑めないことにたいする苛立ちと焦燥に発しているようにも読めるからだ。なるようになれと腹をくくったバルダミューの彷徨は、行き場のない空間からの逃走をみごとに体現している点で、郊外の本質を鋭く衝いていると言えるだろう。そしてこの《foutez》の原形《foutre》に派生する形容詞、《foutu》こそ、最も頻繁に漏らされる郊外的言辞なのである。「どうにでもなれ」と「なんとかしてくれ」のあいだで揺れるセリーヌの郊外は、ついにその間隙を埋めることのないまま、一九七〇年代末から八〇年代初頭にかけて勢いを取り戻したあたらしい「闇」のなかに、遅ればせの継承者を見出すだろう。

2

郊外、移民、失業、若者の軽犯罪。HLM、あるいは音声をそのまま表記して《achélème》とつづられもする低家賃高層住宅を舞台にこれらを取りまとめるのが、現代フランスのロマン・ノワール、ことにネオ・ポラールの名で一括される作品群である。隠語や俗語をふんだんに採り入れた文体と冗長な心理描写を抑えた独自のトーンで、従来の古典的なミステリーとは一線を画したロマン・ノワールの歴史のなかでも、とりわけ八〇年代に入って爆発的人気を得たネオ・ポラールは、J＝P・シュヴェイアウゼールが『ロマン・ノワール　フランスのハードボイルド』（邦訳、白水社）で指摘するように、楽観主義を捨て去って自嘲気味に現代社会の腐臭をかぎつけるという特質を、さらに細かく、局所的に拡大したものである。そこには移民政策やパリ近郊の都市計画の破綻、底の見えない不景気などが基調となった灰色の世界がひろがっている。興味深いのは、作者の政治的立場がどうあれ、最後には社会の非を打つ方向で一致を見てしまうことで、左翼を代表するジャン＝パトリック・マンシェットと右翼を代表するA《ア》・D《デ》・G《ジェ》が、まったく相容れない立場にありながらポラールでしか表現できない異議申し立てをおこなうという一点で足並みをそろえているのはその証左である。すなわちポラールとは、現代フランス社会の諸悪を言葉で燻しだす手段なのであり、個々の思想の差異はこの大枠のなかでいったん解消されてしまうのだ。ポラール作家がセリーヌを範と仰ぐのは、彼こそあまたの矛盾と軋みをたったひとりで引き受けた作家だからである。『ギニョルズ・バンド』をもじって『クラドクズ・バンド』（一九七二）を書いたA・D・Gは、おそらくセリーヌのなかでも今後さまざまに見方のわかれるだろう人種差別的な視点を引き継ぎつつ独自の雑言を重ねているし、警察という権力の側に身を置いて、ほかならぬ制度の自家撞着を暴いていくユーグ・パガンの諸作にもセリーヌの影は強く射している。

それればかりではない。モーリス・ペリセの『現代フランス・ミステリー展望』（一九八六）に収録された現役作家へのアンケートによると、回答を寄せた五十三人のうち、なんと全体の五分の一を超える十一人が、愛読する散文作家としてセリーヌの名を挙げているのだ。カトリーヌ・アルレー、ユーグ・パガン、ジョゼフ・ビアロ、フレデリック・ダール、F・H・ファジャルディ、エルヴェ・ジャウアン、ブリス・ペルマン、クロード・クロッツ、ピエール・マニャン、エルヴェ・プリュドン、ピエール・シニャック。なかでも《好きな作家「ルイ＝フェルディナン・セリーヌ、ルイ＝フェルディナン・セリーヌ、そしてルイ＝フェルディナン・セリーヌ」、好きな詩人「ルイ＝フェルディナン・セリーヌ、ヴィクトール・ユゴー、ルイ゠フェルディナン・セリーヌ」》と熱狂的な賛辞を送っているのがフレデリック・ダールで、これは過激な寸言と俗語をふんだんに散りばめた作品で知られるサン・アントニオ名義の発言と解釈して差し支えないだろう。作風も文体も異なるロマン・ノワールの作家たちが、声をそろえてセリーヌを称賛しているのだ。純粋なフランス文学界における再評価よりも早い時期から、セリーヌがポラールの領域で確固たる参照物となっていた事実は、現代を覆う多様な問題と不安の元凶が右も左も無頓着に包摂されてしまうようなおそろしく懐の深い小説を彼が書いてしまったことを意味する。そしてポラールの世界で、セリーヌ的な色調をいちばん手軽に、かつ真摯になぞらえうるのが、「郊外」だったのだ。

簡単なことさ、連中は作りそこねたんだ、例の近代的な街ってやつを。パリをとりまく大がかりな居住地区も、ぜんぶ《同上》。難癖をつけるには好都合さ、こっちはそういう所で暮らしてるんだから。高度十一階の低家賃住宅の屋根に、針葉樹を植えれば片づくってもんじゃない。やつらにしたって、クロベを見てヴォージュの森を想像しろとまでは言わないだろう。

どれもこれもおんなじだ。あいもかわらぬ繰り返し。ガキのオムツを乾かすためのバルコン。スウェーデン製の二級家具つきリビング。息のつまりそうなテレビ。頭を正常にたもつために置いたゴム製の植物。そして街路。
　広く、長く、まっすぐな。ほとんどの時間は、おれたちだけのものだ。まだ完全に出来あがっちゃいないのさ、やつらの言うすばらしき街は。最後まで残った建築現場にはまだクレーンが何台も立ってやがる。ずっとむこうの方には、もうしっかりこちらを励まそうと、直角に断ち切られた大通りに標識がならんでる。《ここには、いつも花がある》。おためごかしにこんな文句を掲げるなんざ、まったく厚かましいもいいとこだ。とどのつまり、よそから運ばれてきたこの植え込みの土にヒナゲシがちゃんと馴れるかどうかはまだなんとも言えないし、家賃を抑えたこの兎小屋には、もう八万羽の兎が住んでるんだ。いたるところから集まってきた兎たち、コースの高原から、アルジェリアから、マルティニークから、マリから、そしてベルヴィルからやってくるやつだっている。しかしだ、肌の色が黒だろうと黄色だろうと赤だろうと、こいつらは朝早くから働きに出て、ようやく夜に戻ってくるとそのまま寝ちまうだけなのさ。

議員選挙をめぐる政治工作とHLMに住む若者たちを描いたジャン・ヴォートランの第一作、『赤い投票』（一九七三）の冒頭である。バルザックの『浮かれ女盛衰記』に登場する怪人物の名をペンネームに頂戴した彼の本名は、周知のとおりジャン・エルマン。いくつかの短編映画で認められたのち、レイモン・クノーの『人生の日曜日』（一九五二）、セバスチャン・ジャプリゾの『さらば友よ』（一九六八）を映像化したこの男が新しい名前で作家に転身する真のきっかけとなった作品こそ、セリ・ノワール叢書の一冊として刊行されたこの『赤い投票』である。ロマン・ノワールとは単なる娯楽作品を生み出すジャンルではなく、現代を描き、見つめるための最良のアプローチだとするヴォートランの信条は、冒頭で造成地区を持ち出すあたりに早くも示されているが、その後の華々しい受賞歴を一瞥すれば、方法としてのポラールを唱導する彼の言葉に嘘はなかったことが了解できるだろう。『ブラッディ・マリー』で一九八〇年のミステリー批評家大賞、『パッチワーク』で一九八四年のドゥ・マゴ賞、『ベビー・ブーム』で一九八六年のゴンクール短篇賞、『エナメルの人生』で同年の文芸家協会賞を受賞し、一九八九年には、盗作騒ぎもあって話題になった『神様への大いなる一歩』でみごと念願のゴンクール賞を射止めているヴォートランはポラールから純文学への越境を誰よりも華麗に実現してみせた作家なのであり、それはディディエ・デナンクスやダニエル・ペナックなどの活動ともからんで、る。ポラールのひとつの方向性を示唆している。

先の引用に戻ろう。肌の色の異なる八万もの兎が閉じ込められた画一的なコンクリート住宅を呪うヴォートランの書き出しは、「このおなじ要塞跡にはつづいて生活保護の老人たちがやって来て一緒に住んだ。彼らのために大急ぎで何キロメートルにもわたって窓ガラスを張りめぐらした棟がいくつか建ててあり、戦争が終わるまで彼らはそのなかで、虫けらみたいに飼われていた。まわりの丘では、あとからあとから造成される狭っくるしい分譲区画が、建ちならぶ飯場小屋のあいだから押し出される泥を奪い合っていた」と語るセリーヌの主題を、当然のように反復している。セリーヌが単なる言文一致におさまらない独自の文体で完成させたヴィジョンを、ヴォートランは造成中の郊外型住宅に住む鬱屈した若者の視点を通してたくみに延命させているのだ。くだけた話し言葉に近い語法、直接目的語をいちばん最後に据える文体そのものにセリーヌの記憶が生々しくまとわりつき、そればかりか結末に近い章の冒頭には、《Au bout de la nuit, la fin du voyage》（夜の果てに、旅の終わりが）というあからさまなオマージュが掲げられている。ヴォートランがセリーヌを意識していることは、こんな仕掛けからも明らかだろう。

殺伐とした造成中の土地が窓からの眺めを律していた『赤い投票』の光景は、建物がすべて完成したあとにもじつは存続していく。コンクリートの高層住宅は町を活性化するどころか、毛並みも目の色も異なる八万羽の兎を飲み込んだまま、それこそ汎郊外的な紋切り型に固着するのだ。〝タグ〟と呼ばれるスプレーを使った無秩序な壁の落書き、小便臭い不衛生な駅、大きいだけが取り柄のスーパーマーケット。ヴォートランの世界から十年ほど経過した郊外の様子は、こんなふうに描かれている。

《アトレー＝I》は旧市街を指す言い方だった。郊外の大きな村、珪石でできた一戸建ての埃が舞い、猫を連れた婆さんや隠居した役人たちがうろついている。アトレー＝Ⅱはその祖先と似ても似つかぬものだった。かつての麦畑にはすでに老朽化した建物がそびえ立ち、碁の目に建てられたその建物の中央には大型スーパー〈カルフール〉があって、わきにはRERが走り、ここで暮らしている世帯の八割はシトロエンの工場に勤める男を家長としている……ガブルーは先週の日曜日にこの町をひと回りしてみた。プレハブの中学校、がらんとした文化センター、〈カフェテリア〉には暇を持て余したごろつきたちがたむろし、地下の駐車場ではガキどもがサッカーに興じている。どうしようもない紋切り型だ。（ティエリー・ジョンケ『野獣と美女』、一九八五）

老朽化した高層団地のピロティの陰や大型スーパーの地下駐車場、あるいは高速道路の高架下。セリーヌの闇はこれら大がかりな建造物の薄暗がりに居場所を移し、麻薬売買、盗難、殺人とともに郊外を包みこむ。空をふさがない一戸建てを建て、芝生をめぐらした公園や映画館をつくり、小学校、理髪店、薬局など、生活に必要なものはみな居住区域のなかで揃うよう町に手を加えてみても、どうにもならない。ここで生まれた者は、ここで生き、ここで死ぬ。平板な日常の自給自足というわけである。

建築家や投機家たちが、社会学、住環境の人間工学、大衆心理学その他もろもろの新しい学問の警鐘に背中を押されて申しわけ程度に頭をしぼり、軌道修正を試みた。建物により人間味をもたせ、一戸建ての区域、芝生をめぐらしたピラミッド型の高級アパルトマン、そして秘密の民兵を組織した。軽犯罪にはみごとな効果をおよぼした。アフガニスタンの拳銃からコロンビアのコカインへ、折り畳みナイフからマグナムへと移っていったのだ。

（オペル『ゾーン』、一九九二）

郊外人を取りまく悪と貧困。ポラールの作家たちがセリーヌから受け継いでいるのは、いっこうに改善されない閉塞状況の糾弾である。どこをどういじっても、郊外は郊外でしかありえない。それならなぜこんな土地から逃げ出してしまわないのか。バルダミューとロバンソンは、ひたすらおのれの現在地から逃れようとした。戦場から脱走し、アフリカへ、ニューヨークへと、めまぐるしく行く先を変えて逃走した。だが、どこへたどり着こうと逃れてもおなじ貧困が、おなじ苦しみが追いかけてきた。約束の地はついに見つからず、ノワルスールの闇を抜けた『夜の果てへの旅』は、ふたたび先の見えない闇を迎えて閉幕する。郊外の部屋からほとんど一歩も出なかったアンルーユ婆さんのように、バルダミューの旅は、HLMに閉じ込められた郊外人の一生をも暗示しているのだ。

もっともセリーヌは、現実と幻想を交錯させることによってより強固な現実を頁のうえに喚起する眼差しを有していた。ヴォートランらがセリーヌというおそるべき先人から学ぼうとして学びえないのは、あの幻想を突き抜けて幻視に達する眼力である。報われない郊外人への義憤や社会悪にたいする呪詛を連ねるだけでは、なにも言ったことにはならないのだ。郊外を描きながらも、セリーヌは都市と郊外の往復に、川や海をわたる儀式を配置して、こちらとむこう、此岸と彼岸を創出し、そのあいだにふっと息をつける冥界に似た空間を現出させている。それはRERや郊外バスよりもずっと遠くへ主人公を連れていき、貴重な慰謝をもたらす。バルダミューは診療に疲れるとセーヌ河のほとりまで出かけて、対岸のジェンヌヴィリエの平原を遠巻きに見やって埃と靄に包まれた煙突を認め、水門近くの水の流れを何時間も眺める。

遠くで曳き船が汽笛を鳴らした、その呼び声は、橋を越え、橋弧をくぐり、もうひとつくぐり、水門を過ぎ、もうひとつ橋を越え、遠く、ずっと遠くへ消えて行った……それは河じゅうの舟を一艘残らず呼び寄せていた、舟も、街ぜんたいも、空も、平原も、おれたちも、何もかも運び去ろうとしていた、セーヌもだ、すべてをだ、しかしもう、それについて話すのはやめよう。

バルダミューがロバンソンの死を警察に届け出た翌朝の、「夜の果て」に置かれた場面である。漆黒のセーヌ河へすべてが吸い込まれていく。ここでのバルダミューは、死の河の渡し守カロンだ。河を、海を、橋をわたって中心と周辺を行き来する人びとを見つめ、また城壁をくりぬいた門を通過しながら自分自身を見つめ直す。パリ郊外の遍歴を「冥界めぐり」に見たてるなら、『夜の果てへの旅』は、まさしく昼と夜、現実と夢想を散りばめた「幻想文学」であり、バルダミューとロバンソンの関係も分身譚として受け入れられるはずである。このことはまた、ポラールの、犯罪者たる若者と腐敗した警察との関係をも想起させるだろう。彼らはひとつの郊外を異なる角度から照らしだす表と裏の位置にあって、両者はほとんどたがいの分身と言っても差し支えない。バルダミュー＝ロバンソンは、追うものと追われるものの距離を保ちつつたがいを慰撫し、郊外の、そしてみずからの病巣を摘出しているのだ。ロバンソンがパリの街なかでもなく、うらびれた郊外でもなく、その中間で倒れ、彼と歩みをともにするかのようにバルダミューがそこで旅の終わりを意識するのは、じつに象徴的な出来事なのである。

たんなる雰囲気づくりのためだけに郊外を持ち出す愚によって、ポラール作家たちは時にセリーヌの世界を矮小化している。小ぢんまりとまとめられたポラールを読めば読むほど、幻視者セリーヌの巨大さがのしかかってくる。逆に言えば、だからこそ彼らはセリーヌに惹きつけられるのだ。新たな幻視者をめざすことが困難なら、せめて彼らは、バルダミューのこんな感慨を吸収しておくべきかもしれない。

自分の滑稽な過去のすべてが、あまりにも滑稽とごまかしと盲信に満ちていたのに気がついて、人はたぶん若いってことをきっぱりやめようって気になるんだ、やめて若さが自分から離れてくのをやりすごし、遠ざかってくのを見、その虚しさをとっくり眺め、あとに残った穴ぼこを手で確かめ、そいつがもう一度目の前を過ぎてくのを見たうえで、そいつが、自分の若さがたしかに行っちまったのを確信して、それから自分が歩き出すんだ、今度は自分が、落ちついて、たったひとりで、ゆっくり「時」の向こう側へと渡るんだ、そうして人や物がほんとうにどんなふうなのかを眺めるんだ。

郊外の様子をなぞり、郊外人を代弁して社会悪を弾劾するといったゾラまがいの立場をとるだけでは、個々の内部にひそむ屈折は解決しない。胸中に巣くっている穴は、じぶんの手で清算するほかないのだ。それはある意味で、若さとの決別に等しい。いつかは旅が終わり、いつかは老いるとわかっていながら、時のむこうへ、夜の果てへと進んでいく勇気のある人物の眼を通して「あとに残った穴ぼこ」を描いてみせること。ポラールが真にセリーヌと結ばれるためには、このバルダミュー的な自省を少しずつ消化していく以外に道はないのである。

＊セリーヌの引用は、プレイヤード旧版の『作品集Ⅰ』に拠りつつ、既訳を参照し、細部を改変した。

なお、ヴォートランとデナンクスの作品のいくつかは、現在、草思社、文春文庫などから邦訳されている。

コンクリートの氷野

ロマン・ノワールと郊外

1

季節にはまだいくらか早いように見えるコートを着た男が朝の北駅から郊外電車に乗り込むと、座席を埋めつくした勤め人たちはみなヴァカンスの話に興じていた。わたしはブルターニュへ釣りに出かけました、俺は南仏で泳いだんだ、うちだって炊事場とトイレを完備したキャンプ場に出かけたんですよと、それぞれに涙ぐましい労働の代償を報告しあう者のなかに、船で二週間ギリシアをまわったという紳士ぶった輩がいて、高くついたがすばらしい旅でしたよ、パルテノンこそ真の建築です、このあたりの安普請じゃあ一階から声をかけると八階から返事がありますからね、といって周りを笑わせている。ただし旅費の支払いは一年ローンで組んだとの落ちを聞かされて、ひとりだけ様子のちがうコートの男は、遊んでから月賦で金を返すなんざまっぴらだ、俺はそんなみみっちい暮らしはごめんだと独語する。だが列車を下りて数年ぶりに戻った自宅のある町は、緑に囲まれた静かで穏やかな郊外から、夏の休暇を後払いで楽しむような勤め人ばかりが住む味気ないコンクリートの高層住宅に、しかもそのいくつかはまだ建造中という哀れな人工都市に生まれ変わっていた。何てこった、まるでニューヨークじゃないか。そう呟きながら男は駅を出ると、工事人たちにテオフィール・ゴーチエ通りと呼ばれていた場所はどこにある、と訊ねる。受け応えのアクセントからただちに外国人労働者だと判別できる男たちの、案内所で聞けばわかるとの言葉にしたがって歩いていくと、驚くべきことにその案内所とやらは自分の家で、一帯がアンリ・ベルクソン通りと改名されたことを知らされる。「持続」を説いた哲学者の名前を苦もなく裏切って、過去と現在の断絶がおそろしいまでに際立つ造成地区。男の家は、四方を巨大なコンクリートに囲まれて、細々と生きのびていた。

アンリ・ヴェルヌーユ『地下室のメロディー』の冒頭である。タイトル・バックでジャン・ギャバン扮する出所したての老ギャングが歩くのは、ヴァル・ドワーズ県サルセルというパリ北東の郊外都市だ。一九五八年から一九六一年にかけて造成されたパリ地方初のベッドタウンで、いくらかの侮辱をこめて《cite-dortoir》（寝るためだけの街）と呼び習わされる空間の代名詞とも言うべき存在なのだが、一九六三年のこの映画は、まさしく建設途上にあった団地をフィルムに収めていたことになる。手持ちの資金と公団から地上権として与えられた金で南仏に小さなホテルでも買い、夫とふたり静かに余生を過ごそうとその帰りを待っていたヴィヴィアーヌ・ロマンス演じる色香にあふれた女房の夢を、ギャバンはあっさり破り棄て、服役中仕入れた情報をもとに、現役引退を飾る最後の大仕事を計画する。鉄筋コンクリートの新しいマンハッタン、しかしそれぞれに強い個性をむきだしにしたビルが増殖していく高層都市ではなく、ほとんど差異のない窓ばかりならぶ箱庭的なマンハッタンから一刻もはやく逃れようというのか、ギャバンは青二才のアラン・ドロンを相棒に選び、運転手役としてその義兄をまるめこむと、南仏のリゾート地へ勝負をかけにいく。コンクリートの塔を前にしたギャバンの落ちつきのなさは、この役者の魅力が成熟したパリのような空間でしか十分に発揮されないことを明確に示している。事実、映画は変わりゆく郊外の映像にその後まったく触れぬまま、衝撃的なラストシーンを迎えるのだ。

パリ周辺にはプロシア侵攻に備えて十九世紀末に整備された城壁があり、かつてはその近辺に低所得者層が集中して、「ゾーン」と呼ばれる一種のスラム街を形成していた。灰色の壁と薄汚れた街路、生気のない、都市と田舎があいなかばする中間的世界として、旧ゾーンの郊外団地は、暴力、貧困、行きづまりの同義語と化し、定職につかず曖昧な生活を送り、時には非行に走る若者たちの行動を表す《zoner》という動詞にその痕跡をとどめるにいたった。過酷な日常を背負ったこれらのゾーンは、やがてZUP（都市化優先地区）に指定され、無味乾燥な低家賃高層住宅に生まれ変わるのだが、暮らし向きは以前より楽になっても、家庭環境を地理的に区分けできる郊外内部の貧富の図式はなおも持ち越された。サルセルの工事現場で見られた移民労働者の流入や彼らにたいする人種的偏見を発端として、その後パリ近郊を中心に多発するさまざまな社会問題の芽が、こうして少しずつ吹き出していたのである。

第二次大戦後の経済復興にあたり、移民の凍結もあって労働力が不足していたフランスは、マグレブ諸国の人びとにフランス国籍を与えることで法の網をくぐりぬけた。許可なく労働に従事する者もあったが、彼らも国家としては貴重な戦力であり、違法であるがゆえに賃金が安く、しかも流動的だったことから、政府は黙認していたらしい。六〇年代までは、貧しい国々の移民労働者が暖房設備すらない粗悪な労働者寮に暮らし、また大都市周辺に掘っ建て小屋からなるビドンヴィル（スラム）で小さなコミュニティを形成していたものの、フランス社会の内側に入り込んでくる可能性は薄かった。ところが第一期の単独労働者移民が母国から家族を呼び寄せ、世帯としての生活を開始するようになった頃から、彼らを取りまく旧宗主国社会との亀裂が少しずつ深まっていった。七〇年代に入ると、ルノー、シトロエンなど自動車工場のオートメーション化推進にともなう失職の危機に直面した単能職の移民たちが労働運動を起こし、またその大部分を占めるムスリム系の人々が工場内に祈りの場を設けろと要求する未曾有の事態が生じてきた。フランス社会がさらに微妙で複雑な問題を抱えることになるのは、これら第一世代の移民労働者の子どもたちが成長した七〇年代後半あたりからである。空の低い郊外団地で生まれ育ち、フランス公共教育の恩恵に浴した彼ら第二世代は、母国への郷愁を失わず封建的な家族制度を尊ぶ親たちと対立し、かといってこの国で職を得ることもできずに、行き場を失くして徐々に非行化しはじめたのである。

ここで移民第二世代、とりわけ「ブール」と呼ばれるマグレブ系の第二世代の苦悩に焦点をあてた、ファリッド・アイシューヌの『郊外に生まれて』（一九九一）に触れておきたい。アイシューヌが伝える彼らの苦悩はじつに生々しいが、そこからセリムという少年の家族がたどった歴史を引き出してみよう。セリムはパリ北郊ラ・クルヌーヴのドニ・パパン職業高校に通い、旋盤工の資格取得を目指している十七歳の少年だ。兄弟姉妹は計九人、セリムは八番目で、下に十歳の妹がいる。姉たちの生活は順調そのものだ。長姉はすでに結婚し、つづくふたりの姉は大学生、すぐ上の姉は大学入学資格試験を準備している。問題は、オートバイやジャズにうつつをぬかして働かず、《zoner》を繰り返す男たちで、三十九歳になる長兄こそまともに身を固めているものの、あいだにいる二十三歳と二十二歳の兄は押し込み強盗で投獄され、セリム自身も毎日学校へ顔を出しているわけではない。

父親は長年シトロエン工場で働いてきた六十歳のアルジェリア（カビリア）人である。一九四七年にフランス国籍を与えられ、息子とおなじ十七歳のとき労働者として本国に渡ってきた。マルセイユに到着するやパリのリヨン駅に直行し、カビリア人のコミュニティが形成されていたサン・ドニの工場街にあるカフェまで仲間とタクシーで乗りつけた。ほどなく近くのセメント工場に職を見つけ、さらに賃金のいい十九区の砂糖工場に移ってそこで二年半働き、一九五〇年の夏、いったん故郷に戻って遠縁の女性と結婚、翌年長男が生まれる。ふたたび単身サン・ドニに帰ったところで二十歳になり、フランス国籍である彼は応召してチュニジアで十八カ月の兵役をこなした。除隊後、砂糖工場に再就職できたため五四年まで働き、疲れ果てて故国へ戻ったとき、アルジェリアの民族解放戦線FLNによる武装闘争にぶつかる。フランス兵として現地徴集されるのを恐れた彼は急遽サン・ドニへ帰り、一九五九年に従兄弟を通じて八歳になる息子を呼び寄せることに成功したあとは、独立まで家族と離ればなれの生活を余儀なくされた。

フランス政府のFLNにたいする圧力は、ナチスのユダヤ人迫害を連想させるほどのものだった。パリ在住のアルジェリア人（この段階ではまだフランス人である）への圧政に抵抗してFLNが行った一九六一年のデモ行進は、信じがたい暴力で押さえつけられ、四百人にのぼる死傷者を出した。セリムの父親は長男とこのデモに参加し、突然発砲してきた機動隊とアルキ（現地徴集された、フランス側につくアルジェリア兵）からやっとの思いで逃げおおせたが、息子を母国から連れてきてくれた従兄弟はこの事件で消息を絶ったという。アルジェリアが独立したのは、翌一九六二年のことである。彼は息子とふたりで故国から妻を連れ帰り、フランスでの新生活を選択した。暖房も水もないアパルトマンでの貧困生活を耐えぬき、一九六五年にシトロエンの一般工に採用されると、一九七〇年にラ・クルヌーヴの《四〇〇〇》団地に暖房完備、浴室つきの広い部屋を与えられた。

だが、そこに待ち受けていたのは安楽な暮らしではなく、息子三人の不良化だったのである。団地で生まれ育ったセリムは、すでに身についた西欧の価値観とは相いれない母国のライフスタイルを受けつけず、と同時にフランス社会ともうまく同化できぬまま、将来に何の希望も持てない移民二世の《苦役》にいつのまにか参入していたのだった。こうして無味乾燥な団地と移民二世の淀みきった日常は、第一世代の労苦を捨象した郊外団地の紋切り型になっていく。逃げ場をなくした移民二世の不平不満が、手触りのはっきりした粒子となって郊外の空に流れはじめたのだ。一九八一年、アラブ系の若者たちと警察が衝突したリヨン郊外のヴェニシュウは、九千世帯を抱える巨大な郊外団地だが、住人の半分以上がマグレブ系のアルキか移民だった。パリ近郊のヴィトリーでは、一九八〇年のクリスマスイブにマリ出身者たちのバラックがブルドーザーでつぶされ、ナンテールのＨＬＭ

ではもう移民を受け入れないとの声明が出された。酒の入った警察官に遊び半分で殺されるマグレブ系の犠牲者が話題となったのもこの頃のことである。

フランス社会の表舞台に乗り出してきた移民二世の問題は、九〇年代に入っても解決の糸口が見つからぬまま、あちこちで警察との衝突に発展していった。九〇年十月九日に暴動の起きたリヨン郊外のヴォルゾ・ザン・ヴランでは、都市化優先地区に指定され、巨大な団地が建設された後、八千人あまりの人口が四万五千までふくれあがり、そのうち五五パーセントを移民が占めるにいたった。どこへ行っても移民の家族ばかりで、スーパーや駐車場は彼らに占拠され、子どもたちは公共施設を破壊してまわる。失業率や軽犯罪の増加の責任を移民に負わせ、あからさまに人種差別的な発言で支持率を伸ばしたジャン゠マリー・ル・ペンの極右政党「国民戦線」が、一九八六年に三十五議席を獲得して議会入りした段階から、これらの暴動と右翼の台頭は根深いところで準備されていたのである（八八年には一議席となる）。

一九九〇年十一月十二日には、覆面をした若者たちがパリの百貨店のショーウインドーを割って品物を盗み、車に放火するなど、悪態の限りを尽くす事件があった。主として職業訓練高校の改善をもとめる高校生たちのデモに便乗したこれらの暴徒は、マスコミによって「壊し屋」と名づけられた連中で、それが初のお目見えというわけではなかったのだけれど、代表者が文部大臣に直接会見を要求しもするそれなりに真摯なデモの印象を、

「壊し屋」たちはきわめて不穏な色に塗り替えてしまった。政治的な論理や要求に則ったものであるどころか、ただやり場のない怒りをぶつけるだけの「壊し屋」のほとんどは、パリ郊外からやってきたブール、あるいはルノワ（ノワール、つまり黒人）たちだった。学業についていけず非行に走り、職業訓練校を出たものの一向に職につけない失業者を母体にした彼らは、いちように社会を憎み、罵り、「ヴェルラン」と呼ばれる俗語をあやつる周縁の人間である。人種的偏見がまじらなくもない威圧的な態度でのぞんでくる刑事《keuf》たちと対立し、何も教えてくれない学校を憎み、移民二世の就職に門戸を閉ざす社会そのものを憎む郊外の青少年たち。

「壊し屋」が社会の一面に躍り出るにつれ、彼らの本拠地である《cités-dortoirs》の惨状が、ようやく真剣な議論の対象となっていった。当時アディダスの社長だったベルナール・タピは、スラムと化した団地の不毛な日常を改善するべく三十八の試案をまとめ、学校についていけなくなった少年たちをボクシングやサッカーなどのスポーツで救済する手段に訴えたものの、本質的な改善にはならなかった。ラップや演劇を通して《苦役》から解放される者もあったが、誰ひとりとして具体的な解決策を提示することができず、フランス社会は、こちらへ忍び寄ってくる底なしの闇にも似た未知の世代を前にして、なす術を持たなかった。

2

移民第一世代から暴発する第二世代までの、フランス社会のしたたかな裏面史を視野に置き、郊外地区のHLMを主要な舞台にして市民権を得たのが、前章でも触れたA・D・Gや《ロマン・ノワール》と呼ばれる小説群である。六八年の五月革命前後に登場したA・D・Gやジャン=パトリック・マンシェット、それにつづくジャン・ヴォートランといった書き手を中心に台頭してきた新手のフランス産ミステリーは、狭義のジャンルの枠を徐々にはみ出し、同時代の純文学がかすめもしなかった主題を盛り込む独自の表現手段として認知されるようになった。そこではまず、郊外の若者たちの《苦役》を用意するHLMが、犯罪を助長する装置として大きくクローズアップされている。コンクリートの巨大な郊外団地そのものが、そこに幽閉された人びとの内面で肥大し、膨張し、抑制のきかないひとつの人格であるかのごとく把握されるに及んで、フランスの現代版暗黒小説は、セリ・ノワール創成期以来の英米型ハードボイルドの影響と常套をようやく脱ぎ捨てたのである。脱ぎ捨てた結果どのような地肌が露出されてきたのか、それを網羅的に見さだめる作業はこちらの手にあまるけれど、とりあえず「郊外」という枠組みをあてがってみると、団地の周辺で頻発する非行の実態とその根源に触れる作品が七〇年代半ばから登場し、八〇年代以降、確実に増加していることが理解できるだろう。

まずコンクリートの廃墟が誕生する前史として、郊外にひそむ二部構造を摘出したものに、エルヴェ・ジャウアンの『つぐみ狩り』（一九八五）がある。役人や教師の家族が住むエリート地区のコトー街と、その下で肩を寄せ合っている労働者中心のラ・ポンプ街の対立。後者がZUPに相当する下層階級の街であり、住民は新設される団地への移住を待ち望んでいる。親の学歴が高いコトー街の子どもたちが勉強熱心で成績も良好なのにくらべ、「ラ・ポンプ街の連中は、十六回の春を過ごしてから職業研修に入る」道がもう自動的に敷かれている。ジャウアンはこの二地区のせめぎあいを顕在化させるべく、中間点に廃屋を設置して、その敷地で二組のグループを対立させる。コトー街のグループは、十四歳のデュデュール率いる四人。彼の妹で十二歳のナヌー、レザン、ジャコ。みな学業はこなしているが、親分肌のデュデュールはくだらない遊びに手を出す一人前の不良で、街の粗大ゴミから拾いあげた使用可能な品を廃屋の地下室に隠し、九ミリ口径のカラビン銃を入手して敵との戦いに備えている。ラ・ポンプ街の一党を率いる番長は、十三歳のフレッド。粗野な酒飲みの父親と離婚歴のある母親との三人家族で、フレッドはこの母親の連れ子という設定だ。

六月のある晩、フレッドの父親の友人で清掃夫をしている男が食事に招かれ、したたま呑んだ帰りに廃屋の地下室でコトー街の連中とかちあい、デュデュールに殺される。彼らの隠匿物はやがてラ・ポンプ街のフレッドの手に渡るのだが、酒のまわった父親は、息子が盗みを働いたとしてさんざん叱りつけているところを近所の人々に目撃される。ところがその後、フレッドはデュデュールの一党につかまって磔にされ、逃げようともがいているうち、誤って自分の首を吊ってしまう。このふたりの死の責任が、事件当夜、泥酔してなにも覚えておらず、アリバイのなかったフレッドの父親に着せられ、彼は死刑を言い渡されるのだが、罪が確定すると妻はさっさと離婚を申請し、真犯人デュデュールはいささかも悔いることなく、平然と人生を送る。「悪」と「暴力」が最初から「貧」の側にあるはずだとの偏見に警鐘を鳴らすペシミスティックな小説。ＺＵＰの住人が夢の高層住宅に移り住み、広々として清潔な共同住宅での新生活がはじまったあとも、ジャウアンの主人公たちは再生産され、棲みかそのものが彼らの憎しみの対象となっていくのである。

　また、パリから二十キロ離れたＨＬＭを描くエルヴェ・プリュドンの『氷野』（一九八一）は、語り手が出所したばかりの元犯罪者である点で『地下室のメロディー』を想起させつつ、サルセルのような建設途上の空間ではなくすでに完成されたコンクリートの量塊を前景に押し出し、四部構成からなる第一章が「郊外、どこでもない場所」（Banlieue, non-lieu）と命名されている点において、ロマン・ノワールが消化しようとする喉越しの悪い食物の存在を明らかにした重要な作品だ。ユートピアならぬアトピックな空間としての郊外。「サント＝ムイーズ＝シュル＝デッシュ、メルドヴィル〔＝糞町〕、トゥルイー＝

レ＝フォワ、聞き覚えがあり、なにかを思い出させる名前だ。郊外。そこに住んでいるはとこ、ちょっとした知り合い、遠縁の親戚、おじさん、ぜったい会いに行くことのない連中」。名前を聞き知っているだけでわざわざ足を運ぶことのない土地。あってないような幻想の街に林立する無機質で寒々とした高層住宅が大洋に浮かぶ氷山だとしたら、街ぜんたいは氷野だ。エルヴェ・プリュドンの手柄の第一は、どのような名を付してもかまわない暗黒の郊外団地を極北になぞらえ、そこで生まれ、そこで死んでいく哀れな住人たちをアザラシに見立てたことである。「名づけえぬ町、いんちき都市、あまりに薄汚れた都市、海緑色の、鈍い憎しみを溜め込んだ町、流刑にあったアザラシの動物園＝ゾーン、すなわち、氷野」。語り手グリビッシュの前に広がっているのは、こんな光景だった。

灰色がかったこれら氷山のあいだをすべるように進んでいくと、そこで目が凍りつく。駐車場に沿って歩くがいい。ガキどもの駐車場、年寄りたちのガレージ、自動車の墓場。ショッド＝ピス〔＝熱い小便〕通りをのぼれば、笑みを浮かべるか怖れを抱くかのどちらかだ、臭うのだ、そして底意地わるく一瞥をくれてやる、だって、そうだろう、ウサギ小屋に一瞥をくれてやるのさ、お見通しだったんだ、アメを。あるいはムチを。立方体におさまったこの暴力のすべてを、あああこの不透明な悲しみを、ひ弱で、でぶっちょで、黒くて、不潔で、どいつもこいつもみなじぶんの子どもよりずっと抜け目のないガキどもの叫喚に塗りたくられたこの沈黙を、いずれは俺みたいになっちまうのさ、十二歳だったかわいいグリビッシュのなれの果て、あのころ俺はサッカーボールを蹴りまわし、夜中に呼び鈴を鳴らしてはお隣さんがたを困らせ、地下室でマリヴォンヌを想い浮かべてオナッてた、彼女は十四歳になるゲルムールの娘で、もうブラジャーと本物の下着をつけてやがったんだ、だが目の前をみるがいい、心して。あるのは都市計画の専門家たちの袋小路だ、爆弾やテロや熱い血なまぐさい殺しが起きるだろう。対数の大なたをふるい、アタッシェ・ケースにおさまってた未来主義の幾何学に従いながらこんな調子で空間を切り刻んだのはやつら戦略家たちなのさ、時代とともに生きねばならんというわけでやつらは屋根の上にテレビアンテナを何本もおっ立て、自然はみんなのものでもあるからと芝生にちんけな小灌木を配してくれたはいいが、それらは添え木にはさまれて身動きが取れず、通りには魅惑的な花や画家や音楽家の名前をつけ、やって来たクレーンの先が染まりゆく太陽をかみ砕けば、いかにも郊外らしいそんな詩情に心を動かされたというわけなのだ。

ロマン・ノワールの基調をなす光景。否定的な見方をすれば、「どこでもない場所」という逃げ口上をつかった同一風景の反復に終始しかねない、ジャンルなきジャンルの典型でもあるだろう。プリュドンが作りあげた郊外サント＝ムイーズは、語り手の少年時代への言及もふくめて、おそらくどのような郊外にも当てはまる変数である。「下の、地下室や駐車場にたむろしているあの若者たちはみな、明日から週末という晩に生まれた世代の連中だ、肌の色は黄や白や黒だが、どれもこれも強化コンクリートのゆりかごの中では灰色にしか見えないあの連中、まるで地下の駐車場から出てくるみたいに母親の腹から生まれ出てきたあの野郎どもはみな、大急ぎで少年時代を送ったために、後ろ姿しか見てもらえなかったのだ」。これが移民二世に代表される少年たちの横顔なのである。周囲が氷野でなければ、貧しい耕作地であってもかまわない。ジャン・ヴォートランが『グルーム』(一九八〇)で描きだす郊外、ヴィリエ・ル・ベルのまわりには「小麦と甜菜の畑」がひろがり、この平坦な土地の彼方に、忽然とコンクリートの町が浮き出ている。

(……)粘土と石灰から姿を現わした、立方体の数々。都市の立方体。根こぎにされた果樹園の上にひろがる病のような都市。平野に面したおびただしい数の窓。畑を吸い取り、破壊するために据えられた貪欲な千もの眼差し。都市。

途方もない数の窓をひとつずつ塞いでいったのは、『地下室のメロディー』の冒頭でヴァカンスの話に花を咲かせていた一九六〇年代初頭の郊外人であり、移民労働者だった。夜明けとともに彼らは近隣の工場やパリの職場へ黙々と出かけていく。パリやニューヨークの朝が、人びとを吸い込み、飲み下す時間帯であるとすれば、郊外のそれは吐き出し、掃き捨てる時間である。

よろめきながら運命に向かって走る人びと。仕事に向かって。愛に向かって。互いの姿を目にとめない人びと。誰かの後ろを誰かが走っていく。ならんで走ることは絶対にない。仔豚みたいに、葦毛の馬みたいに、メリーゴーラウンドのロバみたいに。降りていく者もいれば、登っていく者もいる。手前勝手に。ちょっとした音楽。ジングル。パリに向かう車、列車。

生き延びることばかり考えている、無気力きわまりない連中。原子を恐れ、癌を恐れ、乗り遅れるのを恐れている。それぞれに立派な理由があるのだ。守り抜かねばならないものが。ヴァカンス、冷蔵庫、車、テレビ。じぶんたちの世界を守り、そこにしがみつく連中。

おなじくヴォートランの『ビリー・ズ・キック』に登場するパリから三十キロ離れたHLMの都市、シテ・デ・ゾワゾー〔鳥の街〕を並べてみても、本質的にはいかなる差異も生じない。差異が生じないというそのことに驚かされるほど、郊外をなぞる語りの表面的な振幅は小さい。

街が見下ろせた。コンクリートの森だった。地平線には鉄塔の軍隊が動いていた。人々の奸計を運ぶそれらの鉄塔が、高圧電流でHLMを取り囲んでいる。イポリットの目は、知らぬ間に、先へのびていく通りに焦点をあわせていた。通りは直角に交わっていた。どこにでもいそうな人びとがつぎつぎに横断歩道を渡っていくのが目にうつる。彼らは一様に、囚人みたいに、信号機のリズムに合わせて進んでいた。自分でそうだと気づいていないロボットたち。青は希望。赤は血。イポリットは息を吸い込んだ。

非行と軽犯罪に染まったロマン・ノワールの素材を提供するのは、すでに触れたように、落ちこぼれた移民労働者二世か、低所得ゆえに外国人労働者中心のコンクリート住宅にぶちこまれ、そのまま身動きのとれなくなった下層フランス人の子どもたちである。建築家が知恵をしぼった街区はスプレーによる破天荒な落書きで汚され、エントランスは小便の異臭に満ち、郵便受けは残らず破壊され、唯一の娯楽施設ともいえるスーパーマーケットでは万引きが横行し、頻発するあまりもう誰の注意もひかなくなっている。大人たちはおなじ建物のおなじ階に住んでいながら顔をあわせず、死者が出ても気づきさえしない。プリュドンの小説では、そんな殺伐とした氷野にそびえたつ氷山の一角に、刑務所を出たばかりの男が舞い込んで隠遁し、やがて自殺する。なぜ自殺したのか、その理由を探

るべく、刑務所仲間だった語り手グリビッシュが彼の部屋を受け継ぎ、閉じこもったまま
みずからも追いつめられて死を選ぶ。死なずにはいられない場所、それが友人のいた部屋
であり、HLMの日常なのだ。
ただし郊外といっても、大手企業の大工場が集中する工業地区型郊外《banlieues industrielles》と、ベッドタウン型の郊外団地《banlieues dortoirs》では多少性質が異なっている。ロマン・ノワールはなかば意図的にそれらを混同し、共産党支持者の多い「赤い帯」が母体となった城壁周辺のゾーンも、鉄鋼業に携わる労働者を指すゾーンも、田園都市に近い郊外の住宅街も十把ひとからげにする傾向にあるのだが、そうしたいわばセリーヌ的な呪詛の統合を抑制し、労働運動やアルジェリア戦争をからめて具体的な庶民の生活に目を向けているのがディディエ・デナンクスだ。『郊外に生まれて』のセリムの父親が参加した一九六一年のFLNデモ行進と、警察によるアルジェリア人殺戮に取材した『記憶のための殺人』は、彼の代表作として高く評価されている。
自身オーベルヴィリエ在住の郊外人であるデナンクスは、印刷工をしながらマンシェットやジャン・アミラの影響下で小説を書きはじめた。パリ北郊の工業地区を生活の拠点とする周縁人に肩入れし、社会に対しても自身に対してもうまく距離のとれないカダン刑事を主人公とするシリーズで地歩を固めてきたが、一九九〇年、カダンの生い立ちに触れた『運命の郵便配達夫』のなかで、もはや現実がミステリーの守備範囲を超えてしまったと

して主人公に死を選ばせ、以後は活躍の場を他分野との境界にずらしつつある。とはいえ作風にさほど変化はなく、彼が扱うのはゾーンから外へ向かい、パリ人を庇護する壁の外に抜け出て、遠くフランドルあたりからの冷たい風をまともに食らう寒々とした郊外、それも工業地区の輪郭が明瞭な郊外である。

たとえばカダンの赴任先のひとつ、ヴァル・ドワーズ県に創造されたクールヴィリエは、大企業の工場建設が街を変貌させてしまった典型的な郊外団地を擁する都市として描かれている。カダンの住まいは勤務先の警察署まで一キロ弱に位置する公務員宿舎の一室で、十五年前、空港開設にともなって建てられた小さな団地の片隅にある。空港しかなかった辺鄙な時代が大企業の移転によって終わりを告げ、地平線の見渡せた平坦な土地は巨大な工場に覆いつくされた。ポプラ並木は労働者を運ぶ高速道路のインターチェンジになりかわり、五千人を超える従業員がなだれ込んで、半径五キロ以内にある街には安手のコンクリート団地が急造され、人口が一挙に膨れあがった。労働力はすべてポルトガル、モロッコ、トルコ、パキスタン、カンボジア、ヴェトナム、マリ、セネガルからの移民でまかなわれている。夜勤に配属されたカダンがいちばん親近感を覚える部下は、アルジェリア人の父とフランス人の母を持つ移民二世だ。『死刑執行人とその分身』(一九八六)に描かれたクールヴィリエの内部も、郊外の定型を踏まえた構造になっている。

レピュブリック団地は高速F2号沿いに建っている。団地を形成する十五の建物は、最近造られた一戸建てを集めるヴィレッジの、防音壁の役目を果たしているようだった。B2は中央の建物を指し、十五階建てのその巨大な塊には、少なく見積もっても百五十世帯が住んでいた。コンクリートの壁面には赤とオレンジの壁画がひろがっていたが、おかげでこのばかでかい建物の外観が、装飾家の望みどおり軽やかで魅力あふれるものになったとは言いがたい。そもそも商店を入れるつもりで設けられた蜂の巣状の一階部分は、納戸というか、ちょうど空き地という言葉を思い出させるような、がらんとした空間に変貌していた。

建物のひとつひとつはオレンジで塗りたくられた壁の集合なのだが、それがのきなみ灰色に映じるのは、灰色こそ住人の心を代弁する色調だからである。二、三の原色で鮮やかに色づけされているにもかかわらず、団地の外観は色を感じさせてくれない。むしろ色を奪われている。それをより痛切に感じるには、工場の煤煙のむこうに聳える団地という喚起力にあふれたノワールな遠景を持ってくればいい。平坦な野原や畑だった土地に工場ができ、その近傍にコンクリートのHLMができる。この順序が守られるかぎり街のイメージはほぼ一定に保たれるはずで、逆にこうした遠景こそが郊外を中途半端な書き割りに終わらせず、郊外人の内面と行動と物語の展開とを有機的につなぎあわせる役目を担っているのだ。たとえばフィリップ・コニルが『十三番目の少年』(一九八五)で創出したパリから五十キロの郊外ル・セラーユは次のように描かれている。

ちょうど仕事がはねたあとの、静まりかえった時間だった。晴れわたる空が、高圧線の鉄塔と、育ちの悪い木々と、ずっと遠くの、十一月の光のもとに現われた郊外団地の不吉な高層住宅のうえで、濃い緑色に染まっている。

彼女の前の道は、錆びついた柵までのびてそこで終わり、そのあとは広大な空き地の、草がぼうぼうと生えた一角になっていた。さらにそのむこうには、ここへ来るとき迂回してきた巨大な工場がある。白い煙を滲みださせる窓のない建物がいくつも連なっている。工場からは二本の高い煙突が飛び出し、うち一本の吐き出す重い蒸気が空にひろがり、遠くで霧のように散っていた。

鋸歯状の屋根が空をかぎるル・セラーユのわきに、カダン刑事が歩く先のクールヴィリエの町を並べてみても、盛られた情報量はほとんど変わらない。

カダンはクールヴィリエの商店街の中心をなすガンベッタ通りを歩いていった。最後の陽光が建物の正面をオレンジ一色に染めていく。背後の、ぎざぎざにつづく工場の屋根のむこうに、地平線がくっきりと浮かびあがっていた。

カダンだけではなく、周縁人たる郊外の刑事たちは、パリを彷徨する同業者よりはるかに深い環境との交信を果たしている。臓腑の奥深くにまでしみ込んだ郊外の匂い。それは追う側の人間ではなく、追われる側の人間の危機感とまっすぐに通じたロマン・ノワールの基本構造だ。彼らもまた、追いつめられている。プリュドンの『氷野』で、自殺者の捜査にあたっているユダヤ人刑事ポジャルスキーもそのひとりだった。四十歳になるまでうだつのあがらない郊外で暮らしてきた彼もまた、じつは自死の候補生なのである。「自殺が自然死である」ような氷に閉ざされたこの街から、一日も早く身抜けしてべつの町に赴任したいと望んでいるのに、願いはいつまでたってもかなえられない。やがてポジャルスキーは、本来なら敵対すべき犯罪者のなかに、おのれの貴重な理解者を見出していく。犯罪者とのあいだに一種の友情を通わせる、弱者としての刑事。ヴォートランの『グルーム』に登場する、「千の眼差し」をもつ郊外都市に赴任したばかりの女刑事サラ・ドゥードゥルドゥーは、「周りは頭のいかれたやつばっかりだわ、事務所でも、犯罪課でも、町なかでも、どこでも」と嘆きつつ呪われたＨＬＭへの不満を募らせる。スーチン描くところの、あの赤いお仕着せ姿の痩せこけた《グルーム》のようなフロアー係にして冷酷無比な犯罪者、アメリカ兵を父親に持つユダヤ人アイムにたいし、サラは母親から受け継いだユダヤ系の名と父親から受け継いだアイルランド系の名をあわせもつ血によって正面から向きあい、アイムが連発する「糞ったれ」の一語に敏感に反応する。街への呪詛は、どちらが発したものなのか区別できないほど似通ってしまうのだ。

この構図をみごとに捉えたのが、すでに引いたフィリップ・コニルの『十三番目の少年』である。工場が立ちならぶル・セラーユに赴任してきたブレンは、パリの地下鉄でひったくりを重ねている不良グループ担当の辣腕刑事なのだが、裏の世界と結びついた上司が仕切る署のなかで完全に浮いてしまい、暗に辞職を迫られている。腹を割って話せる相手といえば、射的場で知り合った少々うしろ暗い過去のある男だけで、ブレンはこの友人の手を借りて上司の罪をあばく確実な証拠を摑み、退陣の道連れにする計画をあたためる。そしてその計画遂行のために、彼は不良たちをはめてしまうのだ。個人的な怨念と正義を混同する刑事、そして悪事を働く上司。ブレンを腹黒く救いようのない弱者、敗者の位置にまで突き落としたのは、上司でも不良グループでもない、郊外団地のへりからの眺めだった。

彼は車から下りると、音をたてずにドアを閉め、ぬかるんだ水たまりを避けて庭の扉を押した。敷居のところで立ち止まって、眼をあげる。青い空に、戦闘機の飛行機雲がじぐざぐに走っていた。空気を吸い込んでみた。腐りかけた葉と、工場のつんと鼻を刺す煙と、粘土質の土の匂いが入り混じった、世のすべての郊外の匂い、彼の記憶に刻まれている匂いだ。

コンクリートから離れた場所に漂う工場の煙と土の匂い。静かな慰謝をもたらしているかに見えるこの記述は、裏を返せば同一規格の高層住宅がひしめく団地との距離の取り方によって、『グルーム』の犯罪者の視線と重なっている。

アイムはいかにも自然に、都市の沖あいに身を置いていた。HLMの都市というこの馬鹿でかいあばずれが、アイムを引きつけていた。それにほんのわずかの例外を除けば、都市の現実のなかで見せている様相は、《もうひとつの世界》でのそれとおなじだったのだ。

角張った額。コンクリートの頬。判で押したようにならぶおびただしい数の窓の、変幻自在な視線のなかの、かわらぬ冷たさ。

人間味を奪われたこの街を透かしてみると、最悪の錬金術が可能のようだった。心も愛もないこの売女に接すれば、レアリスムと悪夢が完全にまじりあえるようだった。女戦士のような物腰で、この都市が吹き込むものといったら、およそ暴力ばかりのようだった。

それに、この街にはじぶんを愛してくれるものなどだれひとりいやしない。巨大なあばずれ女の身体は、からっぽだった。

　ここに立ち現われている光景は、セリーヌのような先駆者を除いたいかなる現代小説とも異なっており、得体の知れない瘴気を漂わせている。シムノンのメグレ警部やレオ・マレの私立探偵ネストール・ビュルマが彷徨するパリの街とも、マンシェットのテロリストたちがかりそめに身を潜める田舎屋とも断絶した、ざらついた肌触りの大気。一時期のフランスが得意とし、いまでもその伝統の残されているサスペンス小説とはちがい、筋書きを追う楽しみをあらかじめ奪われ、むしろ一行一行が積み重なって流れだす瘴気そのものを味わうべき小説。郊外を描く小説というより、郊外が描かせる小説なのだ。郊外型ロマン・ノワールを読み進めてみると、なるほどうんざりするくらい見慣れたコンクリートの団地が並んでいる。ロマン・ノワールを「冗長性のテクスト」だとし、書き手がみな「郊外という空間を画一化しようとする視点によって、自分たちが陥った難局をさらに悪化させている。彼らにとって、郊外とはじつに凡庸なものであり、個性的な表情があったとしても、なんの感興ももたらさないのだ。ある景色はべつの景色と大差なく、つまりはほとんど価値がない。したがって、ゾーンとスラム、HLMとZUP、一戸建てと高級マンション、新興住宅地と郊外団地が語られながら、そこには定義も区別もない。これら多様な住まいはすべて同工異曲で、郊外は郊外でしかありえず、もっと言えば、一種の感染現象によって、郊外は郊外自身しか、自分自身の最上級しか生み出さないのだ」とするジャック・デュボワのような論客（「ノワールな郊外」）の視点に狂いはないし、その正当性はいくつかの引用からも明らかだろう。だが、そうではあるにせよ、それら互換性のある紋切り型がとつぜん過熱してはじけ飛び、郊外という空間でしか生起しえないなにかが頁のうえに訪れる瞬間があるのも事実なのだ。息をつめてその瞬間を待ち望むような読みをこちらに強いる不思議な語り口。論理だった主義主張としてまとまる前段階の繰り言を聞かされている気配なのに、いつのまにか郊外という「巨大なあばずれ」に感情移入してしまい、気がつくと、コンクリートの遠景が独特のくすんだ美を放ちはじめている。ロマン・ノワールの優れた成果は、大都市の周辺、とりわけパリの周囲で確実な脅威となっている「郊外」という空間の重要性と、フランスにおける「郊外」の特殊性をふたつながら意識し、小説のみならず文化全般にわたるパリ中心主義に打ち込む楔だといっても過言ではないのである。

＊移民問題については、フランソワーズ・ギャスパール＆クロード・セルヴァン゠シュレーベル『外国人労働者のフランス・排除と参加』（林信弘監訳、法律文化社、一九八九）及び梶田孝道『新しい民族問題・EC統合とエスニシティ』（中公新書、一九九三）を参照した。

ブゾンとラ・クルヌーヴのはざまで

セリーヌと郊外

1

茶色っぽい棟を両翼に配した建物の、そこだけは白い中央玄関から、ショートヘアでちょっと四角張った顔だちの、大柄な女性が歩いてくる。アプローチのうえにそれらしい文字もちらりと映るので、どこかの学校だろうと察しはつくものの、画面はすぐ車窓風景に切り替わり、彼女の運転する車の進行方向右手に、ふかみどりの穏やかな水をたたえた運河と、赤茶けたながい煉瓦塀が映し出される。車は柔らかい春の陽射しを照り返すこの運河をわたってパリの市街地に入り、彼女は自宅に戻って着替えや書籍類を鞄に入れたあとべつのアパルトマンへ移動するのだが、どういう事情でそんな行動をしているのだろうと訝れば、そこでもう演出者の術中にはまっているわけなのだ。そうして、ぎこちないというか不格好というか、美しい人なのになんだかどたどたしたその物腰と、書棚に哲学書をならべ、窓際の机にマッキントッシュを置いたいかにもインテリ風の部屋に気を取られているうち、最初にちらりと目に入った近代的な建物のことなどきれいさっぱり忘れてしまったのである。物語の進展とともに、彼女が高校の、それも生徒たちの大半を労働者階級の子弟が占めている高校の哲学教師だと判明するにもかかわらず、冒頭の建物との関連については考えもしなかったのだ。ところが、必要あって数年ぶりに見直した日本版のヴィデオの、いきなり登場した字幕の固有名に私は躓いてしまった。その映画の、つまりエリック・ロメール『春のソナタ』（一九九〇）の冒頭に映し出されていたのは、パリ北郊ラ・クルヌーヴ市の、ジャック・ブレル高校だったからである。

庶民派大歌手の名を冠したこの高校の存在を私が知ったのは、週一回、三カ月にわたって作家フランソワ・ボンがそこで開いた「文章教室」の成果、『灰色の血』（一九九二）を読んだときのことだ。高速道路に包囲された巨大な高層団地を抱えるこの街のすさんだ内情と、ありうべき希望を模索するフランソワ・ボンの本から得ていたジャック・ブレル高校のイメージは、コンクリートの壁面に罅の入ったわが国の一般的な公立高校のそれだったから、ロメールの映画に登場する文化会館のような建物と、都市計画の惨状を一身に担ったかのごとく描かれた高校が同一のものだとは夢にも思わなかった。女性哲学教師が言うように、ジャック・ブレル高校の生徒の多くは、戸数を象徴する《四〇〇〇》という即物的な名称を与えられた高層団地に住む移民二世の子どもたちで、戦後になって故国を捨てた、マグレブやアンティル諸島出身の労働者を親に持つ者がほとんどである。電車に乗ればパリまで数分足らずの距離にありながら、心理的には地球の表と裏ほどにもかけ離れている郊外に閉じこめられ、ただでさえ失業率の高い世の中を渡り歩く競争力などまるで身に付かぬまま落ちこぼれていく若者たちの巣窟。そんな土地に逼塞している十七歳の少年少女たちの、言葉による指南役に選ばれたのが、ミニュイ社から数冊の小説を世に問うていたフランソワ・ボンだった。

一九五三年、大西洋に面したヴァンデ県リュソンに生まれ、ボルドーとアンジェールの国立高等工芸学校で機械工学を修めたのち、電子ビームを使った溶接システムの設置とメンテナンスを請け負う専門家として航空機や原子力産業の一角に携わり、さらにその職能を買われて、インド、モスクワ、スウェーデンなどを転々としていたフランソワ・ボンは、二十九歳のとき『工場の出口』によって作家としての第一歩を踏み出した。処女作の題名からも、また文学を専門的に学んだわけではないその経歴からも、彼はジャック・ブレル高校の環境に近しい書き手だったと言えるだろう。人選にあたって、創作だけでは食べていけない作家への経済援助的な側面があったことは否めないが、当局側の視線はまちがいなくその作風に注がれているはずで、おそらく彼の小説の《郊外的》な横顔に白羽の矢が立てられたのだと思われる。

ところでただ単純に現代的な郊外を舞台に選んだということであれば、繰り返し述べて来たように、その先駆は一九八〇年前後に隆盛をむかえたポラールに見られるだろう。なるほどポラールが郊外と結びついた背景には、行政の側が「作家」や「小説」といった文化的符牒を隠れ蓑にして、都市計画のひずみから生まれた種々の障害と亀裂を覆い隠そうとする意図が働いてはいたけれども、たとえば権力の側につくことを嫌うディディエ・デナンクスが、《セーヌ・サン・ドニの作家たち》と銘打つ県議会主催の企画をのんで『黒い光』（一九八七）を執筆し、形式のうえでは施政者にすりよる公式作家の地位を受け入れたのは、裏を返せば、パリ在住の作家の大半にとって、世界の境界がこの都市を取りまく環状道路にとどまっており、郊外を主題にした小説の肯定性を打ち出すことでその閉鎖的な認識を変える必要があると考えたからだった。興味深いのは、おなじ県内に住む作家という、いわば文学館好みの上意下達に基づく分類をほどこされた瞬間、幾多の相違を超えてフランソワ・ボンもそこに取り込まれてしまうことだ。じつは一九八八年に刊行された『コンクリートの書き割り』も、やはり同様の注文に応じて、パリ北郊にある高層団地を舞台にしたものなのである。かりにこの小説が白を基調にしたミニュイ社の簡素な装丁ではなく、黄色と黒を鮮やかに配したセリ・ノワール叢書に収められていたら、そういう連想を誘うに十分なほどそっけない書名ともあいまって、フランソワ・ボンを流行に敏感なポラール作家と見あやまる読者が生まれていたかもしれない。

じっさい幕開けの雰囲気はポラールそのものだ。地上二十階を越す鉄筋コンクリートの高層団地が林立する最果ての街の、建物と建物のあいだに走る谷間のような舗道でひとりの男が襲撃され、現場でヘロインを所持していた若者と、歴史的な捕囚の、いや、正確には強制移住の文脈を引き寄せずにおかない《バビロン》という名を与えられた酒場の常連たちが警察に連行される。襲われたレイモン・クラバンの独白につづいて、鉄道沿いの廃屋に住み込んでアトリエがわりに使っている画家のロラン、トラック運転手のゴッボことゴエロ、盲目の老人ルイ・ランベール、クラバンが倒れているのを発見した管理人の女性イーザ・ワルタンスの独白が順不同で組み合わされていくのだが、書きはじめる前にギリシア悲劇を読み返して呼吸を整えるというだけあって（『駐車場』、一九九六）、フランソワ・ボンは彼らの微妙な声音を再現し、コロスなき悲劇とでも呼ぶべき筆遣いでコンクリートの街の閲歴をたどってみせる。中心的な役割を演じているのは、一階の管理人室で夫と暮らしているイーザだ。地域の警察と消防士たちに精通した彼女は、人びとの運勢を言い当てる予言者でもあり、コンクリートの塔の、地面に接するいちばん低い部屋に居座った巫女の目に、住人たちはこんなふうに映じている。

世の掃きだめに押し込められ、この世界の、最下等の腐り切った部分に貼りつけられ、釘づけにされたあと、ようやく浮きあがった殻のなかで、連中はじぶんの賭け金をじわじわとなくしちまったのさ。共同の建物から追い出されたあげく、何階もあるこれら人工衛星に閉じこめられて幾星霜、こんなぐあいにぽいと捨てられちまうのが落ちなんだ。けれどおつむのなかはまだ枯れちゃいない、月の環の上に立ちつくし、空全体を足下に引き戻しながら夢を見るんだ。すっかりさじを投げるなんてことだけは、ありゃしない。

掃き溜めのようなこの街の、高速道路を隔てた向こう側には、姉妹都市ならぬ双子の街が合わせ鏡のように存在している。日常生活に必要な店舗はどちらにもそろっているから、交流らしい交流といえば、頭のいかれた若者が、深夜、駐車場の車に火を放ちにやってくることぐらいしかない。住人たちを支配しているのは重苦しい絶望ばかりである。警察署にむかう護送車が久しぶりの遠出となった盲目の老人は言う。「わしらはどこへ行ったって世界の外にいるんだよ」。また、不法占拠者のロランは、カフェにたむろする輩を評してこう呟く。

こいつみたいに、一生のあいだずっと冴えない野郎だとすぐにわかるような人物がいるものさ。どこへいこうと、何を企てようと、そういう奴らがいるだろうってことはわかってるんだ、ただし後ろの、三階席に陣取っていて、周りの人間より口数が少なく、ちょっと斜に構えるか、陰に誘ってこちらに話しかけようとする。だがそれもあとの祭りさ、こっちはとうにべつの道を進んでいるってのに、むこうは永遠におなじ道をたどりつづけることになる。それでもいっしょに生きていることにはかわりがないし、ここ二流の人間たちの国ではなおさらそうなんだ。ほかに遊びようがないと言いながら、団地から団地へと渡り歩き、こんなところに積みあげられるままになってやがるんだ。

断るまでもなく、登場人物が「ここ」と呼んでいる高層団地はあくまで虚構の空間だが、《セーヌ・サン・ドニの作家たち》という大枠を考慮すれば、実在の土地との突き合わせがまったく意味をなさないわけではない。「時間が、曖昧な名前を持つこの地理のなかに足を取られてしまった」、その「曖昧な名前」の例として挙げられているのは、ボビニーの「狂気《ラ・フォリー》」やラ・クルヌーヴの「六本道」、「四本道」などであり、書き手の視野に入っているのが治安の悪さで知られるボンディや、アウシュヴィッツの出島として強制収容所を抱えていたドランシー、工場のたちならぶデュニー、空港のあるブールジェなど、パリ北部の工業地帯であることは疑いをいれないし、これらの舞台装置はデナンクスのそれとさほど違和感なく底を通じている。おまけに雨のなかで男を殴り倒した犯人像が個々の証言の網目をかいくぐって導き出される一応の筋も存在しているのだから、『コンクリートの書き割り』は、やはりポラールの多くと類縁性を持っていると見て差し支えないだろう。各人物の断片的な語りが謎の深淵をめぐってうまく連結していれば、異なるジャンルへの目配せはいっそう濃厚になったはずなのだが、書き手の過剰な作為がめだって意趣倒れに終わる寸前で持ちこたえるところにフランソワ・ボンの初期作品の魅力があり、成功と失敗の中間のきわめてあやうい気圏に足場を組んでいる彼の文体は、そこにギリシア悲劇の影響を見るにせよ、またそれについてエッセイを発表してもいるラブレーの登場人物の影を探るにせよ、読み手によって好悪の差がはっきりと出てくるたぐいのものだ。長いあいだ、彼が知る人ぞ知るといった周縁的な書き手の地位に甘んじていたのは、下級労働者や犯罪者の視線に同調するような作風ばかりでなく、三者もしくは四者の証言からなる描写に頼らない物語の進行と、それを支える灰汁《あく》のつよい息継ぎに原因があった。たとえば『工場の出口』は、タイムカードの拘束下で働く工員である「彼」が、通勤途上の地下鉄で出会う人間たちの行動を横目で見やる間接的なモノローグで幕を開ける。

思い浮かべるとしたらひとつの駅だ、どこだっていいが時間は早い、七時をちょっとまわったくらいで、まだ日は昇っちゃいない。駅の前にはもう人の通り道ができていて、彼は地下鉄の方から歩いてくるのだが、たいていみなおなじ方向をパリにむかって進んでいる。彼はその群集に逆らって、のぼっていく。それから通路を、べつのやつをたどり、直角に曲がるとエスカレーターがあって、幸先のいいことに今日は動いているから、そいつを四角くてだだっ広い地下ホールまで下りれば、人の列が交錯して押し合いへし合い、二手に分かれ、また群集があふれ、秩序なんてあるものかとばかり間を置いてどっと人波が繰り出してくる。乱れないのは到着する列車だけだ。

タイムカードの圧力を跳ね返すために効果的な乗り継ぎの方法を検討する「彼」の、過酷な職場での心の動きを追う「第一週」から、唐突に一人称へと転換される「第五週」まで、虐げられた工員たちの生活やストライキ等、鬱々とした世界を展開していくこの小説の特異なスタッカートから生まれる空気は、コンクリートの跳梁する高速道路や、大企業の工場が肩をならべるパリ市の外部にそのまま流すことができる。『工場の出口』以来、フランソワ・ボンは、前途といった言葉がどこにも見あたらないような、地下鉄と工場と郊外団地をむすぶ三角地帯に沈淪する人間を、そうでなければ『ビュゾンの犯罪』（一九八六）のような、刑務所と猟犬の飼育所に象徴される逃亡への序章を描きつづけてきたのだが、留保付きで社会派と呼んでも差し支えないデナンクスや一般のポラール作家とのはっきりとした相違点は、彼が郊外を外側から描写するのではなく、郊外としか言い表わしようのない心象を内側から捉える、いわば「郊外的な声」を探究しつづけてきたことだ。

ポラールに欠如している一種の抑制にもとづく過激さの可能性を、彼は孤独に探りつづけていたのである。

2

セーヌ・サン・ドニ県議会の教育諮問機関が彼の存在に目を留めたのは、だからまったく無理のないことだった。ジャック・ブレル高校の文章教室は、原則として出入り自由、途中から姿を消しても構わないという参加者主体の方針を貫き、ある生徒にとってそれは補習でもクラブ活動でもない、なにか束の間の避難場所のような空間であり、またべつの生徒にとっては、退屈な授業に並置された苦行の場だったのだが、出席者にはそのつど思考の足がかりとなるいくつかのテクストが配布された。この種の試みは、手本となる文章の選択でほぼ成否が決まる。受講者の好奇心を煽りたてた作品がいくつもあったなかであきらかに有益な指針となったのは、創作との相互浸透を見せるカフカの『日記』の数頁であり、彼らとおなじ十七歳という具体的な年齢が飛び出してくるランボーの初期詩篇「ロマン」であり、また『イリュミナシオン』の「都市」だった。そして、とりわけ強い磁力を放ったのが、『灰色の血』の扉に適宜抄出されたうえでエピグラフとして掲げられた、ルイ＝フェルディナン・セリーヌのエッセイ、「ブゾンを唱うこと、これこそが試練だ！」だったのである。

哀れなパリ郊外、みなが靴底をぬぐい、唾をはき、通りすぎていくだけの、都市の前に置かれた玄関マット、いったい誰がこの哀れな郊外を思ってくれるのか。誰もいやしない。工場で頭を鈍らされ、肥料をつめこまれ、ずたずたに引き裂かれた郊外は、もはや魂の抜けた土地、呪われた強制労働所でしかなく、そこでは微笑みも用なしで、苦労は報われず、ただあじけない苦しみが残るばかりだ、《フランスの心》パリだなんて、何たるシャンソン！　何たる宣伝だ！　周囲の郊外はのきなみくたばってるってのに！　飢餓と、労働と、爆弾で永遠に押しつぶされたカルヴァリオの丘、そんなものを誰が気にかけてくれるのか。もちろん、誰もいやしない。粗野な郊外、ただそれだけの話だ。ここ数年、事態はなにも改善されちゃいない。そんなことだろうとわかってたさ。いつだって不穏な考えを漠然とあたためてる喧嘩腰の郊外、だがそんな計画を推し進め、やりおおす者などひとりもいやしない、死ぬほど病んでいるくせに、死ぬことだけはないのが郊外だ。これら哀れな景観を、その亡霊を、逃げ去った喜びを、偉大さを、大理石を、底意地悪い息吹を活気づけるには、熱のこもった筆と、大胆さと、心豊かな才能と、質の高い年代記の才覚が必要だったのだ。

郊外は苦しんでいる、それもちょっとやそっとではなく、信心なきまま些細な罪をつぐなっているのだ。時代がこれほど空虚だったためしはない。麗しき詩人かな、ブルターニュに！　コルシカ島に！　アングモワ地方に！　エスペリード諸島に魅せられたる者よ！　あっぱれな仕事だ！　ブゾンを唱うこと、これこそが試練なのだ！　おそろしく不愉快で、おそろしく蔑まれ、おそろしくとっつきにくいものを摑みとり、それをわれわれにとって、愛想のいい、魅力的で偉大なものにしてみせること！……。

一九四四年一月六日付け「ラ・ジェルブ」紙に発表されたこのエッセイは、アルベール・セルーユの『ブゾン年代記』に寄せられた序文である。もとオペラ・コミック座の記録係で、引退後に生地ブゾンの市立図書館司書として採用されたこの肺病病みの、なんとなくいかがわしいところのあるセルーユと、クルブヴォワ生まれのセリーヌは、友人関係にあった。一九四〇年暮れ、ヴァル・ドワーズ県ブゾン市の無料診療所にポストを得たセリーヌは、一九四四年六月にドイツへ発つまでのあいだ、つまり文学的には『苦境』から『ギニョルズ・バンド』へと進む容易ならぬ時期を、この街の医師として過ごしたのである。ポスト獲得に当たって、ヴィシー政府の決定が大きな役割を果たしていたことは言い添えておく必要があるかもしれない。ユダヤ人および帰化して十年未満の外国人が公職に就くことを禁じた法案によって、ハイチ人であったブゾン市の診療所医師の椅子が自動的に空席となり、セリーヌは市の特別代表委員長フレデリック・アンペターズに宛てて、ここにはフリーメイソンやユダヤ人医師が多すぎるから、クルブヴォワ出身者たるじぶんの就任が最適だとする内容の手紙を送りつけ、みごとにその地位を勝ち取ったのだ。生活上の窮地を救ったのがあからさまなユダヤ人排撃の言辞であったにもかかわらず、医師としては栄養失調に苦しむ子どもたちにミルクやビタミンを、寒さに震える老人には石炭を与え、対独協力の労働を拒んだ者やユダヤ人にたいして有利になるような診断書を書き、なまじ整合づけようとしても理解不能な懐の深さをセリーヌは示している。戦争回避のためだと唱う反ユダヤ主義から、さらに根治しがたい絶望へと滑り込んでいく『苦境』には、そうした陰も陽もない声がひしめいていた。

ともあれ、十八世紀には市場でにぎわい、十九世紀にはセーヌ河を利用した造船所で栄えたというブゾンの二十世紀半ばのイメージは、けっして明るいものではなかった。フレデリック・ヴィトゥーが「サルトルーヴィルとコロンブのあいだの、煉獄を予感させるような、不毛で、貧しい、灰色の都市圏にあるなんとも陰気なブゾン」(『セリーヌ伝』)と、フランソワ・ジボーが「パリ郊外のすべての都市のなかで、たぶんもっとも恵まれず、もっとも悲しいもののひとつ」(『セリーヌ 一九三二―一九四四 錯乱と迫害』)と形容するこの地区まで、セリーヌは週三日、モンマルトルにあった部屋から、あるときは原付自転車で、あるときは地下鉄で、鬱々と通勤を重ねていたのだった。ところがこの陰気な「玄関マット」に、クルブヴォワ生まれを標榜するセリーヌは愛着を抱いてもいたのである。そうでなければセルーユに『ブゾン年代記』の執筆を促して序文まで引き受けるはずがないし、またパリの周辺で最下等の扱いを受けている街への屈折した郷愁がなければ、詩人ではない歴史家の筆が厳しい時代のさなかで読者に「夢の鍵」を与え、死者においてもいまだ大文字の「故国」があるという想像を可能にしてくれた、などと語るはずがない。「書式のうえでの祖国でも、安っぽい旗でもなく、まぐれ当たりの宣伝でもない、他の場所ほど冷たくはない我々の悲しみのために、二キロ四方の土地」を浮かびあがらせたセルーユの本に、セリーヌはクルブヴォワ生まれという個人史を掲げて、「モンジョワ万歳、サン・ドニ万歳！　それほど遠くはないぞ！　クルブヴォワ万歳、わが生地よ！」と高らかに歌いあげるのだ。

　ここで想起しておかなければならないのは、クルブヴォワで生を享けてはいるものの、セリーヌがそこで暮らした形跡はないという事実である。一八九四年五月二十七日に誕生し、翌日洗礼を受けたあと、結核の疑いが出ていた母親との接触を避けて、彼はただちにイヨンヌ県の小村へ里子に出され、そこで一年ほど乳母に育てられてようやく『なしくずしの死』にも登場するピュトーへと移されたからだ。フェルディナン少年が両親と合流するには、商売に失敗した彼らがクルブヴォワの店を売り払って、パリの――フランソワ・ボンが『コンクリートの書き割り』のカフェに与えた名前でもある――バビロン通りに移り住んだ一八九七年まで待たなければならなかった。にもかかわらず、後年の作家セリーヌにとって、クルブヴォワこそは魂の故郷だった。庶民の町の出を公言することじたいに粉飾と演技が認められるにせよ、ムードンに落ちつくまでひたすら移動しつづけたセリーヌの基点が、出生証明書を提出したパリ北郊の工業地区にあったことは疑いようがない。

じつのところ一八九四年のクルブヴォワは、かりそめの均衡のうえにあったように思われる。都市が、大都市がすでにできあがっていて、かつての牧歌的な村を襲い、その「行楽用の別邸」も庭々もスイス人部隊の美しい兵舎すらをもむしばんでいった。以降、クルブヴォワでは、気付薬のメリッサ水、化粧水のゲラン、ディオン＝ブトンの自動車が製造されることになる。そうではあるにせよ、一戸建て住宅群、新築の小さなビル、工場や作業場の陰に、昔ながらの街が、十八世紀の古い家並が、鄙びた古い路が、数百メートル離れたところには畑が見えている。要するに、失われた昔の時間のいくばくかが味わえたのだ。

クルブヴォワ、セリーヌにとっての象徴的な場所。そういうことだ！

都会人、郊外の徘徊者、民衆の貧しさの証人、クリシーあるいはブゾンの無料診療所医師、労働者階級の生活と労働条件の劣悪さに心傷める衛生学者、このうえなく美化され、虚偽に満ち満ちた見せ掛けより、とんでもなく下劣だが、あたうるかぎりの真実を明かしてくれる舞台裏をつねに好んだセリーヌ、そんなセリーヌのすべてが、クルブヴォワを選ばれた土地として見出させたのである。

（ヴィトゥー、前掲書）

物ごころついてから一度も暮らしたことのない郷里クルブヴォワは、いわば仮構された故郷であり、最初からフィクションとしてのみ存在するどこにもない空間だった。そこが生地である以上、街の住人となにかを共有しているはずだという仮想への跳躍は、『夜の果てへの旅』に描かれたセーヌ河のむこうの、虚構の郊外地区にたいする親近感へと波及していく。都会の玄関マットであるばかりでなく、セリーヌにとって郊外は虚構への玄関そのものだったのであり、だからこそブゾンという、辞典のたぐいにはたったの「二行、それも味気ないのが！」記載されているだけの町に肩入れしたのだろう。とすれば、半世紀ほど前に書かれたこのブゾン讃歌をラ・クルヌーヴ市の高校生が読み、それに触発されて白い紙に向かおうとするとき、彼らは複雑に重なり合うふたつの力線を引き受けなければならないことになる。すなわち、ラ・クルヌーヴの平板きわまりない日常とそのなかで暮らしている自身の位置を認識し、然るのちに善も悪も超えた理想の「故国」に変貌させる詩的昇華をほどこすという二段階の操作を。「フランスの『歴史』のすべてがブゾンを通過するのだ！」と昂揚していくセリーヌは、否定と肯定を同時に実践しているのであり、フィリップ・アルメラスがその伝記の副題に記したように、「憎しみと情熱」を、どちらがどうと区別できない渾然たる愛をもって語っているからだ。かりに郊外からの脱出を目指すのであれば、なぜそれを望んだのか、不毛の現状を問う行為のなかから、救いと歩み寄りがもたらされなければならない。フランソワ・ボンによってセリーヌの文章を啓示された十七歳の生徒たちは、彼らの前にとつぜんよみがえった半世紀前の予言者の言葉に従って、困難ではあるが選択の余地のない道をたどろうとする。無料診療所医師が吐き出した数頁の文章は、それほどにも彼らの現状と合致していたのだった。

ブゾンにはほとんど取り外し可能な橋が必要なくらいだ……歴史上、この橋は十回も吹っ飛び、また吹っ飛びして、あるときは船で、あるときは樫の木で、あるときは石で造り直されたのだが、いつだって消えてしまうのだ！……そのたびに！……だから鉄ってわけさ！……ブゾンの橋は持ちこたえられないのだ……数世紀におよぶ真実なのだ……四〇年の六月にわたしはそこにいた、欄干のうえに！……何たる騒ぎだ！　硝酸カリウム！　煙！　歴史の埃よ！

ブゾンは一九四三年に一度、アルジャントゥーユの工業地帯の道連れとなって英国空軍の爆撃にあい、さらにこの記事が出た直後の一九四四年一月二十七日にも空襲に見舞われている。爆弾は橋をはずれて隣接するコロンブの家々を破壊し、そのとき対独協力者の薬剤師のところで珈琲を飲んでいた医師セリーヌは、死者が出たのではないかと案じながらも現場を見に行きはしなかったという。そんな行動の是非はともかく、ブゾンがアルジャントゥーユの隣に位置し、蛇行するセーヌ河をまたいでパリへとつながっているというだけの理由でたびたび空から脅かされ、歴史の埃を浴びせかけられたのは偶然とも思われない。ブゾンの橋は、たぶんここでパリ郊外全体の譬喩としても機能しているのだ。取り外し可能な橋を架けられ、いいようにあしらわれている空間。近くて同時に遠く、それゆえに忘却の淵へ追いやられた場所。世界の中心地たるパリへと通じる道をすべて奪われた、孤島のような囲い地。それを敏感に嗅ぎとったジャック・ブレル高校のある男子生徒は、島から出てみて、ようやく高層団地の灰色の世界とは別種の色が存在することに気づいた、と書いている。いささか極端に過ぎるようにも思われる少年の言葉は、しかしセリーヌのそれと確実に共振していた。深夜、街灯よりほかなにもない暗闇に包まれた高層団地の眺めを、少年はこう表現する。「……文明の徴といったら、たえず巡回しているデカたちのサイレンの音だけだ。けれどもこの街には姿を見せないんだ、俺たちがじゃなく、連中がだ、この忘却の郊外にもう戻ろうとさえしない国のお偉いさんたちがだ。合衆国のインディアン指定居住区みたいに、郊外は貧民やその他もろもろの人間を閉じこめるパリの指定居住区なんだ」（『灰色の血』）。パリの窓からの眺めとちがって、地上十五階建ての郊外の窓はなんの解放にもならない。そこから見えるのはどこもかしこも似たような灰色の高層住宅だけであり、たとえ青いペンキで塗られていようと、その青は空の色にも海の色にも染まらない「パリを取りまく怪物」たる郊外の色なのである。それにしても「インディアン指定居住区」とは、なんと苛烈な自己規定だろう。セリーヌのようにそれを虚構に据え置くことができない高校生にとって、ラ・クルヌーヴの現実は永遠のブゾンに留まるほかないのだろうか。

3

ここでふたたびポラール作家エルヴェ・プリュドンの『氷野』を召喚してみよう。パリ近郊に設定された架空の郊外団地を「流刑にあったアザラシの動物園」と見做し、出口のない徹底して不毛な空気を描き切ったプリュドンの小説の第一章は、「郊外、どこでもない場所《ノン・リュー》」と題されていた。どこでもない場所とは、あらゆる無理解と「立方体におさまったこの暴力のすべて」が「免訴《ノン・リュー》」される空間でもある。一九八〇年代初頭、この小説はポラールの常套を踏みつつ例外的といえる強固な文体をそなえた作品として郊外のクリシェを作りあげるのに貢献したが、「どこでもない」光景は、いまや活字メディアを超えて映像の分野にまで浸透しつつある。

その最良の事例のひとつが、マチュー・カソヴィッツの『憎しみ』(一九九五)だ。アラブ系のサイド、アフリカ系のユベール、ユダヤ系のヴィンス。三者三様、あきらかに非フランス人の顔つきをしながら歴としたフランス社会の構成員であるほかない若者たちの日常が、醒め切った瑞々しいモノクロ画面に定着されているこの映画を通じて、フランス語の《banlieue》は、穏やかな緑のひろがるのどかな「郊外」から、心理的無法地帯への、決定的な転換を果たした。麻薬、窃盗、強盗、ゆすり、たかりが常態と化した架空のミュゲット団地。物語の発端は、ひとりのアラブ人青年が、取り調べ中の刑事に暴行を受けて危篤に陥ったという事件だ。警察に抗議する者たちの運動に、ただ暴れることだけを目的とした不良グループが便乗し、見境のない暴力に訴える。ユベールは囲いのなかから抜け出すために苦労して開いたボクシングジムを焼き払われ、ヴィンスは警官が落とした銃を拾って、復讐にかこつけた自己解放を企てる。ことに胸を衝くのは、暴動の翌日、がらんとしたコンクリートの谷間の広場で三人組が馬鹿話に興じているところへ、テレビ局が取材にやってくるシーンだ。取材とはいいながら、暴漢に襲われるのを案じた女性ジャーナリストは、掘割のようになった広場の上を走る道路に車をとめ、窓から身を乗り出して声をかける。しかもその車は窓に金網が張られた一種の装甲車なのだ。このとき、ひとり分別をわきまえたユベールが吐き捨てるように言う。「ここはトワリーじゃないんだぜ」。トワリーはイヴリーヌ県にある、サファリパークで知られた村の名だ。エルヴェ・プリュドンの『氷野』でアザラシになぞらえられていた団地の住人たちは檻に入れられていないサファリパークの動物と同等の扱いを受け、さらに「インディアン指定居住区」と二重写しにされていくのである。だがカソヴィッツの脚本と映像は、フランス社会の深部に巣くう移民問題や人種差別を浮き彫りにしながらも、無反省にそこへ横滑りしていく思考の流れには歯止めをかけ、撮影に協力した団地の若者たちとの関係をきわめて現実的な共生の一例として提示している。その証拠に、映画のタイトルは当初『市民権《ル・ドロワ・ド・シテ》』とされていた。市民権は、「団地の権利」とも訳しうる意味深長な言葉だ。要するにここにあるのは、ミュゲットという特定の空間ではなく、複数の団地を融合した、ひとつの「郊外的な声」なのである。

郊外的な声を発する者と、それを聴取しようとする者の共生。この共生を媒介にして、ふたたびフランソワ・ボンの仕事をたどってみなければならない。というのも、一九九〇年代に入ってミニュイ社と距離を置き、『灰色の血』以降は地方出版のヴェルディエ書店と歩調を合わせるようになったフランソワ・ボンの文体に、無視できない変化が現われたからだ。これまでの小説を特徴づけていた屈曲がさらに内側をえぐるような声に変成し、物語としての帳尻あわせをほぼ完全に放棄しはじめたのである。その変化の源に、他者の声に耳を傾け、彼らの声の、文字への転成を手助けする文章教室の試みがあったことはまちがいない。書物にはまとめられていないものの、一九八三年にはセリーヌと直接むすびつくブゾンの更生施設で、一九八六年にはポワチエの拘置所で、彼は短期間、同主旨の活動にたずさわっているのだ。しかし教え子だった者たちの提出物の保管者が、部分的ではあれ、また匿名ではあれそれらを公表するとなれば、やはり相応の覚悟が必要となる。ラ・クルヌーヴの高校生たちの声を採取した『灰色の血』は、その意味でフランソワ・ボンの将来を占う試金石だった。実際、一九九五年には、南仏モンペリエの郊外ロデーヴにある図書館の集会所で行われた活動にもとづく『それが人生のすべてだった』が世に送り出され、一九九七年には、ボルドー刑務所の囚人を相手にした教室の成果が『刑務所』としてまとめられているのだが、時も場所も異なるこれら三例には、特徴のないのっぺりした空間に幽閉されている住人たちの言葉を採取し、行間にそれらを取り込むという共通点があった。

たとえばロデーヴの女性たちの、郷里ならぬ居住区にたいする反応に、ラ・クルヌーヴの高校生たちのそれと驚くほどの相似を見出すことができるのだ。人口七千人の淋しい小都市、ロデーヴ。「なにもない、ロデーヴには。壁で塞がれているんだ、ロデーヴは」、「透明な街、人から見られずに壁を抜けられるような」。この書物の不在の中心は、激しさと明るさの入りまじった言動で参加者を攪乱しつづけた末に病死した、三十二歳の女性である。言いたいことをぜんぶ書こうとすれば三千頁の小説になってしまうから課題作文など書かないと豪語していた彼女は、それでも二十三頁分の草稿を残していた。週に一度、図書館での接触しかなかったにもかかわらず、彼女の死後、フランソワ・ボンは行きつけのカフェの女主人に話を聞いたり、肉親に会ったりしながら、書かれずに終わった二千九百七十七頁分の人生を埋めようとする。しかし彼女の生活を過度に詮索するかわりに、フランソワ・ボンは最後の最後でひとつの歴史的挿話を持ち出す手段に訴え、死者とのあいだに強い緊張の糸をはりめぐらすことに成功した。身の丈に合う冒険が欠けていると言って退屈な日々を嘆いていた亡き教え子に、彼女とおなじ三十二歳で南極探険という大冒険に乗り出したロバート・スコットの悲劇を語ってみせるのだ。そこだけ突出して全体とのバランスが悪く、物語を開かれた形で強制終了させるその挿話とは、二十世紀初頭、イギリス人探険家のスコットとノルウェーの探険家アムンゼンのあいだで繰りひろげられた、南極点到達をめぐるあの熾烈な戦いである。先を越されたうえに、帰途むなしく遭難したスコット隊の悲劇から誰もが想像できるのは、南極点という中心に到達しながら帰還の許されない、白い雪原の袋小路以外のなにものでもない。

さらに付言すべきは、『刑務所』があらわにした転倒の構図である。囚人に文章を書かせるのはごくありふれた更生法だろうが、それまで文字による自己表現など考えもしなかった連中に産婆術を施す教師として、郊外と称する柵のない動物園ばかりを渡り歩いてきた人物が選ばれるというのは、なるほど理にかなったことではないか。生徒たちの吐き出す言葉は切れ切れで、時に文章の体をなしていないにもかかわらず、異様な密度をもって受け取る側の内部に喰い入り、忘れがたい吃音をぶつけてくる。社会復帰を目指しながらも果たせずにいる彼らの真率な声が、書物のあちこちにばらまかれているのだ。「じぶんの奥底にひそむ悪にたいして狂気の発作が起こることがあるけれど、その話をするのは難しい、俺は発作をコントロールしないから」、「さしあたって、俺には未来よりも過去の方が多いと断言しておく」、「人間は時間とおなじくらいに謎めいている」。『刑務所』が突きつけてくるのは、社会をはみ出した人間たちの集う特殊な世界とは異質な、けれども双生児のように似ているもうひとつの世界、すなわちサファリパーク的な都市空間なのだ。囚人たちにとって、刑務所の《外部》は裏返しの《内部》にすぎず、彼らの言葉は外でも内でもあるその《へり》の救いのなさを強調している。週一度の文章教室に参加していた常連が、《外》に出たとたん何者かに命を奪われたと看守に告げられる書き出しの挿話に先だって、「わたしたちに明確なことなど何ひとつわかりはしない」と語る本書の主調音は、あまりにも暗い。

4

ところで、フランス社会からの疎外感を味わいつづけてきた大都市郊外の高校生たちに、教師たるフランソワ・ボンは、セリーヌのテクストを、そしてセリーヌの文学的経歴をどのように説明したのだろうか。灰色の血に染まった玄関マットを踏んでいるのが、アザラシのいる動物園＝インディアン指定居住区の、仮想壁の内側へ追いやられた移民を中心とする彼らパリ北郊の若者であることは明らかなのだし、短絡的に言えば、これはユダヤ人の身分と置換可能な境遇である。先のセルーユの本に付された序文は、外に弾かれた者たちへの愛情を吐露してセリーヌの本領発揮とも言える文章ではあったが、その裏で吐き出されていたのは、べつの人間たちをしりぞけ、始末せよとの暴言でもあったのだ。両者のあいだに横たわる深淵を、高校生たちはどのように理解していたのだろうか。括弧つきの郊外として安易にくくられる街とのほとんど生理的な距離の取り方を示してくれたセリーヌが、そこに押し込められたに等しい人間をひねりつぶせという言辞を残している事実は、どのように処理されていたのだろうか。

そんなことを考えざるを得ないのは、ラ・クルヌーヴの文章教室で大きな効力のあった作家のひとりが、母親をまぎれもない強制収容所で亡くしたジョルジュ・ペレックだったからである。ぼくは、わたしは、かつて暮らしたアフリカを、アンティルの島々での生活を覚えている。青い海と熱い太陽を、コンクリートで覆われたこの廃墟にはじめてやってきた日のことを、ぼくは、わたしは、覚えている。わずか十七年しかない過去を現在とつきあわせていく方法を、彼らは書くこととアウシュヴィッツ以降の人生が等価に結ばれたペレックの『ぼくは覚えている』(一九七八)を通して摂取したのだ。ペレックにとって、この隠蔽された記憶の、あるはずのない記憶の、精神分析の助けを借りての発掘は、重い《不在》を支えるために選び取られた唯一可能な戦略だった。ペレックの名はヘブライ語で《ペレッツ》、すなわち《穴》を意味するという。わけがわからぬまま肉親を奪われた彼の人生そのものが《穴》であり、その《使用法》は独力で考えるほかなかったのである。

「ぼくには子供の頃の思い出がない」。ぼくは確信をもって、いくらか挑発的にこのような主張を表明してきた。この問題に関しては訊ねられる必要などなかったのだ。ぼくのプログラムにはない質問だったからだ。そういう問いかけから、ぼくは免かれていたのである。べつの物語《イストワール》（histoire）が、大いなる物語《イストワール》＝歴史、大きな斧《アッシュ》つきの（大文字のH《アッシュ》で始まる）歴史がすでにぼくに代わって答えてくれていた。戦争と強制収容所が。（『Wあるいは子供の頃の思い出』）

ペレックの母親は、その妹、すなわちペレックの叔母とともに一九四三年一月の一斉検挙でナチスに捕えられ、翌月、ドランシーで亡くなっている。フランス語で最も頻繁に用いられる母音《e》を排除するという前代未聞の拘束のもとで執筆された『失踪《ディスパリシオン》』は、現実には家族の消滅《ディスパリシオン》の物語であり、優れたペレック論の著者、クロード・ビュルジュランの指摘に従うなら《e》は《eux》を、すなわち「彼ら」を暗示し、中央に置かれた『白鯨』への言及を介して「空白」を際だたせるあからさまな不在へのメッセージであった。その早すぎた晩年に、合衆国の移民窓口だったエリス島のルポルタージュ映画を制作し、小さな島に強制収容所の影を見ざるをえなかったのも、記憶の欠如こそが彼の人生を支配していたからだろう。大文字の「歴史」といい、強制収容所といい、ペレックの数行に刻印されている単語は、セリーヌがブゾンを讃える知人の著作に寄せた文章の語彙と近接し、ひとりの作家の肉親を死に至らしめた思想と膚接している危うい一線なのである。『セリーヌ・スキャンダル』（一九九四）のアンリ・ゴダールがいらだたしげに反復しているように、死後三十年以上経過してなお、セリーヌをめぐる人びとの言説は「偉大な作家」と「反ユダヤ主義者」のあいだを行き来し、あるいはこの両極を示す言葉の懸隔に魅了されるといったぐあいで、セリーヌのどこが偉大であり、またどのテクストのどの部分が反ユダヤ主義的であるかの具体的な検証は、たしかに等閑視されてきたきらいがある。反駁しようのないフランス文学の遺産に数えられる「文体」を創り出した作家と、反ユダヤ主義者の共存。セリーヌの文学に感銘を受ける人間が増えていることは事実なのだが、その文学に、文体に引きつけられれば引きつけられるほど、あからさまな反ユダヤ主義を前に困惑を感じざるをえない曖昧な宙吊り状態がつづいているのもまた事実なのだ。いまやこの両極を引き受ける以外に道がないとしたら、いったいどうするべきなのか。フランス本国では刊行できない誹謗文書《パンフレ》を闇で入手し、その文学的な美質を確認せよと煽ったところで、背理する二本の線分の合流点を納得のいく形で見出すことは簡単にできそうにない。

おそらく最も安全な逃げ道は、話題を『夜の果てへの旅』に絞ることだろう。この小説には、非人道的な声を打ち消す多声的な世界がひろがっているからだ。主人公のバルダミュー自身、人間を必要以上に劣悪なものと見なす視点をおのれに課していたし、また故意に品性を貶めることを恥じるだけの冷静な眼をそなえていた。ポラールの参照物が『夜の果てへの旅』に収斂しがちなのは、その詩的な題名のせいばかりでなく、受け皿としての小説の多声性が無傷で残されているからなのである。セリーヌの危険な毒を知らなくとも、一九三二年現在の視点でそれなりの物語はいくつも反復可能なのだ。これに対し、ラ・クルヌーヴの高校生の胸中でペレックとセリーヌが共存しているのは、じつは後者のなかに、前者の悲劇をも吸い尽くしてしまう得体の知れない闇があることを、そしてその闇が奇妙な渦を描いて前者の背後にぴたりと歩を寄せていることを、彼らが直観したからではないだろうか。セリーヌの激越な反ユダヤ主義的文書に、小説作品にも劣らぬ「文学的な」頁が挟まれているといった啓蒙よりも、「都市計画の惨状」のただなかで生きる高校生の作文において両者が共存し得ていることのほうに、むしろ「文学的な」説得力があると思われてならない。

ここで「都市計画の惨状」を引き受けているポラールに立ち戻り、死後もなお若い小説家たちに影響を与えているジャン゠パトリック・マンシェットが、その力量を無条件に認め、ときにセリーヌになぞらえさえしていたひとりの書き手に触れておきたい。ピエール・シニャック。（註）一九二八年、靴職人の父親と劇場のお針子だった母親のあいだに生まれたシニャックは、十歳の頃から小説を書き始め、十七歳で職業訓練校に入学、配管工になる勉強をはじめたものの映画と読書に明け暮れ、軍隊に入るまでヒッチハイクでフランス中をまわり、さまざまな職についていた。処女作は一九五〇年代に出ているのだが、晴れて《セリ・ノワール》の一員となったのは一九六八年、そしてシニャックをさらに前進させ、セリーヌとの比較を可能にする要因となったのが、リュジ・アンフェルマンとラ・クロデュックという型破りの主人公を作りだした一九七一年のことだった。リュジはみすぼらしい恰好をした現在でいうフリーターのような存在で、社会にたいしてシニカルで明晰な批判をぶつインテリ崩れ、相方のクロデュックは、特大のコートにボクシング・グローブをつけた倫理も道徳もない荒くれ者だ。両者が郊外地区で繰りひろげる破天荒ぶりは、マンシェットによれば「現代文学の手法に、つまりセリーヌやベケットの手法に通じ」、「知的なレフェランスではなく、むしろ獣じみた欲求」と不可分だという（『クロニック』）。シニャックは「リュジ・アンフェルマンとラ・クロデュックの冒険をもって、ポラールの外に位置」しているのだ。

これはポラールと言えるのか？　シニャック自身、しばしば否と応えている（しかしエリントン、パーカー、ミンガスも、自分たちの音楽はジャズではないとよく主張したものだ)。われらがタイピストたる気狂いピエロの、つねに暴力的で、総じて犯罪的なテクストは、しばしばはっきりした非レアリスムを帯びている——荒唐無稽に超自然的なタッチが加わることすらある。にもかかわらず、シニャックにおいて、グロテスクで度はずれた誇張を通して問題にされているのは、まぎれもなく「黒い」現実、下劣きわまりないが断固たる確信に裏打ちされた現実なのだ。《ポラール魂》なるものが存在するとすれば、この作家にはたしかにそれが備わっている。そうなると、ヴィジョンと文体の極端なまでの独立性ゆえに、シニャックをネオ・ポラールの父であり、その最初の(偉大な)現われと見なければならないのだろうか?

できないこともない。だがシニャックは、ネオ・ポラール運動の先を行きすぎ、現在この運動を支えている流行の外に身を置きすぎているから、流派の領袖の帽子など似合わないし、先駆者の縁無し帽すら似合わない。セリーヌ同様——少々比較され過ぎるきらいがあるとはいえ——、彼はむしろ、あっぱれな事件であり、強迫観念に満ちた作家なのであって、はっきりした先祖も、高名な後継者も持たないのである。なぜなら彼はひとりのアウトサイダーだからだ。大きな商業的成功など、たぶん絶対に経験することはないだろう。現在の流行が、郊外に住む彼のタルチーヌのために、いくらかのバターを、あるいは少なくともマーガリンをもたらすにちがいないとしても。

先駆者も後継者もいないひとつの事件。たしかにシニャックを評するとしたら、これほど正鵠を得た言葉はないだろう。凄惨な現実のなかに夢のような描写が混じりあうその作品世界をくぐる表現としても過不足のないものだ。この作家が通常のポラールの桎梏を逃れているのは、登場人物が善悪の区分を超越した地平で行動しているからである。たとえばポラール全盛期に発表された『リュジ・アンフェルマンと警官たち』（一九八〇）で、リュジの相棒ラ・クロデュックは、盗みを働くべく、パリ郊外のジュップヴィル、つまり都市化優先地区ZUPをもじった素気ない郊外団地の警察に入り込む。若者たちは徴兵に取られているか、刑務所に入っているかで姿が見えず、中産階級が住まう一戸建ての地区の住人は、障害者の養護施設誘致やアラブ人のモスク建設に反対している。人種主義に染まった紋切り型の郊外。スラム街のもっと外部にある、「郊外のなかの郊外」に追いやられてバラック暮らしを余儀なくされたマリ人たちが、盗まれた宝石を隠匿しているとの情報を得たラ・クロデュックは、それを自分のポケットに入れるため無許可で家宅捜索をおこなったあげく、通報を受けてやってきた同僚ふたりを射殺してしまう。ところが彼らの上司は、自身の責任問題を回避するため、部下を殺したのはマリ人で、犯人は国外に逃亡したと取り繕うのだ。安易といえばおそろしく安易な展開でありながら、白黒をつけない主人公の行動はたしかに独自の声を響かせており、ポラール界のセリーヌと呼ばれる所以が理解できなくもない。しかしいま、文学史的に聖別された作家との比較を云々するのであれば、一九九七年にリヴァージュ社から刊行された大作、『フェルディノー・セリーヌ』を取りあげなければならないだろう。表題はもちろん大作家の名前のパロディーで、マンシェットが条件付きで語っていたシニャックとセリーヌの関係は、この一冊ではっきり示されている。

ボワロー&ナルスジャックのようなコンビ作家として『栗色のジャヴァ』を発表したジャン゠レミ・ドシャンとシャルル・ガスチネルがその主人公だ。やせぎすで眠そうな顔をした一九五〇年生まれの小男ドシャンと、『夜の果てへの旅』と同年、つまり一九三二年に生まれ、五十の坂を越えてから急激な肥満に襲われた元人形劇作家の大男ガスチネルの共作の主題は、占領下のパリ。『栗色のジャヴァ』は、セリーヌ以来の画期的な文体を駆使した大河小説と激賞され、一カ月で五十万部の大ベストセラーとなる。ただし『リゴドン』を思わせるという問題作の文体の実例が示されているわけではなく、ひたすら出版人と批評家の礼賛を楯にした、ナタリー・サロートに倣えば『黄金の果実』的な幻の書物として読者の前にあるだけだ。

表題のフェルディノー・セリーヌとは、ガスチネルと知り合う前のドシャンが偶然投宿したリムーザンのホテル経営者の名前で、すでに老年に達していた彼女は、ふらりとやってきた客が小説の原稿を携えている作家の卵であると知って励ましつづける。セリーヌの名を出す以上、第二次世界大戦時のいまわしい記憶が引き出されるのは当然だろう。謎解きに抵触しないよう大雑把に焦点を明かせば、やはり親ナチのフランス人将校らによるユダヤ人虐殺の玄関口となったドランシーと、そして現在の政府高官のなかに生きのびているかつてのペタン派の隠蔽工作が展開の鍵になっている。シニャックがプレイヤード新版の刊行にともなうセリーヌ再評価の動きや、モーリス・パポン裁判等による、戦時下のフランス社会を問い直す機運に乗じてこの小説を書いたのは明白だが、重要なのは、現在「流行」しているポラールの皮相さを揶揄するためにほかならぬセリーヌが利用されていることである。

ドシャンがかつて刊行した二冊のポラールは、映画からの意識的、あるいは無意識的な盗用と紋切り型に満ちた味気ない水増し小説として皮肉られ、うち一冊が収められている叢書には、《犯罪の場所……郊外》Ban...Lieu du crime の総称が付されているのだ。郊外は完全に陳腐なイメージに染められ、ポラールの書き手は紋切り型からいっこうに抜け出そうとしないばかりか、それを確信犯的に利用している。郊外、ハシッシュ、エイズ。この三つを適当につなげた安手のポラールを、シニャックは《banlieue-hasch-sida》をつづめた《un polar BHS》と名づけ、おまけにドシャンらの原稿を引き受けた出版社が頼りにしている人気シリーズに《郊外、ろくでなしの巣窟――Banlieue, nids à cons》という総題を与え、さらに作中人物にかこつけてこんな慨嘆を漏らしている。

彼〔ドシャン〕は――好みからというよりも、流行っているという理由で――二種類のポラールを書きさえしたのだが、出版されるなにがしかのチャンスを得るために気を遣い、社会・民衆主義《ソシオ・ポピュリスム》的に見てショッキングな材料を、パレットナイフで塗るみたいに、横ならびにならべたのだった。つまり、その混乱ぶりと、出来損ないと、麻薬中毒患者と、そこから抜け出せない惨めな連中がいる無視しえない郊外、十九世紀末に大成功をおさめ、ブルジョワどもを震撼させた、城壁とその周辺のごろつきたちの当世風焼き直し。ハシッシュ、お役所の裏工作、ディーラー、失業、人民の代表者たちの卑劣きわまりない手口。行きづまった若者たち、ミステリーを自称しながら、そのじつ、さして腐りもせず私たちのあいだに戻ってきたクルーゾーやヒッチコックにさえ自分たちの子どもだとは思えないような一連の文学、低家賃住宅での悲劇。最低所得層のトトールがリトンの小型バイクをくすね、アリ・ベン某が、人種主義者の管理人にアラブ野郎と扱われてまずいことになる。アリは自宅にポンプ式銃を持っていたのだ、パラボラアンテナとともに、郊外でいちばんよく見つかるのが銃なのだった……ドシャンはけちけちしなかった、そういったものをあらいざらい、ごちゃごちゃにして、じつにノワールでじつに血なまぐさい、やっつけの二冊の本に詰め込んだのである。

列挙されている特徴はまちがいなくポラール汎用の原理であり、「流行」しているから書くという醒めた意識もまた、あらゆるポラールの書き手に量の多少こそあれ潜んでいるものだ。ところがその意識をきちんと見据え、消化したとしても、ほかに書きようがないとシニャックは言うのである。たぶんここには、自身の名声を確立したコンビのシリーズですら、すでにありふれた定型に収まりかねないとの危機感、あるいは諦念が表明されている。ウジェーヌ・ダビ風ポピュリスムの「流行」に敏感であったセリーヌが、そんな周囲への目配せなど取るにたらないものにしてしまうだけの強固な文体で幾多の矛盾を読者に突きつけ、変わりばえのしないクリシェから逃れた事実をもシニャックはほのめかしているのだろう。『フェルディノー・セリーヌ』は、七十歳を迎える斯界の大御所のひとりが、雨後のたけのこのごとく市場に氾濫しているポラールのありように苦言を呈するためにセリーヌの威光を借りた作品でもあるのだ。

しかし、批判の対象となっている諸々の要素を包括するのが「郊外」だとすれば、もはやポラールは「郊外」を超えた世界を創出するほかないはずなのに、いまだその領域には達していない。『氷野』から十五年後、《セーヌ・サン・ドニの作家たち》の系譜に連なる企画、イヴリーヌ県主催の《都市をめぐるポラール》の枠内で書かれた『丘の報復』(一九九六)でエルヴェ・プリュドンが差し出したのも、せいぜい「くずれたパズルの穴みたいに」自分を見失うためだけにあるような空間、「田舎でも地方でも都市でも郊外でもなく、名もなく根もなく、実質も、血も、樹液もない、アンディヴとボール箱でできた偽りの街」という、人間臭をどこかに追いやった、さらに殺伐たる世界なのである。地口も侮蔑も嘲笑も表面をかすめるだけの、コンクリートどころかガラスの冷ややかさに覆われた空間。ここにはセリーヌが読者を惹きつけてやまない、生々しい人間の傷痕が完全に拭い取られている。活性剤とするか解毒剤とするかはべつにして、瞬時のきらめきを見せるポラールも、まだ言葉の真の意味で、「人種主義だの祖国だの美だの功績だの犠ッ牲だの、くるくる回る口車！……　大衆はそんなのはどれひとつ屁とも思っちゃいない、どれも同じことの言い替えだ」(『苦境』、礒野秀和訳)と叫ぶセリーヌの教訓を生かし切ってはいない。「ひとつの事件」としか形容できない作家のブゾン讃歌が、ポラールの守備範囲をすり抜けるようにしてラ・クルヌーヴの高校生を捉えたのは、「郊外性」に潜んだ未知の力を、裏と表の双方から攻め込んで抽出する視点が組み込まれていたからなのである。いつの日かまたジャック・ブレル高校で同様の試みがなされたとき、彼ら高校生の内側にひろがっているのは、セリーヌの闇なのか、あるいはエリック・ロメールの柔らかい春の陽光なのか、それは誰にも予想できない。

(註)ピエール・シニャックは、二〇〇二年四月、イヴリーヌ県オヴェルジャンヴィルの自宅で、異臭を感じた隣人の通報により、腐乱死体として発見された。享年七四。

IV

長いあいだ、私は寝相が悪かった

以前ある場所で文芸時評を引き受けたとき、最初の回が年末に出る恒例の新年特大号で、名の知れた作家たちの対談や短篇を相当な数読まされることになった。こういう場合、ひいきにしている書き手の作品から読みはじめるのが筋なのだろうが、なにしろ経験のない仕事なので勝手がわからず、一頁目からすべての作品に目を通して行ったところ、冒頭の一文のあまりに寒々とした印象に面食らって、しばらく身動きできなくなってしまった。

文芸誌であれ詩誌であれ、雑誌とはなべて一種のアンソロジーである。数は限られていると言っても、複数の声が入り交じり、共鳴しあう奇妙な暗箱なのだ。この暗箱からなにを引き出し、何を読むかは読者の手に委ねられており、たいていはふと目にとめた冒頭の一行に選択の基準が置かれる。つまり書き出しの一文が魅力的であるかないかによって、どの作品をどういう順序で読むかが決定されるのだ。攻撃と守りを交互に繰り返し、その幕間のいかにものろのろした進みぐあいを楽しむある種の球技ならいざ知らず、文学作品、とりわけ短篇においては、書き出しがだらけているとすばらしい結末が訪れるまでついていこうという気が殺がれてしまう。導入部の弛緩ぶりが徐々に修正されていく例もたしかにあったとはいえ、多くは書き出しの印象から逃れられぬまま、うやむやのうちに終わっているとの感想を抱かざるをえなかった。

第一回の紙面で、私は感じた通りのことをそのまま文字に移しかえたのだが、しばらくして、拙文に目をとめたある先達から、もちろんこれは温かい励ましと理解をこめてのことであったが、あなたは堪え性のない人だ、と言われた。かりにも文芸時評をまかされているのであれば、短篇の書き出しを並べて比較するなどといった作戦は、どうしても言いたいことがない月のために取っておくいわば禁じ手であり、あんなふうに初っ端からそれを持ち出すなんて堪え性のない証拠だというのである。なるほど文芸批評家とはそういうものかと感服しつつ、むしろ禁じ手を初回から出してしまったことであきらめがつき、これであとは好き放題やれると逆に開き直るきっかけができたのだった。

しかし読者として気の利いた書き出しから絵空事の世界に足を踏み入れたいと望むのは自明の理であり、本当のところ物書きがこころに留めるべきは、冒頭の一文ではないだろうか。書き出しの一行が見つかるまでそれこそ血尿が出るくらい苦しむと公言してはばからなかった作家もいるくらいだから、わずかな紙幅で読者を説得しようとすれば、いちばん目につく箇所に最大限の注意を払ってもいいはずであり、作品の魅力のかなりの部分を出だしの数行に圧縮してもおかしくはないのである。ロラン・バルトが断章形式からなかなか抜け出せなかったのは、断章の数だけ書き出す快楽が得られたからだった。だからこそ、彼はあれほどまで書き出しに腐心したのであって、そうでなければ断片に訴える根拠がなくなる。はじまりだけが羅列され、そのまま永久に円環が閉じられない空間を彼は夢想していたのだ。

ならば書き出しと断片を結びつけ、なおかつ終わりが訪れるような書物は存在しないのか。かならずしも十全に成功しているとはいいがたく、またその卑俗な言葉づかいにいくらか抵抗はあるにせよ、『長いあいだ、私は寝相が悪かった』《Longtemps je me suis couché de travers》と題されたヴァルテール・ルウィノの作品は、すでにヴァレリーが想い描いていた一種の「書き出し集」として記憶に残されるだろう遊び心に満ちた試みである。物語の中身はひとまず措いて、その冒頭を飾る一文ばかり捻出すること。既存の作品から書き出しを収集するのではなく、どう展開するのか作者にも読者にもわからない幻の、想像された書き出しを横にひろげること。それらは短篇小説に姿を変えるかもしれないし、まさしく《Longtemps je me suis couché de bonne heure》「長い時にわたって、私は早くから寝たものだ」（井上究一郎訳）の一行からすべてが起動するプルーストの小説のごとく、長大な物語世界へと膨張していくかもしれない。こうした幾多の断片が、途方もない可能性を秘めつつ、しかし相互に何の脈絡もないまま並列されているのだ。

ルウィノ自身、これまで数冊の作品を発表しているれっきとした小説家なのだが、同時に著名な週刊誌の風俗関係の頁を担当していて、小説の題名からも推察されるように下半身の話題を得意とするらしい。『長いあいだ、私は寝相が悪かった』においても、「イザベルは鼾をかいていた」といったごくありきたりな日常生活におけるエロティックな情景や「彼女は笑いながら、舌にコンドームつけたらどう、と勧めるのだった」、「経験上、やたらに汗をかく男は精液が少ないことを彼女は知っていた」、「笑いの虫にとりつかれている娘の処女を奪うのは容易ではない」など、きわどいジョークまがいの文章がかなりの比重を占めている。

いかにも短篇にふさわしい書き出しを挙げるなら、「離婚したいのよ、と彼女に言われたとき、ぼくは本能的に腕時計に目をやった」。離婚、本能、腕時計の三題噺がここからはじまりそうな雰囲気だし、「投票場の仕切りに入るとき、リグスト夫人はガードルを直した」には、モーパッサンを思わせる苦みの効いた、切れ味のいい読み物の祖型がのぞいている。「彼の祖母は一九三四年度のミス・フランスだった」、「父の葬式には、ママとぼくと、それから知らない女のひとがひとりいた」。そんな文章で幕を開ける小さな物語の筋書きを、眠れぬ夜に考えてみるのも一興だろう。

ところで本書は、巻末に「了」のひと文字を刻んで書物としての体裁を閉じている。そこにはどうやらルウィノが自身の生い立ちを、といってもこれは私の憶測にすぎないのだけれども、彼の体験がうっすらと塗り込まれた自伝的な匂いを、プルーストのパロディに頼りながら――「彼の口のなかには、毎週木曜の晩に母が作ってくれたフレンチトーストの味がまだ残っていた」などはその好例だ――つい口にしてしまったことにかすかな悔悟と羞恥を感じ、傷口がひろがる前に流れを断ち切ろうとしているように思われてならない。いちばん顕著なのはユダヤ人への視線で、「国境を越えた日から、パパはイディッシュ語を使うのを止めた」、「両親は、兄たちや私に、じぶんたちを鬱屈させている痛ましい秘密をいっさい悟られないよう、言い合いする時にはイディッシュ語を使ったものだ」のふたつの文章では、断章によって取り除こうとした重さが、逆に増してしまっている。

書き出しの傷が読書欲を減退させるのはまぎれもない事実である。しかし個々の文章がどれほど面白くても、そればかり並べられれば読み手は辟易するものだ。もっとも、そんな不平が漏れるのは、遊びを遊びと割り切れず、無作為を装ったアンソロジーにすらなんらかの意図を探ろうとする、私のように未熟な読者の責任なのかもしれない。

ジャン・プレヴォーのために

ジェローム・ガルサンの『ジャン・プレヴォーのために』を読むまで、この稀な人物の中年期以後の道程に、私はさほど注意を払っていなかった。私にとってジャン・プレヴォーは、サルトルが『シチュアシオンⅡ』のなかでピエール・ボストやアンドレ・シャンソンらとともにその名を挙げ、友情と連帯とスポーツを重んじる反教会的なプチブルジョワ精神、反人種主義、個人主義、進歩主義に染まった大衆の側に立つ作家と見なしつつ、ユマニスムと急進社会主義をむすびつけた彼らの限界を指摘する以前の、もっぱら一九二〇年代に早熟な散文を残した若い書き手としてのみ意識されていたからである。

ジャン・プレヴォーは一九〇一年、セーヌ・エ・マルヌ県サン゠ピエール゠レ゠ヌムールに生まれた。一九一八年、パリに上京し、アンリ四世高校のパリ高等師範学校準備コースに入学。哲学教師にアランのペンネームで知られるエミール＝オーギュスト・シャルチエがいて、その平和主義と過激なリベラリスムに大きな影響を受ける。一九一四年の戦争に乗り遅れたことを悔いるこの矯激な若者は、秀才肌の高校生を横目で見ながら軟派を気取って独自のリズムで試験に備え、その強靭な記憶力を武器に、百五十人中十二名という狭き門を突破している。そのあたりの経緯は多少の粉飾と自己劇化をまじえた『十八歳』（一九二八）に詳しいが、プレヴォーのプレヴォーたる所以は、大学人にはならない師範学校卒業生《ノルマリアン》という運命を選択したところにあった。スタンダールに心酔するあまり、手を加えずとも即興が創作のレヴェルに達するまで日々書くことをみずからに課し、肉体の鍛錬とエクリチュールを融合するべく、ボクシング、ラグビー、フェンシング、短距離走、ジョギング、カヌーなど、およそスポーツと名の付くものならなんにでも打ち込んだ。ボクシングの試合を活写し、戦う者の心理と肉体の躍動を描いた「拳闘家の一日」が、一九二四年のＮＲＦ誌に掲載されて注目を浴びたのは、なかば必然的な事件であったといえる。

　スポーツと肉体に関するそれら一連の省察をまとめた初の単行本『スポーツの快楽』（一九二五）は、厭味な肉体誇示、過度な肉体賛美には陥らない、厳とした節度への意思が刻まれている瑞々しいエッセイだ。身体の反応を冷静に受け止め、力が漲っていようと鈍重な疲労に見舞われていようと、つねに知性の発露を支える器として身体を意識し、中庸の美徳に返ろうとする視点。それは「森の朝」と題されたジョギングの先駆ともいうべき運動感覚を描いた爽快な一文にはっきり現われている。虫明亜呂無ならおそらくきちんと評価してくれただろうと思わせる鮮度の高い叙情も欠けておらず、プレヴォーの作品をたった数冊、それも一九二〇年代の文章にしか目を通していない者であれば、当時としてはきわめて斬新なものであったはずのこの処女作を彼の最良の作品として推すにちがいない。

その頃、プレヴォーはオデオン通りの貸本屋「本の友の家」を発行元とするアドリエンヌ・モニエの文芸誌、「銀の船」の秘書をつとめていた。短命に終わったものの、海外文学の紹介に功績のあったこの雑誌での経験を生かし、その後は「ユーロップ」などでも活躍することになったが、出発点となったモニエの店で、彼は最初の妻マルセル・オクレールと知り合う。パリ北駅の一翼を担当した鉄筋コンクリートの建築技師ヴィクトル・オクレールの娘であったマルセルは、父親の仕事先チリに生まれ、外交官アンリ・アップノーの紹介状を片手に、一九二四年、モニエを頼って単身パリに乗り込んできた。ふたりは一九二六年に結婚し、ともに文筆活動に入る。マルセルは当時ラテン・アメリカ文学に傾斜していたヴァレリー・ラルボーの知遇を得、スペインの作家ラモン・ゴメス・デ・ラ・セルナの仏訳を手掛けたり、彼の励ましで小説を書いたりしたほか、三〇年代にはルポルタージュで名を馳せた雑誌「マリ・クレール」の常連として、経済的にも独り立ちできるだけの成功を手に入れる。一方、筋は通っていても売れない作家でしかなかったプレヴォーは、妻の経済的優位にひどく苛立ち、三人の子どもをもうけたあと、一九三九年に彼女のもとを去った。

それにしてもプレヴォーの一生からは、いかにも生き急いだという印象が漂ってくる。「《成熟》とは、年齢がぼくらに与える不信と陰鬱さの習慣だと思う。だが子どもたちは、必要となるやただちに成熟に達する」と彼が書いたのは二十八歳の時だった。しかし成熟とはいわば永遠につづく成長の過程であり、非業の死をもってしても到達不可能な仮想状態ではないだろうか。この仮想を果敢に現実へと読みかえていく人間をかりにユマニストと呼ぶなら、ジャン・プレヴォーはまちがいなくそのひとりである。ゴデルヴィル隊長を名乗ってレジスタンス運動に関わり、一九四四年八月、ドイツ兵に射殺される瞬間まで、彼の人生は一度として遅滞することがなかった。三〇年代後半にアメリカを訪れ、建築や科学をめぐる鋭い考察を展開し、環境問題から労働条件の改善、交通機関の近代化、日本の産業力と模倣力の脅威、ファシズム、ナチスムの台頭、失業対策、移民問題にいたる広範な話題を、一貫したリベラリスムの視点から論じつづけたプレヴォーは、抗独運動においても、スポーツで鍛えぬかれた頑強な肉体と不屈の闘志によって、部下の信頼を一身に集める神話的存在だったのである。

ルネ・シャールやアンドレ・マルローとは逆に、プレヴォーの文学と武勇譚は、半世紀のあいだ日の目を見ぬまま放置されてきた。対独協力作家たちさえなにがしかの評価を受け、復刊の機会を与えられている今日、その対極で命を張っていたプレヴォーだけがなぜ無視されているのか。「誰それのために」と題された書物の例に漏れず、ガルサンの本もそんな私憤と義憤を混同するひたむきなオマージュに終始しており、正攻法の伝記でも緻密な評論でもない熱気にあふれた作品に仕あがっている。ガルサンは一九五六年生まれ。「十八歳」を迎えた時はすでに七四年、つまり六八年の革命に間に合わなかった世代である。その喪失感を一九一四年の戦争とすれちがったプレヴォーの行程に重ねる無防備さと隙の多さが、「ジャン・プレヴォーのために」捧げられた本書を、かえっていとおしいものにしている。

忘れられた軽騎兵

ロジェ・ニミエとならんで《ふたりのロジェ》と目された作家、ロジェ・アルヴェイ。一九二三年パリに生まれ、一九四九年に『不謹慎な男』を発表、これがジャック・シャルドンヌの目に留まり、さらには第二作『軽やかな心』が一九五六年のルノドー賞を受賞して注目を浴びた。地中海沿岸の保養地で相続した遺産を蕩尽していく五〇年代の若者を描いたこの小説は、批評家アンドレ・フレニョーをして、繊細な若者たちに永遠に記憶されるだろうと言わしめた小傑作である。

五〇年代といえば危険な時代だ。『嘔吐』と『異邦人』と『ゆらめく炎』をひとしなみに享受して多かれ少なかれ心情的に右傾化するきらいのあった若者たちが、対独協力作家として戦後は評価を落としていたシャルドンヌやポール・モランなどの先行世代に親和を表明していた。ニミエとその周辺の若者、フランソワ・ヌリッシエ、アントワーヌ・ブロンダン、ミシェル・デオンらの面々はベルナール・フランクによって《青い軽騎兵》と名づけられ、確たる主義主張のないひとつの流派を形成したが、アルヴェイはその周縁に位置し、彼らの聖典だったスタンダールよりもラ・ロシュフーコーを思わせる古典的な文体でそれとは正反対の風俗を描いた。しかし『軽やかな心』が七〇年代初頭に文庫化されたほかは、小説『アルガルヴの夏』（一九六〇）も、二冊の時評集『容易な忘却』（一九五六）、『正誤表』（一九六二）も、死後刊行された『深い朝』（一九六五）も、絶版になって久しい。

アルヴェイの特質をもっとも顕著に表現しているのは、《ラ・ロシュフーコーへの捧げ物》という副題の添えられた『深い朝』だろう。二十からなる章のひとつひとつが箴言を敷衍する仕掛けで、五人の高校生の青春とその行く末を描くこの作品には、秩序の、モラルの、偉大なる封建制度の終焉を見据えた『箴言』の作者の、「どれほど不幸にならねばならないか、それを知ることは一種の幸福である」という寸言を肝に銘じたアルヴェイのすべてが凝縮されていた。秩序あるものこそが軽やかなのであり、重苦しいのはむしろ無秩序のほうだとするアルヴェイは、しかし私生活のうえでは後者を選択したようだ。一九六一年、ベルギー人女性カルラ・ローデンバックと結婚するも半年で離婚。その後、脚本を担当した映画『夜よりも暗く』に出演していた女優エヴァ・スパッツと知り合い、ふたりでバルセロナに移住する。そして一九六三年八月二十九日、とある酒場で起こったバスク人のテロリストと自警団の争いに割って入り、流れ弾を浴びて命を落とした。

　ところで、四十歳で亡くなったこの小説家の生涯と作品を、『忘れられた軽騎兵』という表題のエッセイにまとめようとしている人物がいる。ジェローム・ルロワの処女作『マルタ島のオレンジ』（一九八九）の主人公クレベールだ。ルロワは発表当時まだ二十五歳の無名の新人であり、しかも創作にあまり目を向けないモナコの出版社から刊行されたこともあって私の興味をひいたのだが、同世代のニミエ信者で、翌一九九〇年にドゥマゴ賞を受賞したオリヴィエ・フリブールほどには話題になった形跡がない。

　主人公クレベールは、いわゆる「お墨付きの」文学者を夢見、秀才の集うパリ高等師範学校をめざしていた文学青年だった。しかしわずかに得点が足りず不合格となったことからジャーナリスムへ進路を変更する。創作を志しながらも食べるために小さな婦人雑誌でコラムを担当したり、流行歌の詞を書いたりするのがせいぜいで、肝心の小説はどうしても書きはじめられない。おまけに裕福な画商の娘である妻のアニェスとは別居中の身で、二十代の若さと夢がついえていくのを自棄になって眺めているありさまだ。そうした青春の静かな崩壊に立ち会いつつ、彼は五〇年代の小説家たち、とりわけ《青い軽騎兵》の周辺に傾倒し、ロジェ・アルヴェイについてのエッセイを書こうとする。「海辺の別荘の白い金具についた錆、避暑地の家にある古い書物の匂い、三〇年代の読書便覧、つまり教師をしていた祖父が使っていた教科書の挿絵」を愛し、過去の群小作家を愛読するクレベールの懐古趣味は、仮構したものであるにせよすでに皮膚にぴたりと張りついていたのだ。ロジェ・アルヴェイをめぐる物語が小説の縦糸だとすれば、横糸に編まれているのはクレベールの感情生活である。リスボンに発ってしまった妻アニェスへの断ち切れぬ想いや、アルヴェイの読者でもあるシンシア・ヘイズとの情事、シンシアと入ったカジノで偶然知り合った、アルヴェイの友人にして『ソレントの復活祭』の作者、老シャルル・ヴェルニオルとの交歓、ニミエに関する修士論文を準備中で、呪われたハードボイルド作家ジム・トンプソンの姪の娘だというソルボンヌの女学生アンヌ・トンプソンとの対話。文学への思いを果たせず、異性とはいつもすれちがいを演じる孤独な主人公は、ようやく書きあげたアルヴェイ論を出版社に届けたその足で、プジョーのクーペを駆って一路ポルトガルの別荘へと向かう。

彼に救済をもたらすのは、だがアルヴェイの小説ではなく、別れた恋人を列車のなかで想いつづけるヴァレリー・ラルボーの名作『秘めやかな心の声』であり、「ロワール地方でしか見られないあの光のような文体で」描かれたその初期の短篇群だった。そして「思春期の矜持のさなかで悲劇を抑えつけられた、初歩の魔術のラルボー」とともに傷ついたクレベールを癒してくれるのは、フェルナンド・ペソアの『アルヴァロ・デ・カンポス詩集』だった。「こころはからっぽ、過去も未来もなく／たったひとりこれまでにない孤独にさいなまれて」、主人公は凍てついた夜の旧カスチリア地方を抜けていく。「ぼくらを見ることもなく、時は刻々過ぎていくらしい／けれども彼らが通り過ぎる足どりは軽くない」と呟きながら。

クレベールはロジェ・アルヴェイに関するエッセイを書くことであたらしい生への手がかりを得、作者ジェローム・ルロワは作家の誕生を予告することで自身の未来を示してみせた。刊行間もない『マルタ島のオレンジ』を読み終えてこの「忘れられた軽騎兵」に興味を持った私は、ニミエ研究の第一人者マルク・ダンブルによる浩瀚な伝記を探ったり、作中に引用されているシャルドンヌとニミエの『往復書簡』をのぞいてみたものだが、ロジェ・アルヴェイの名はどこにも見あたらなかった。出来すぎといっていいほど魅力的で謎めいたこの作家は、実名をたくみに織りまぜて再現された虚構の存在だったのだ。決定的な指標は、ルノドー賞にある。一九五六年の受賞者はアンドレ・ペラン。べつだん軽騎兵でもないのに忘れられてしまった作家である。要するにロジェ・アルヴェイは、二十五歳の若者がニミエの世界に仮託した幻だったのだ。ペソアは書いている。「何者でもないこと、小説の一人物であること、／生も、物質的な死もない、ひとつの思念であること」。ルロワにとって、アルヴェイはそんなひとつの思念だった。

カメレオンになろうとしているのに、世界はたえず私から色を奪っていく

ルネ・ベレットの『機械』(一九九〇)が映画化され、『ザ・マシーン　私のなかの殺人者』というタイトルで日本でも公開されたらしい。らしい、とこんなふうに伝聞体で記さざるをえないのは、主役を演じているドゥパルデューが苦手なあまり、かかっていた映画館と上映時間まで把握しておきながらどうしても足を運ぶことができなかったからである。この容貌魁偉な俳優が中心にすわると想像しただけで、映画全体のイメージがたちどころに決定されて観る前からげんなりしてしまうのだ。しかしフランス系サスペンス作家のうちでも群を抜く力量の持ち主であるベレットの名を広くわが国で認知させるには、映画の出来映えがどうあれこの機会を利用してその作品の紹介につとめるべきだったかもしれない。じっさい『幽霊』(一九八一)、『地上でも天のごとく』(一九八二)、『地獄』(一九

八六）とつづく故郷リヨンを舞台とした一連の長篇小説のうち第二作目は、あえて訳出すれば「これ以上の遅滞は危険」という意味になるタイトルでミシェル・ドゥヴィルによって映画化され、とりあえずは安心できる役者を得て美しい映像に仕上がっているのだから、ベレットの小説が映画化に不向きなはずはないのである。せっかく輸入された『ザ・マシーン』を、役者が苦手だというだけの理由でやり過ごしたのは、愛読者として誠実さを欠いていたと言うほかないだろう。おまけにベレット自身、あるインタヴューのなかで、ウィリアム・フリードキンの名をちらつかせながら自著と映画の関連を示唆しているのだ。

「これまでわたしが書いた本には映画の香りが漂っていますが、しかし映画化するのはきわめて困難です。『機械』はそれでもいちばん映画になりそうな作品ですね。乾いた、一見したところ機能的な文体のせいで、この本はシナリオのような印象を与えます。むろんそれは視覚の幻影であって、シナリオとは似て非なるものなのですが、内容を形式に貼りつけ、形式を嘔吐させる方法がひとつあるのです。つまり執拗に攻撃を繰り返すこと。文学などもはや存在しないのだから、装飾や比喩や冗長な描写を自分に許すわけにはいかない。物語に最後まで貼りついて、それでお終いです。一歩たりとも脇に踏み出してはならないという感じがしました。まるで書物が読者に突き刺さるナイフのように。ナイフの刃をこぼしてはだめなのです、逆に研がなければだめなのです」（「カイエ・デュ・シネマ」、

四三四号）

精神科医マルク・ラクロワは、父親の遺志を継いで心を読み取る「機械」を完成させ、女性を殺す夢にとりつかれた精神病患者ミシェル・ジェトの治療を試みる。ミシェルの夢が過去の事実の痕跡なのか、本当に殺人を犯したことがあるのかどうかも、その「機械」を使えば判明するはずだった。ミシェルは、自身の主治医であり、なにかと世話をしてくれるこの美貌の精神科医を尊敬し、憧れ、と同時に強烈な憎しみと嫉妬を抱いていた。マルクは患者を秘密の研究所に連れていき、大型コンピューターに制御された「機械」にふたりの脳髄を接続する。実験は成功するのだが、成功の度が強すぎて、彼らの頭脳は瞬時に入れ替わってしまう。じぶんがミシェルの身体に入り、ミシェルがこちらの身体に入るという異常事態に気づいたマルクは、ただちに逆操作を試みる。しかし相手がこの僥倖を見逃すはずはなかった。ミシェルはマルクになりすまし、ラクロワ家の人間をすべて殺害しようとするのだ。こうして妻のマリーは、およそ通常のフランス・ミステリーでは考えられない残虐な仕打ちを受ける。ミシェルはマルクの息子レオナールと頭脳交換をおこない、母親を小さなペニスで犯してからナイフでめった突きにしたあげく、それを性器に突き刺す。彼女は夫ではない夫と関係し、息子ではない息子に犯され、殺されるのだ。結末に小さな光明が用意されているものの、四百頁におよぶ悪夢の呪縛は容易に消しがたい。

だがこの大作を読み終えたあと、有無を言わせぬ筋書きの力に圧倒されつつ、かなり強固な違和感を感じたことをも私は思い出す。というのも、ベレットはそれまで、おそらくパトリシア・ハイスミスあたりにしか描き得なかった種類の、ハッピーエンドを軽くいなし、日常の偶然を契機にした沈着冷静な恐怖を蔓延させる小説世界に、独自の方途で近づきつつあったからである。好みにもよるのだろうけれど、『機械』は極端を狙いすぎているというのが偽らざる感想だった。

ハイスミスを引き合いに出したのにはもうひとつ理由がある。彼女が生んだあの『太陽がいっぱい』の不滅の主人公トム・リプリーは、暗黒街に片足を突っ込んで裕福な暮らしをつづけ、広壮な屋敷で優雅にチェンバロをたしなむ音楽愛好家となっていたのだが、先に挙げたベレットの三つの長篇の登場人物もまた、バッハに傾倒する音楽教師か元ピアニストなのだ。そこにはギターの教師でもあるベレットの姿が反映されているのだろう。ギターやピアノは読者との親密な目配せとして、神経質で力弱くはあっても感受性豊かな相貌を主人公に与え、物語から過度な暴力を抜き去っていた。『幽霊』の語り手もギターの教師という設定で、妻を亡くして意気消沈した彼が、さらに不慮の事故によって、というよりむしろ過失致死に近い状況でひとり息子まで奪われてゆく冒頭部は、骨組みだけを量産している大方のサスペンスものとはちがってじつに細やかに描かれている。復讐劇のはじまりを告げるベレットの筆は、常人が常人の域をはみだしていくときの、どこか澄み切った狂気の匂いをもとらえている。

ところでこの『機械』という長大な悪夢は、その翌年に刊行された、八十七篇の断章からなる『考察』（一九九二）によって、私のなかで肯定的な側面をあらわにしはじめた。各章ほぼ一、二行、最大でも十行を超えない箴言がならぶこのささやかな書物に、読む者を励まし、安堵させるような言葉は一語として刻まれていない。『機械』の反歌と見なしうる絶望のモラリスム。ここにあるのは、徹底した受け身を鋭い武器に変えるシオランの流れを汲む、覚醒と憂鬱を封じこめた箴言なのだ。冴え方に多少のばらつきはあっても、長篇のどこかにその一行を押し返せば、どれも完璧なパズルを形成する駒のひとつであることが理解できるだろう。「私がドアを引くと、手前に動くのは家全体だ」。ベレットの物語は、いつもそうやって、思いがけない量塊が押し寄せてくるふうに幕を開けていたはずだし、「ひとは放棄したものから逃れられない」という一文は、小説の主題に据えられるべきものだ。「ひとつの思い出ばかりがこれほどまでに記憶を浸食するとなれば、それはもう忘却とおなじことである」。これもベレットの登場人物の内側をかなり正確に照射しているのだが、極めつけは『機械』の核心を言い当てた次の一句である。「なすべきことがあるとしたら、それは全身移植だろう」。狂人ミシェルは脳の交換による変則的な全身移植をしたたかに利用し、みずからの衣を脱ぎ捨ててカメレオンになろうとした。しかしそんな悪党ですら、完璧な自己転身は果たせなかったのだ。第五番目の箴言でベレットはこう述べている。

「カメレオンになろうとしているのに、世界はたえず私から色を奪っていく」

＊ベレットは『考察』を改編・増補した『ある生の物語』を一九九八年に刊行している。

内なる港の光景

アントワーヌ・ヴォロディーヌの小説の背後に、一九五〇年生まれの著者を巻き込んだ青春時代の政治の一季節や、東欧を軸にした錯綜する現代政治の寓話を読むことは誤りではないだろう。政治とはすでに現実の否応ない虚構化であり、虚に翻弄される芸術家や知識人、あるいは秘密諜報部員たちの悲劇の例など、ヴォロディーヌならずとも数多く挙げることができる。しかしこの作者が好んで描く追いつめられた男女の周辺にはいつも寒々とした空気が流れていて、スパイ小説の主人公たちが伝統的に引きずってきた実存的な悪寒を連想させずにおかない。

組織から逃れようとする恋人たちの彷徨を、あたたかみを丁寧に消し去った不安げな語り口で切れ切れにたどっていく手法は、『リスボン、最後の余白』（一九九〇）から、『アルト・ソロ』(一九九一)、『猿の言葉』(一九九四)にいたるまで、一貫した特質である。既成の言語にかぎりなく近い不協和な響きを持つ固有名、熱帯への郷愁、架空の世界における語り手と読み手の位置の混濁。『アルト・ソロ』は真の話者の声を可能なかぎり隠蔽する一種の《政治的》言説の実践だったし、『猿の言葉』は、聞き手と語り手の立場を自在に組み替え、発話者の場所を聴取者のそれとすり替える不安定な言葉の、精妙な羅列だった。

新作『内なる港』でも、ヴォロディーヌは、話者の思考がなめらかな流れを見出した瞬間それを中途半端な読点で断ち切るきわめて特徴的な文体を駆使して、ひとりの男の過去を断片的にたどってみせる。一九四七年十二月九日、リオ・デ・ジャネイロ生まれという偽造パスポートを有する反抗分子ブリューゲル。女性工作員グロリア・ヴァンクーヴァーと恋に落ちたこの男は、南米から中国へと逃げのび、単独で潜伏しているところを始末屋コテールに発見され、尋問を受ける。ブリューゲルの述懐をコテールは辛抱強く再構成してゆくのだが、語りかけている内容をぱたりと閉じて口をつぐんでしまうその吃音的な言葉の連なりは、やがて双方の意識の敷居を溶解させてしまう。

「対話」「虚構」「夢」「独白」「航海日誌」という、すでに字面からして足場の悪いタイトルを付された章が交互に、かつ不規則に現われることにも作者の意図が透けて見える。「虚構」と題された章はすべて語り手ブリューゲルの想像と受け取ることが可能であり、登場人物の真偽はつねに揺らいでいる。「コテールと相対しているときの様子をもう何度も書き記してきたので、プラスチックの拳銃とあの紐を手にしたコテールが本当に存在しているのかどうかも、ふたたびなされたのかどうかも、尋問がしかるべきときになされたのかどうかも、あるいはまた、コテールがブリューゲルの狂った頭の、すなわちこの私の頭のなかだけに存在しているのかどうかもわからなくなっていた」。いまや夢と慈悲深い文章の力だけがグロリアに会う唯一の手段だとブリューゲルが漏らしているとおり、じつは彼女の存在すら虚構なのかも知れず、読者はそんなありうべきヴォロディーヌの仕掛けに戦慄し、またそれを増幅させる語りの術中にはまって最後まで引きずられていく。

グロリアが党から横領した金でふたりは逃亡するのだが、その途中、彼女はソウルで交通事故に巻き込まれて命を落とす。ブリューゲルは偽造パスポートを見破られるのを恐れて死体置き場に足を向けることなく、傷心のうちにひとり香港へ舞い戻ってきたのだ。しかしその詳細な経緯は、始末屋にも読者にも明らかにされない。これらはあくまで一連の語りのなかで徐々に、かすかに形をなした情報の集成であり、彼らの足どりの信憑性はついにはっきりしないままなのだ。

そうした曖昧さを保ちつづけるヴォロディーヌ特有の、自己と他者の境界のゆるやかな消滅が、『内なる港』にはこれまで以上の巧妙さで描かれている。現実の作者と作中の作者がわかちがたく混淆していく過程を楽しむというのであれば、遠く『ドン・キホーテ』以来いくつもの先例があるはずで、とりたてて革新的な企てとは言いがたい。作品全体が「外部の港」など必要としない、完璧に自足した、永遠に循環する定期航路のような行文たりえていることは事実だが、『内なる港』がひときわスリリングなのは、愛する存在を失って失語状態に陥りつつあるじぶんを立ち直らせようとした、『引き裂かれた本』のドゥブロフスキー的内実をジョン・ル・カレふうの華麗にして冷徹な世界と掛け合わせ、ハイブリッドな味を生み出しているからである。

待ち伏せする殺し屋を逆に墓地へ連れ込んで首を絞める後半部の展開がはらむ緊迫感は、本書のメタフィジカルな狙いとはべつに特筆すべき場面であろうし、この一点からしても、作家活動をSF小説から開始したヴォロディーヌの力量を推し量ることができる。平たく言えば、彼はいわゆるつぼを心得た書き手でもあって、ここで語られているブリューゲルとグロリアの関係は、きわめて古典的な図式に則ったものなのである。相手をあざむくために派遣された女性工作員が恋に落ち、任務と現実の板挟みにあって精神に異常をきたす。最終章が提示する解釈によれば、ブリューゲルはグロリアの狂気につきあったことを後悔するどころか、入院していた病院までまめまめしく面会に通い、墓地を散歩しながらオペラの台本や映画のシナリオを練りあげ、妄想のなかにグロリアを登場させたのだという。さらにじぶんたちを殺しに来る探偵の姿をも想像し、その男をコテールと名付けたのだ、と。

だが、コテールがブリューゲルの妄想だと読者に伝えているのは、まぎれもないコテール自身ではないか。この男が虚構なら、グロリアもまた存在しないのではあるまいか。それとも現実の「私」と架空の登場人物の「私」が、精神を病んだおなじ女性を愛したとでもいうのだろうか。

ティファニー・サモワヨーが指摘するように（「ラ・キャンゼーヌ・リテレール」、六八八号）、グロリアの名は、ほぼ同時期に刊行されたジャン・エシュノーズの『のっぽで金髪の女たち』をすぐさま呼び寄せる。偶然にもおなじ名前の、謎めいた女性を登場させたヴォロディーヌとエシュノーズは、「物語のなかの、作品に対するロマネスクな超意識」と「ふたつの異なる方向へ言語をふるわせる物語への嗜好」を具備したミニュイ社の小説家たちのある種の傾向をはからずも浮き彫りにしたのだ、と。この穿った読みを否定はしないけれども、私がヴォロディーヌの小説を愛するのは、港から出立するフェリーが本当に対岸に着くのかどうかを案ずるブリューゲルの寂しげな「後ろ姿」に惹かれたからだと言っておきたい。その後ろ姿は、外洋に出ることもなく、島と島の二点を結んで往復するよりほか存在理由のない船のように、あるいは意味を欠いた言葉のように、私の脳裡でいまでもゆらゆらと揺れつづけている。

空虚の輪郭

失墜を運命づけられた片翼の天使、疫病神のネズミを頭にのせた男、やせ衰えて翼をなくしたフェニックス。初期のエッチングに見られる死と廃墟と崩壊を暗示したデューラーふうの重々しさから、チュニジア、イタリア旅行を介しての光と色彩の飛躍へ、そしてナチス台頭にともなう苦難の時代を経て、パウル・クレーの絵は、生きていくうえで最小限の骨組みしか残さない痩身の境地にいたる。不幸は不幸として内側にとどめたまま、画面のすみずみが醱酵して、ついにはあのうつむいた天使が出現するのだ。その道程には、どこか生物の進化そのものを連想させる偶然と必然があって、クレー自身それを確かめるために『日記』をつけていたようにすら見える。

作品の生成を語る際にきまって言及される『日記』の文章は、極端なことを言えば、多くのクレー論をその引用の域に封殺する抑制力を発してきた。中期の色のほのあたたかさや晩年の絵の畏怖すべき線分に惑わされてこの画家を文章でからめ取ろうとすると、たちまちみずからの言葉の貧しさに啞然とさせられるのである。ベンヤミンはもとより、ホフマンスタール、ヴォリンガー、パノフスキー、ハイデガー、レヴィナス、リクールといった、詩人あるいは思想家の名前をきら星のごとく援用したアラン・ボンファンの『パウル・クレー、剰余の眼』（一九八八）も、その罠に陥った事例である。ドゥルーズの『フランシス・ベーコン』を看板とする叢書の、画集と論攷の二部にわかれた冊子を立派な箱に収める本書を上梓したとき、ボンファンはまだ三十一歳、パリ芸術高等師範学校で文明史を担当する若手美術評論家だった。だがその仕事は、ドイツ系絵画の研究を中心に、展覧会カタログの執筆をふくめて相当な量にのぼっており、すでに大家の趣さえ漂わせていたのである。とはいえ私にはその文彩に強烈な個性があるとも思えず、年代順に配した美しい画集にあらずもがなの贅言を費やしたとしか感じられなかった。後年、同様の論旨を大幅に縮約した概説書『パウル・クレー、執行猶予の仕草』（一九九五）でその生硬さはわずかながら解消されたけれど、ボンファンの抽象語への寄り掛かりは、やはりフランス知識人の踏み絵である小説を通過しなければ消えなかったようだ。

最初のクレー論を発表したとき、ボンファンの経歴にいわゆる「創作」はまだ記されていなかった。『戦争の夢』と題された物語が刊行されるのは二年後の一九九〇年、そののち『不幸』（一九九一）、『鹿の部屋』（一九九二）と規則正しく世に送られた作品の特徴は、人物の顔がはっきりと見えない曇り日の素描に似た独白にある。『戦争の夢』では、語り手が文法上かろうじて女性だと判明する、すでに死んでいるらしい「きみ」をめぐって、窓から巴旦杏の木が見える田舎家を舞台にほとんど筋書きのない夢想をつむぐ。ただひとつはっきりしているのは、親しい光の、音の、言葉の、存在の埋滅と欠如にひそむなにかが、声を落として伝達されようとしていることだ。「空虚はその輪郭がひとつの色のようにくっきりしているとき、現実の過剰に応える」。そう呟きながら、語り手は記憶のなかにしか存在しない「きみ」を言葉で呼び覚まそうとするのだが、きわだつのはその不可能性ばかりである。書かれようとしている物語についてなら、なにがしかの言葉を費やすことができるだろう。しかし書かれようのない空虚について、どう記せばいいのか。こうしてボンファンは、手ずからひろげた白紙に、いつまでも明瞭な線を引こうとしない。「線は敵だ。線で檻ができてしまうから」と言い逃れて。

二冊目のクレー論のタイトルに選ばれた「執行猶予」という言葉に接したとき気づいたのだが、「ロマン」と銘打たれた初のフィクションである『不幸』のなかでも、何度かこの言葉が口にされていた。物語は前作の雰囲気をまちがいなく踏襲し、愛しあうふたりは、彼、彼女と呼ばれるだけで名前は与えられない。たがいに癒し得ない過去を背負って生きているらしいのに、それが戦争や体制の変化にともなう外的な要素に強いられたものなのか、愛する人間との離別によるものなのか、肝心なところがぼかされている。ある場所からべつの場所へ移動している、具体的な都市名もない彼らの曖昧な逃避行には、どこかアントワーヌ・ヴォロディーヌの小説に通底する危うさがある。男の過去にはマリーという女性の姿がちらつき、時おりその記憶がよみがえるのを、彼はやっとのことで押しとどめている。「彼女のそばで過ごした数年間は、男はいまになってようやくそれを悟ったのだが、幸せな歳月だった。彼女の優しさは、彼が聞くことをみずからに禁じ、しかし彼が遠ざかるやいなやべつの形をとって戻ってくるあの甲高い言葉を、宙づりにしてくれていたのだった」。女は女で、かつて愛に破れた痛みをべつの言い回しに転化しながら堪え忍んでいる。「そんな悲しみを、彼女は《わたしのヴァカンス》と呼んでいた。それはごく一般的な意味でのヴァカンスではなく、むしろ、いつもずっと間隔があいてしまう休戦状態である」。もちろん男にとっても休戦と呼ぶ以外にない状態がつづいているのだが、その内実は磨りガラス越しになんとか感知できる程度だ。

　第三作『鹿の部屋』では、語り手の恋人にエレーヌ、弟にジャンの名が与えられ、ローマにある建物の最上階のアパルトマン、そして雨の多い秋から冬にかけての季節が舞台とされている。情報量の多さが前作とは異なる印象を与えるのだが、ジャンは十年前、エレーヌの部屋の窓から飛び降りて死んだとされ、語り手はその死の原因を、「鹿よ、鹿よ、開けて頂戴、でないと猟師に殺される(註)」とエレーヌが歌う部屋で、絶え間ない雨の音を聞きながら問いつめることになる。「いま、わたし自身の孤独を推しはかる基準はジャンだ。彼の死を考えることで、わたしは自分の死を見つめ、それを想像しないですんでいるのだ」。弟の死と恋人の内奥を理解しようと試みて失敗した、救いを求める兎の叫び。旧作との共通項といえば、主人公が相手の女性を、あたかも実体のない空気の輪郭をなぞるかのように愛撫していることだろうか。放っておけば消滅してしまうかもしれない身体の線を、切羽詰まった気持ちでたどるこの男の内面に同化していると、突拍子もないことに、「白玉か何ぞと人の問ひしとき露とこたへてきえなましものを」といったひどく日本的な感傷につながる脆さとはかなさに浸されて胸がつまる。宙づり、猶予、待機。パウル・クレーに捧げられたボンファンの批評は、小説の細部に予想外の深さで浸透している。あれこれ文句を言いつつ私がボンファンの小説を捨て切れないのは、想いを懸けた相手をせっかく奪ってきたのに、それをふたたび鬼に攫われるのではないかという、『伊勢物語』的な恐怖、恋だけでなく存在すべてにかかわる白い恐怖が、地雷のような不気味さで行間に埋められているからである。

（註）「大きな雄鹿」という童謡の一節。日本では「山小屋いっけん」として親しまれている。

そして誰もいなくなった

一九〇〇年生まれというから、ほぼ二十世紀と足並みを揃えて生きてきたことになるナタリー・サロートが、この秋、九十五歳で『ここ』を発表した。一九八三年の『幼少時代』で、いったんは老大家らしい作風の変成と記憶の回帰を示しておきながら、六年後の『おまえはおまえを愛していない』でふたたびベケットふうの枯れ方を見せつけて読者を唸らせた彼女が、筆を折るどころか読書界の話題をさらってしまうような新作をもたらしてくれたのである。意識の大木から不可視の樹皮を剝離させる、攻撃的なまでにやせ細った言葉ばかりをならべつつ、そのおおもとにはいまだ多量の樹液がため込まれているにちがいないと思わせる言語空間。とりあえず表紙に「小説」というジャンルが明記されていた前作と異なり、どんな場所でもない『ここ』と題された今回の作品は、二十の章に分かたれた未定形の文章である。しかも『ここ』での語り手は、無意識の、誰のものでもない共時的な感触を追っているのではなく、おそろしく内密な、あえて言えばサロート自身の内面をあぶりだす位置にあって、それは本来「私」をふくめた複数の一人称か、もしくは漠然とした主体を表わす仏語特有の《on》という人称代名詞への執着にもうかがわれる。つまりこの人称代名詞に、「私」だけを対象にしたねじれの用法もありうることを語り手は指摘してみせるのだ。漠たる人称を逆手にとった切実な余裕。一世紀近くを生きるサロートが投げ出したこの一冊は、私たちに心地よい緊張を強い、またその緊張をもたらす言葉の音楽の陶酔に誘う。

無名の語り手を呑み込んだサロートそのひとの密やかな声が刻まれているとの印象は、本書に散りばめられた会話の断片の、箴言めいた雰囲気にも由来している。サロートはいつものように、人びとの閾に生起する紋切り型を、寸鉄で刺すように記録していく。「あの本はお読みになりましたか?」「ご旅行はお好きですか?」「そんなもの、いくらでもありますよ」「お元気ですか?」。ひどくありふれた日常会話のかけらに過ぎないのに、映像を一時停止させたときの感触にも似て、それらは聴覚ばかりか視覚にも訴えてくるようだ。『ここ』に流れている言葉は、あちこちで無防備なまでの空白を作り出す《トロピスム》だろう。語りの声がたえず薄れ、途切れ、あるいは聴き取れないほど小さくなると、読者がその薄れた大気に酸素を送り込むよう促す息づかい。読みもしない本についての風評が巡回していったり、些細な話題が徐々に意識の奥深くへ沈んでいったり、形だけの挨拶にひそむ裂け目に言及したりする手法が、本書にあっておそらくはじめて、希薄な酸素をみずからに補給するような危機に直面しているのだ。サロートが見据えているのは、まぎれもない「死」だ。大文字で「不幸」と名指された、消しがたい「影」。つねに意識にのぼってくる脅威の足音。「ここ」とはだから、言語の領域における「死」だけではなく、肉体的な「死」を身近に感じるようになった作家の、打ち震える不安が渦巻く場所なのだ。「死」は観念的なものであることをあっさり中止して、激しい運動を突然さえぎられたかのごとく、動から静へと一挙にすり変わる唐突さで語り手を襲っている。

しかしサロートが真に語ろうとしているのは、「死の恐怖」というより、すでに『見知らぬ男の肖像』(一九四八)あたりから書きつづけてきた「死への誘惑」であり、創作のはざまに訪れる深淵への一瞥ではなかっただろうか。永遠の謎である書くことの飛躍、書くことの断絶の瞬間をめぐる問いかけではなかっただろうか。『ここ』に一貫して響いている声は、真っ白な紙のうえに刻みつけた文字にならない線分を思わせるのだが、「不法侵入」めいた強引さでその沈黙を切り裂いていくサロート的な書法を、たとえばフランソワーズ・アッソに導かれて微細に分析してみるのも魅力あふれる行為にはちがいない。だがひとりの作家について一篇の論文が書かれ、その内容の仮借なさが作家を沈黙に陥れるのと同様、あまりに正鵠を得た言説もまた彼もしくは彼女を狼狽させ、想像力を枯渇させ、ひいては言葉を奪い去るものだろう。書くことは水に溺れるようなものだと語った作家がいたけれど、書かない意志の果てにも、書けない諦念の果てにも、紺青の海に身を投げるような抗しがたい死の匂いが漂っているはずなのだ。

レズヴァニが新作『謎』（一九九五）で描こうとしているのは、創作家を襲うそんな死への傾斜である。世界的な名声を博した老作家とその若き妻、まるで性格のちがう弟、先妻とのあいだにできた二人の息子、そして娘と売れない俳優である娘婿の七名が、青く澄んだ海に進水したばかりのクルーザー「ウラノス号」から忽然と姿を消す。事件のポイントは次の二点だ。まず娘婿以外、失踪者全員が小説や詩を書いている文学一家であったこと。そして海面に下りる梯子はあげられたままで、白く塗られた船腹には、おそらくよじのぼろうともがき苦しんだあげくできたとおぼしき引っかき傷と血痕が、あちこちについていたこと。調査に乗り出したのは、詩人でもある犯罪学者と海上警察の捜査官のふたりで、犯罪学者は船の発見された状況から、これは集団自殺でも殺人でもなく、崇高にして美的な欲求から生まれた究極のゲームだと解釈する。七名のうち誰かが海に入らず甲板に残り、梯子をあげ、全員溺れ死んだのを見届けてから、自身も誘われるように陶然と海に飛び込んだのではないか。そう考えた犯罪学者は、クルーザーに残されていた一家の膨大な草稿から審美的な死の罠の可能性を探るべく、老大家を中心にした一族の遺伝的な気質に魅せられて博士論文を執筆したことのあるひとりの男に援助を仰ぐ。

　男によれば、彼らにあっては書くことが宗教的ともいえる重要性を帯び、しかも個々の文章がまるでひとつの大きな星座のように、たがいに影響しあいつつ書き進められているのだという。この独特の磁場に刻まれた秘密と「ウラノス号」事件の謎を解明するために召喚されたにわか探偵は、かつて一家の面々とまじわったときの思い出と未参照の草稿とをつきあわせ、細部を執拗に分析するのだが、誰に視点を置くかで解釈は二転三転する。それぞれに運命的な集団死を夢見ていた節があるために、いざ全体を見渡してみると、光明が差すどころか謎はさらに錯綜していくのである。精密な作品分析が、解読ならぬ生体解剖の生々しさをもって創作の秘蹟を切り刻み、おびただしい血を撒き散らす。この破戒行為が作品を延命させうるか否かは、誰にもわからない。むろんレズヴァニの小説に謎解きのカタルシスを求めても詮ないことだろう。私たちにできるのは、誰もいない徹底して謎めいた「ここ」に木霊する低い呟きと、白い船の周囲で救いを求める静かな叫喚とに、身をこわばらせながら耳傾けることだけである。

＊サロートは一九九九年十月十九日、九十九歳で死去した。

政権を握って数カ月が経過したある一日、ボリス・エリツィンはレーニンスタジアムでおこなわれるサッカーの国際試合を利用して、おのれの威信を示すためのパフォーマンスを計画した。新しい国づくりに向けて国民の期待を担った政治家が、競技場を揺るがす十万人の大観衆の前に華々しく姿を現わすのだ。人心を惹きつけておくために重要な意味を持つその試合の主審は、しかし国際テストマッチである以上、外国人がつとめることになっていて、予定通り試合の前日に線審たちとモスクワに入った主審は、まずスタジアムの下見にやってきた。ところが折からの雪解けでピッチはぬかるみ、とても試合ができるような状態ではない。彼は威厳をもって試合中止を宣言し、関係者をパニックに陥れた。翌日に組まれていた試合はたんなるスポーツではなく、当局の政治的思惑が生んだ儀式でもあったからである。異国の、それもサッカーの審判くんだりから内政干渉に等しい中止を言い渡されるとはなにごとか。主催者側は、モスクワの名誉にかけて明日の朝十一時までに復旧すると約束し、その場をとりつくろった。

翌朝、主審がふたたびスタジアムに出向くと、驚くべき光景が視界に飛び込んできた。ヘリコプターが二機、地面すれすれに飛行し、プロペラの起こす強い風で芝生の水を吹き飛ばしていたのである。しかもそのなかで、布だかスポンジだかを手にした途方もない数の男たちが、這いつくばって水を拭い取っている。しばらくその場に啞然と立ち尽くしていた彼は、我に返ると、映画じみたそのパフォーマンスに惑わされることなく、自分の指と足で土の状態を調べ直してみた。結果はやはり否。誰がなんと言おうと試合は不可能だ。翌日の「プラウダ」は、その致命的な判定を大きく取りあげた。試合は結局、べつのスタジアムに場所を移しておこなわれたが、観衆はわずか一万五千人。かくてひとりの異邦人が、エリツィンの面目をつぶしてしまったのである。

大胆不敵なその男の名は、ジョエル・キニウー。欧州選手権やワールドカップの笛をたびたび任されているフランスの名審判であり、日本が《ドーハの悲劇》によって出場を阻まれた一九九四年のワールドカップ・アメリカ大会でも、たしか不調のロベルト・バッジオが二得点した準決勝のイタリア対ブルガリア戦で笛を吹いていたはずだが、私がキニウーという、熱帯に棲息する鳥の鳴き声みたいな響きの名前をはじめて意識したのは、マラドーナの《神の手》が世界を騒がせた一九八六年のメキシコ大会でもなければ、わざわざそのために受像器を買った一九九〇年のイタリア大会でもなく、一九九一年、児童書で知られるパリの出版社エコール・デ・ロワジールから刊行された、クリストフ・ドネール『犬に咬まれたヨーロッパ』を読んでいたときのことだった。これはチャウセスク夫妻の処刑で幕を閉じた革命後のルーマニアへ向かう、ピースボートならぬピーストレインを取材した一種のルポルタージュで、フランス学生連合主催のこの慈善列車計画を聞きつけたドネールが作家として参加し、一部始終を記録したものである。パリを出発した夜行列車は激変する東欧諸国の首都で停車しながら各地の学生と交流をはかり、ブカレストを目指す。ドネールは企画者の曖昧な博愛主義からははっきりと距離を置き、アメリカ資本主義の轍は踏まないと胸を張る東欧の国々でいかに物が不足し、闇市の横行がいかに金銭の力を増大させているか、その矛盾を軽い筆致で追ってみせる。列車のコンパートメントでいっしょになった学生たちの横顔が救いと言えば救いだが、これまで子ども向けの本で協力してきた版元からこういう毒のある紀行文を出すにあたっては、かなりの勇気を必要としたことだろう。

ブカレストの学生たちと文学談義でも交わそうと暢気に構えていたドネールは、彼らがフランス人の現役作家などひとりとして知らず、それどころか自国の作家にすら関心がないと気づいて落胆し、話の接ぎ穂を求めて無差別にフランス人の名前を挙げていくことにした。そこで反応のあった唯一の名前がジョエル・キニウーで、キニウーは列車がやってくるしばらく前におこなわれたルーマニア対スウェーデンの試合で主審をつとめ、スウェーデン側の反則をとってルーマニアにペナルティキックを与えた勝利の女神だったのである。誰もがキニウーを英雄扱いしていた。そこでドネールが告白する。あれは、ぼくの叔父さんなんだよ。

児童書では名前をクリスと略すこともあるドネールの本名は、クリストフ・キニウー。固有名の結びつきには、しばしば意表を突く効果がある。ドネールとキニウーのつながりなどは私にとってその最たる例で、だから一九九五年、グラッセ社から『ぼくの叔父さん』が出たときにはただちにジョエル・キニウーを想起し、この「叔父さん」がどのように描かれているのかを確かめずにいられなかった。というのも、ドネールは当時、小説に身の周りの人間を取り込み、他者を傷つけることでじぶんをも傷つけたあげく、そこから逆に屈折した愛を表現するというエルヴェ・ギベールの書法にかなり傾倒していた節があり、一九九一年二月にギベールへのインタヴューを試みた際には、前振りの一文のなかで、この出会いが自身の文学を変えてしまうだろうとまで記していたからである。前述の『犬に咬まれたヨーロッパ』にもその痕跡ははっきりと残されているし、翌年に出た『復讐の精神』も、歯に衣着せぬ記述がたたって係争に発展、初版の差し押さえを命じられたと記憶している。

が、祖母の死がきっかけになってドネールの方から連絡をとり、叔父を題材にして本を書きたい旨を申し出た。フランスサッカー界屈指の名審判となった叔父が半生を振り返り、その談話をドネールが編集するという体裁で、冒頭のエリツィンをめぐるエピソードもそのうちのひとつである。ジョエルには双子の兄がいて、弟が笛を吹く試合はかならずゴールネット裏の観客席に陣取り、微妙な反則の有無やゴールライン際の判定などを、双子ならではのテレパシーに似たかすかな合図で助けたこと、はじめて任されたフランス選手権決勝でジャッジ・ミスを犯したこと、ワールドカップ・メキシコ大会、ウルグアイ対スコットランド戦においてウルグアイのディフェンダー、ホセ・アルベルト・バティスタをわずか開始一分で退場処分にしたことなど、サッカーファンならずとも思わず膝を乗り出すような逸話が書き留められている。

とはいえ『ぼくの叔父さん』は、キニウーの伝記でも回想録でもない。不敬罪の適用が可能なほどの言辞を連ねた取材過程のやりとりがそのまま盛り込まれているじつにひねくれた肖像画であり、そこではギベールの手法をみごとに消化したドネールの新しい個性が十全に発揮されている。この作品が身内の冒瀆に堕さなかったのは、ジョエル・キニウーという不可侵の審判を前にして、ドネールが強力な武器である「悪意」の起用をほんの一瞬ためらい、幼少時代の甘美な思い出と叔父の話の豊かさをあっさり自陣に踏み込ませる結果となったからだ。

いずれにせよ、叔父さんというのは、永遠に傷つけることのできない存在なのかもしれない。

V

下降する命の予感

エルヴェ・ギベールをめぐる断章

一九九一年三月七日、『憐れみの処方箋』の刊行を機に組まれたフランス民放テレビの書評番組に、ギベールは大きな縁のある赤い帽子をかぶって登場した。頬骨をくっきりと浮かびあがらせ、やつれた顔のほとんどを覆ってしまうようなその帽子の赤は、鮮烈な血ではなく、もう少し暗く沈んだ葡萄酒の、落ちついた、深みのある色だった。投薬のせいでかなり薄くなった髪を覆い隠すためにそんな帽子を乗せてきたのではないかという、ある種の憐憫をともなった視聴者としての感想は、ギベールの死後発表された散文作品、すなわち『赤い帽子の男』（一九九二）と題されたスリリングなテクストを手にしたとたん、鮮烈な仕方で修正されることになる。あの帽子は、生成しつつあった次なる作品を先取りするものだったのだ。

＊

ギベールをいちやく時の人に仕立てあげた『ぼくの命を救ってくれなかった友へ』（一九九〇）以来の登場人物を共有している点で、たしかに『赤い帽子の男』はエイズを取り込んだ作品群に連なっているのだが、語り手の体内で猛威をふるってきたウイルスはひとまず影をひそめている。不治の病は決定的な経験としてすでに彼のうちで区切りをつけられ、いくばくかの距離をもって眺められている。生への渇望をあらたにし、エイズはもうたくさんだとみずから口にする語り手を支えているもの、それが作家としてはついに触知しえぬ絵画という表現の場にたいする、強烈な恋慕と嫉妬であった。

＊

一連の事件の渦中にあって、語り手は、作中人物の動きを静かにいらだちながら観察しつづけ、この静謐ないらだちの合間に、彼の芸術観のすべてを投入していく。赤い帽子の男は、徹頭徹尾《見るひと》として機能するのだ。ここで想起されるのは、もちろんパリの街で《見ること》を学ぼうとしたひとりの詩人の物語である。パリに出てきたばかりの青年詩人、マルテ・ラウリッツ・ブリッゲは、ギベールの物語とほぼおなじ季節、九月十一日からはじめられるその手記のなかで、「僕は見る目ができかけている」と書きつけていた。「こうして人びとは生きるためにこの都会へ集まってくるのだが、僕にはそれがここで死ぬためのように考えられる」と述べるマルテは、やがて都市にうごめく死相をはっきりと見極めるようになる。事物が事物として立ち現われてくるさまを、詩人はけっして取り逃すことがない。『マルテの手記』の作者、ライナー・マリア・リルケが、ロダンやセザンヌの芸術から、制作することではなく、制作するための姿勢を、《いかに見るか》を学んでいった道筋は、『赤い帽子の男』を生み出したギベールのそれと、習得法の根本的な相違を越えて重なりはしないだろうか。

＊

いや、それ以前に、ギベールにはどうやら生来の眼力がそなわっていたとさえ感じられるのだ。揺れ動くバスの座席から、遠く離れた舗道から、ギベールの強靱な眼差しに射抜かれた絵画は、それが贋作であれ複製であれ、突然、独特の魅力を発しはじめる。その輝きを保証しているのは、見ることを心得た作家の美意識だけであって、ここでは絵画史における重要性や市場における序列など、もはや二の次になってしまう。カロリュス゠デュランも、バルテュスも、ベーコンも、ザボロフも、無名の作者による肖像画も、すべてギベールの視線のうえで等価の存在と化すのだ。

＊

こうして発掘された他者の才能にギベールは身を委ね、傾倒する。それが傾倒を突き抜けて冒瀆的な模倣に変容していくのは、真実の切断面にかならず打ち消しがたいうさん臭さが漂っている事情をも、彼が知悉していたからにほかならない。真のいかがわしさは真の力の側にしかない。まぎれもない本物だからこそ、贋作を誘発するのだ。真実を看破する真の作家たらんとするかぎり、ギベール自身のうちに不純が宿るのは当然の帰結なのである。

＊

画家と画商、画商と蒐集家、原価と売価、そして絵画に本物というレッテルを保証する贋作の氾濫。絵画をめぐる語り手の彷徨が、現代美術とその市場のからくりを残酷に暴露する。

＊

『憐れみの処方箋』においてすでにギベールの偏愛ぶりが表明されていた十九世紀ロシアの海洋画家、イワン・アイヴァゾフスキー。画集でたまたま見出したこの芸術家の才能がじつは膨大な贋作に支えられていることを、ギベールは正面から衝いてみせる。どこからどこまでが本当で、どこからどこまでが嘘なのか。虚実の境界線は曖昧模糊として、疑いだけが避けがたく増幅され、ウイルスのように伝染していく。

＊

いかがわしさの主題系のうち、それが真摯なものであるだけにいっそう深みにはまった感を拭い得ないのが、バルテュスへのインタヴューをめぐる駆け引きだ。ギベールの手練手管は、彼の文学上の姿勢とも結ばれるほとんど芸術的な悪意を秘めており、彼らの一騎討ちの面白さは、本来なら犠牲者に終わるはずの当のバルテュスが、たくみな自己韜晦に相手を引きこむ人間だったことに由来する。ギベールとバルテュスの丁々発止のやりとりは、『赤い帽子の男』の山場のひとつと呼びうるものだ。

＊

韜晦はまた、ギベールの属性でもあった。むろん虚構としての小説のなかにもっとももらしい《嘘》を散りばめるのは小説家としての当然の権利であり、読者はただその虚構のうねりに身を任せればよく、いちいち事実関係を確認する必要はない。ミシェル・フーコーやイザベル・アジャーニをモデルにしようとも、あくまでそれはギベールの内的必然に則し、彼の文章を媒介にして生み出された虚の世界で生起しているということなのだから。

＊

とはいえ、彼が事実になにがしか手を加えている箇所は相当な数にのぼっており、しかもそうした虚偽の情報が物語の中枢にかかわっている以上、多少は振り返ることを許されてもいいだろう。

＊

若きギベールが「ル・モンド」の文化部に籍を置いていたことは周知の事実だが、いきなり編集部に文章を送りつけてきた二十一歳の未知の青年をこの権威ある新聞の写真欄担当に抜擢したのは、当時の文化部長イヴォンヌ・バビィだった。「ル・モンド」とともにあった半生を振り返る『見出された人生』（一九九一）という刺激的な自伝のなかで、彼女はギベールとの出会いを数頁にわたって記しているのだが、そこでバビィは、彼を悪魔のとりついた天使のごとき青年と評し、ローベルト・ヴァルザーの『タンナー兄妹』や、パゾリーニの『テオレマ』の登場人物を連想させると書いている。バビィの命で、バルテュスが審査員をつとめるヴェネチア映画祭にギベールが派遣されたのは、一九八四年九月のことだった。ファニー・アルダン、ジェラール・ドゥパルデュー、ミケランジェロ・アントニオーニ、エドガール・フォールへのインタヴューを彼はそつなくこなし、ジャーナリストとしての才覚と活躍の跡を紙面に残している。

＊

この年のヴェネチア映画祭は、九月七日に閉幕した。問題はここからだ。翌八日付の「ル・モンド」一面に、《最後の恐竜》と題されたギベールの記事が掲載されたのである。いかなるジャーナリストも受け入れないことで有名な幻の現代画家へのインタヴュー。まちがいなくこれは、スクープだった。バルテュスはそこで、魅了された唯一の映画としてアレクサンドル・アロフの作品を挙げ、少年が水没した村に潜って教会の鐘を鳴らそうとする場面のすばらしさについて語り、そのあと自身の仕事に触れて、京都で展覧会を開いたとき日本の関係者から「ギャング」じみた脅迫を受けたと発言している。四日後、九月十二日付「ル・モンド」に、今度は《画家バルテュスの釈明》と題された小さな無署名の囲み記事が掲載され、バルテュスは日本人を非難したのではなく、逆にその「細心の配慮と思いやり」に敬意を表していること、映画祭の作品についてのコメントは発表を目的としたものではなかったことが報じられた。さらに二日後の十四日には、ギベールのイニシャルを添えた《画家バルテュスとギャングたち》という訂正記事が登場する。文面は小説のなかでのそれとほぼ同一である。「本紙記者エルヴェ・ギベールと画家バルテュスの歓談中、折悪しく響いた椅子の音が、はっきり区別されるべきふたつの情報を、記者の耳もとで混乱させた。事実、読者諸賢の誤解を招いたものと思われるが、ギャングとは日本人を指すにあらず、まさしくアメリカ人を示す言葉であった」。新聞社への苦情が殺到するまでの時間が多少変更されているとはいえ、この滑稽な「椅子の軋み事件」じたいは、まぎれもない事実である。

＊

けれども軋んでいるのは椅子だけではなかった。『赤い帽子の男』の記述にしたがえば、ギベールがバルテュスのシャレーを訪れたのは、訂正記事の掲載された二年後、つまり一九八六年のことである。この時バルテュスは三年越しの裸体画に取り組んでいたとされ、ギベールは数年後にスキラ社から出た画集を参照しつつ、その絵を《黒い鳥のいる裸体》ではないかと推測している。ところがスキラ社からジャン・レイマリーの文章を添えたバルテュスの画集が刊行されたのは一九七六年、新装小型版として再刊されたものでも、一九八二年のことなのである。時間の不整合だけではない。スキラ版のどこを探しても、《黒い鳥のいる裸体》と題された絵など見あたらないのだ。

＊

さらに衝撃的なのは、作中でアルメニア人画商ヴィゴの失踪事件を報じている日刊紙「オロール」の記事である。一九九〇年三月十三日と正確に日付まで附されたその文章も、架空の代物なのだ。というのも、「オロール」は一九八五年に休刊し、「フィガロ」に合併吸収されているからである。冒頭からヴィゴの妹レナの行動を導き、ひいてはギベールを「死の危険」に晒すことになる物語の基軸が完全な虚構だったのだ。一九九一年の湾岸戦争勃発までの経緯がリアルタイムで組みこまれ、いかにも事実に則した展開であるかのように見せかけながら、出発点を嘘に置いている。読み進めるうち、それが作り話であるどころか一段上位の真実として重みを増し、受け入れるほかない不思議な生々しさをともなった現実へと変貌してしまうあたりに、ギベールのしたたかさがあるのだろう。

＊

そうした虚構の振幅の増大にあずかっているのが、やはり贋作だ。画商の失踪にからむアイヴァゾフスキーを中心としたロシア絵画をめぐる駆け引きと、画家ヤニスを主人公としたB級アクションまがいの贋作事件。このふたつが『赤い帽子の男』にミステリーの相貌を与え、読者を最後まで引っ張る原動力となっている。

＊

レナをしのぐ主人公として強烈な存在感を放っているヤニス。そのモデルとおぼしき画家を、ギベールはすでにバルセロという名で『憐れみの処方箋』に登場させている。前作における現在時では、ギベールはバルセロと知り合ったばかりとされているが、はやくもアトリエに顔を出す間柄になっていたようである。しかしさらに遡って、ローマのヴィラ・メディチ滞在に取材した『匿名』（一九八九）をひもといてみれば、そこでバルセロは、ギベールとほぼ同年の、将来を嘱望されたスペインの若手画家として紹介されている。「バルセロの仕事のうち、ことにぼくの気に入っている時代があって、そのなかで彼は、司書、デザイナー、あるいは古文書記録官をとりまく雑然たる本の堆積を描いてみせた。彼らの書類箱からルーズリーフやら下書きやらが風にあおられてくるくると舞い、灰色の紙の薔薇窓や透明な竜巻をつくり、そのむこうに、もの思わしげな人形か、でなければ魂の抜けてしまった石の半身像が姿を現わしている」。

＊

ミケル・バルセロ、一九五七年、マジョルカ島生まれ。パルマ、バルセロナで絵画を学び、ポロックの強い影響下に独自の道を歩みはじめる。一九八二年、カッセルの「ドクメンタ」に出品して注目を浴び、同年、南仏トゥルーズで初の個展を開催。これを機にパリに留まり、ユルム通りの教会をアトリエとして本格的な活動を開始する。その後マジョルカ島、ポルトガル、アメリカ、マリを移動しながら、バルセロは進化を遂げた。マリでの画業は『マリにて』として、またコルフ島のアトリエで『赤い帽子の男』の語り手が見たという闘牛のシリーズは『闘牛』としてまとめられている。

＊

ギベールが『匿名』に記した時期は、パリに落ちついて以降、一九八五年頃までに相当するのだろうか。バルセロは当時、書斎ともアトリエとも見える空間に厚みのない人物が配された、《図書館》の連作を描いていた。画集を中心に大型本がずらりとならべられているのだが、書棚のサイズに合わないせいか、参考図書のコーナーでしばしば見かけるように、背表紙ではなく小口を向けて収められ、この小口の部分に画家や作家の名前が記されている。バルセロは文学から刺激を受けることも多いらしく、一九八六年に発行されたボルドー現代美術館編の画集には、《図書館》の習作などに添えて、カルヴィーノ、クライスト、ゴンゴラ、サンドラール、カルパンチエール、ナボコフ、ボルヘスらの作品の一節が掲げられている。

＊

文学に強い関心を示すヤニス＝バルセロと、絵画に強烈な愛を抱く作家ギベール。異なる芸術領域でしのぎを削るふたつの才能。どうしてもうまくいかないと煩悶しつつ、肖像画を描くヤニスの姿をギベールが文章に定着させようとする数頁は、何行にも及ぶ息のながいリズムによって、《見ること》がすなわち《見られること》でもあるエロティックな魂の交歓をみごとに再現している。《見ること》を心得た詩人のみが射抜きうる未知の絵画の力と、《見ること》を心得た画家だけが引き出しうる作家の死相。みずからの死をもってギベールはバルセロに新たなエネルギーを付与し、バルセロは死に際のギベールにつかのまの白熱と成熟の契機を与えた。どちらがどちらにとって重要であるかという問いを無効にしてしまう、運命的としか言いようのない邂逅。

＊

ヤニスについて、ギベールが喉の痛みに耐えながら徹夜で仕上げたという文章の存在が、作中でほのめかされている。ヤニスは「写しのない」その文章を携えてマドリードに出発した。この挿話は事実なのか、虚構なのか。

＊

いま手もとに、一九九二年に刊行されたバルセロの画集がある。ニーム美術館での初回顧展を機に編まれた、限定四五〇部、画家の直筆サイン入りのこの画集には、「変貌する画家、バルセロ」と題されたギベールの小文が収録されている。ギベールはそこでバルセロを、悪夢の質によってゴヤに、膨大な生産力によってピカソに比し、無節操に見えるほどの変容を重ねながら新しい形式を果敢に吸収していく同時代のスペイン人画家を、『赤い帽子の男』にかなり近い調子で、いわば揶揄と賛美と嫉妬の入り交じった、辛辣なオマージュともいうべきスタイルで讃えている。

＊

辛辣なオマージュ。皮肉なことに、エイズ・ウイルスを表立って扱わないぶんだけ、この小説はウイルスの影を全編に深々と閉じこめることになった。赤い帽子の男は、病に翻弄されつつ生への希求を高めていく「ギベール」という名の一回性の体験として、読者にも作中人物にもウイルスのように働きかける。親しい友人たちの仮面を剝がし、汚れた顔を白日のもとにさらけ出す触媒となって、ギベールは生と死の、虚と実の両極を行き来する友人たちのドラマに侵入する。いや、むしろギベールがそこに足を踏み入れることで、彼らの免疫系統がゆっくりと破壊され、虚実の陰翳があぶりだされてしまうのだ。ヤニスは凡作を破棄して相場を操ろうとする姿を暴かれ、レナは金がないのにモスクワで大量の絵を買いつけるという矛盾をさりげなく衝かれたあげく、ヴィゴ殺害の嫌疑までかけられる。ギベールの存在はひとつの不可抗力であり、後戻りのきかない事件なのである。

＊

他者の、それも親しい他者の傷口をあえて開くような書き方の実践。他者にむけられた匕首が、そのまま自身の喉もとにもむけられていることくらい本人は承知のうえだろう。あえてそれを無視し、裏切りと呼ぶほかない書法を継続することで、彼は背信を肯定的な倫理に変貌させてしまったのだ。読者はギベール的書法の内圧にうながされて、ふだんならとても気楽に飲みほせそうもない裏切りの蜜を、最後の一滴まで味わいつくすことになる。奔放な語りは時間構造を歪ませ、分解し、ときに混濁させるが、全体に漲る躍動感は一瞬たりとも弛緩することがない。

＊

この躍動感を持続している秘密の一端は、まちがいなくトーマス・ベルンハルトに倣ったその文体にある。『ぼくの命を救ってくれなかった友へ』の第七十三章で、ギベールはベルンハルトの果てしなくつづく繰り言のような文体を模写、あるいは吸収し、独特の罵詈雑言を自作に持ちこんだと告白していた。たしかにギベールが商業的な脚光を浴びる以前、ミニュイ社から出していた一連の作品は、究極の規範をクヌート・ハムスンに置いている人らしい簡素な文章でつづられており、エイズ作家の名を冠されてからの熱気は見あたらない。ベルンハルトの仏語訳を覗いてみれば、ギベールへの影響は歴然としているのだ。句点ではなく読点で文章を連結する経文のごとき構文から、改行を拒否する目のつまった字面にいたるまで、ギベールはオーストリアに生まれたドイツ語作家の文体と身振りを巧妙に掠め取っている。おそらくドイツ語のニュアンスを生かして、翻訳者が強引に移植した語法までも。

＊

もちろん、すべてがベルンハルトの色で塗りこめられているわけではない。いくらかかったるいほどのリズムで進展していた序の部分は、無造作に張りめぐらされていた伏線を徐々に交錯させつつ、バルテュスとのやりとりを経て一挙に加速する。一九九一年二月十六日に行われたクリストフ・ドネールによるインタヴューのなかで、ギベールは『ぼくの命を救ってくれなかった友へ』第一稿のタイトルを当初『猿の調教師』とし、その意味が最後の最後に理解されるよう仕組む予定だったと述べ、ヴィム・ヴェンダースの『ことの次第』を引き合いに出している。ポルトガルの海辺でだらだらとつづく前半が、アメリカに舞台を移した後半でいきなり速度を増すあの話法に着目しているのだ。ヴェンダースといえば贋作絵画を扱った『アメリカの友人』がその題材とともに想い起こされるが、『赤い帽子の男』にはそんな映画との類縁も認められるだろう。

＊

加速していく文章に描かれたパリの街。いまやフランス2と改名してしまった国営放送アンテンヌ2、無線タクシーのG7、スーパーのプリジュニック、大型書店フナック、スピード写真のフォトマトンなど、生活の細部が有効に活用されているのも魅力的だが、それよりも、重い雲が垂れこめ、肌寒さがいよいよ本格化する秋口から冬にかけてのパリの大気が刻まれている点を強調しておきたい。グラン・パレで催される現代美術市のフィアックも秋の風物詩だ。ヴェネチア、スイス、モスクワ、アフリカと、言いようによっては目まぐるしく舞台が移り変わるこの小説に占めるパリの割合はけっして大きくないはずなのに、赤い帽子の男が歩きまわる街の魅力は棄てがたい。なかでも特筆すべきは、バスの存在である。

＊

バスに乗ること。ギベールにとって、バスは萎えた肉体を運ぶための単なる手段ではない。抜き差しならぬ出会いを求めての、小さな旅の道具である。二十六歳の時に刊行された『幻のイマージュ』（一九八一）のなかで、ギベールはバスをカメラに譬えていた。歩行ほどに遅すぎず、乗用車ほど速すぎない独特の速度。高すぎもせず、低すぎもしない窓の位置。この特権的な目の高さから、乗客は徹底した匿名性に身を沈めて街を眺めることができる。バスの視点は《見ること》を学ぶための照準なのだ。二十一番のバスに乗っていて、とある書店の飾り窓のむこうに、白馬にまたがり、髪を風になびかせているナポレオンを表紙にあしらった本を「発見」するくだりが書きつけられていたのは、『わが両親』（一九八六）だった。バスに乗って、遠くから愛の対象を見出すこと。愛の対象から見出されること。一九二〇年代、ラ・ボエシー街を走っていたバスの後部テラスからキリコを「発見」して飛び降り、それから絵を描きはじめたというイヴ・タンギーの伝説にもあるとおり、バスと絵画の組み合わせは運命的な出会いをもたらす徴なのである。

＊

出会いといえば、文学もまたそうだ。《読むこと》においても、ギベールは中途半端な妥協を許さない。彼の好みはロシア、ドイツ、北欧の作家たちに偏り、選択にはいずれもその明確な好みが反映されている。たとえばロシア系ならユダヤ人作家のバーベリやレスコフのような癖のある作家。もう少し一般的なところではチェーホフが挙げられるのだが、ギベールは『匿名』のなかでも何度かその名を口にしており、ハンス＝ゲオルグ・ベルガーによるギベールの写真集『映像の対話』（一九九二）には、チェーホフのプレイヤード版を開く姿が収められていた。

＊

チェーホフとならんで、医学と文学を結んだブルガーコフも無視できない存在である。ブルガーコフが地方での診療経験に取材して書きあげた『若い医師の手記』を、ギベールはやはり『匿名』のなかで読んでいるからだ。ギベールとエイズの関わりは『ぼくの命を救ってくれなかった友へ』からはじまったかのように喧伝されたが、じつはその前年、『匿名』の冒頭で語り手はすでに自分が不治の病に冒されていることをほのめかしており、この段階でチェーホフやブルガーコフを耽読していたとすれば、患者たる彼と医師との関係を二重写しに追っていたと考えられるのではないか。ブルガーコフの主人公は、設備の不十分な雪深い田舎の診療所へ派遣され、たったひとりの医師としてあらゆる病気を治療し、未経験の外科手術をもぶっつけ本番でこなさなければならない。ひときわ鮮烈なのが喉の切開手術をして少女の命を救う挿話で、ギベールはこの場面に強く惹かれていた。『赤い帽子の男』が彼自身の喉の切開手術から語りはじめられているのは、その意味でまことに暗示的である。

＊

ドイツ語圏の作家にたいする親愛の度はさらに強く、さらに生理的だ。カフカやヨーゼフ・ロートはもちろんのこと、二十三年のあいだ精神病院で暮らし、こころを病んだ者だけが繊細に表出できる歪みと優しさにあふれる作品を書き残したスイスのドイツ語作家ローベルト・ヴァルザー、そして現在では完璧なマイナー・ポエットとなっているヘルマン・ウンガーのような書き手にも目配りを怠っていない。裕福なユダヤ人家庭に生まれたウンガーは、カフカやリルケとおなじく幼少時をチェコ語で過ごし、ドイツ語で教育を受けた。処女短編集『子どもと殺人者』（一九二〇）をトーマス・マンに評価されながら、虫垂炎のため三十六歳で急逝したウンガーの、深い絶望に根ざした道化と言おうか、死がつねに眼前にある世界の匂いは、フランス語訳を通してでも十分に伝わってくる。子どもが登場する作品であることも、ギベールを強く誘ったにちがいない。

＊

そう、子どもという主題があった。ギベールの目を射止めた絵画の多くは、少年あるいは青年を描いたものだったはずだ。同性愛、少年愛の匂いが、いたるところからたちのぼっている。ローマの殉教者タルシーキウス、かつての恋人である少年ヴァンサンの足、エヴァリスト・ヴィタール゠リュミネの傑作《ジュミエージュに流れ着く廃足者たち》のなかで仲良くベッドにならんでいるふたりの美青年、そしてダイアン・アーバスやルイス・ハインの写真を下敷きにして薄暗い画面を構成するボリス・ザボロフの少年。

＊

これら甘美な視線の裏には、小説の基本的なイメージ群を形成する「赤」の主題が横たわっている。喉の切開手術で流される鮮血にはじまって、蠅に吸われる黒豚の血、雌犬に食い殺された雉の内臓からしたたり落ちる血、アフリカの蚊が吸い付く血にいたるまで、粘りのある液体のイメージとともに――リンパ液を吸い、角膜のゼリーを食べる犬や蠅の跳梁は、ほとんど幻視の世界で生起する出来事だ――、赤い色は随所に散りばめられている。それらの「赤」を統合するのが、語り手の「赤い帽子」なのだ。血はどこまでもギベールについてまわる。逆説的なことに、暴漢から身を守るべく持ち歩いている注射器も、血液が感染源となる病に力を得て強力な武器へと変身するのだ。

＊

しかしこれほど血なまぐさい場面が挿入されているにもかかわらず、『赤い帽子の男』から感じられるのは、叡智ともいえる静かな境地に達しつつあるギベールの、ほのかなユーモアに支えられた優しさ、毒をふくんだ物腰の穏やかさ、悪魔にとりつかれた天使の二面性である。不純を宿す一方で、不純に併合されることだけは最後まで拒みうる強さとしたたかさ。テレビ局のスタジオに持ちこんだあの帽子の色は、耐え忍んでいた闘いの重さと、それに抗うようにして研ぎ澄まされていった感性をくまなく表現する、奥深い色だったのかもしれない。

＊

ところで彼の感性の錬磨は、先にも触れたように、病に冒されるはるか以前からなされていた。その決定的な証が、『幻のイマージュ』である。処女作ではなく、また純然たる創作とも呼べない散文だが、ここには後年展開される主題がはっきり刻印されているばかりか、映像をたたき台にしておのれの幻想を語る切り口の独自性と完成度は、脚光を浴びる十年後の作品とつきあわせてみてもまったく遜色がない。少年期の思い出、両親との関係、同性愛の欲望、その欲望に煽られての恋愛、裏切り、和解、そして再度の裏切り。のちに『わが両親』で語り直される平穏のうちに毒を秘めた日常と、虚構を支えるすべてのアイテムがここに出そろい、それらが《写真》によって、もっと正確に言うなら、《写真について語ること》によって結合されている。

＊

写真的な欲望。写真に投影された自分自身の欲望を、いかに言葉で表現するかが、ギベールに課された試練だった。断章で語るという表現手段においても、欲望にからめた物語性の追求という執筆の動機においても、『幻のイマージュ』が、その前年に世に問われたロラン・バルトの『明るい部屋』に刺激を受けていることはまちがいない。現実に親交のあったこの批評家が病に伏している母親とふたりでいるところをフィルムに収めようとして果たせなかったという挿話は、幻に終わった数多くの映像のなかでもきわだって印象深いものだが、ギベールの狙いはバルトのあとを追うことではなかった。ネガであれポジであれ、ここで焦点が合わされているのは、目に見えている写真ではなく、撮影されずに終わった写真、撮ろうとしても撮れなかった写真、失敗した写真、これから撮ってみたい写真、あるいはべつの写真家がこちらの獲物を横取りするように撮ってしまった写真、すなわちギベールにとってのファンタスムなのである。

＊

たとえばアルバレス＝ブラボの、殺害された若い労働者の写真。ギベールの死の当日に撮影されたヴォージラール通りの彼の部屋にはこの写真が飾られているし、そもそも死体は処女作『死のプロパガンダ』（一九七七）以来、執拗に反復されている彼の強迫観念だった。愛する人びとの写真を撮りたいという柔らかい執着の対極にあって、死者の映像は、ここで実際に写真の形で提示されていないだけにいっそう強烈な臭気を発している。

＊

紙幅や制作費の条件で割愛したというのではなく、最初から図版を載せない決意のもとに書かれた特異な写真論。自身もギベールの影響で（しかもおなじローライ35で、ギベールを被写体とする）写真を撮りはじめたハンス゠ゲオルグ・ベルガーは、これまで信用できる写真論を書いた者は、ロラン・バルト、スーザン・ソンタグ、そしてエルヴェ・ギベールの三人だけだと主張しているのだが、少なくともギベールの文章を理論的な「写真論」の枠にはめ込むことは不可能だろう。ときおり挿入される語り手と第三者との対話のなかで、写真に関するこれら一連の文章はあくまで「物語」と呼ばれているからだ。ギベールの散文の響きは、欲望と官能性においてソンタグよりバルトに近く、またバルトよりもギベール自身の作品に近い。『幻のイマージュ』は、彼の創作の、いわば「べた焼き」なのである。

＊

とはいえこの書物が、「べた焼き」という語感から得られるような、結論を先送りにする予備的なシークェンスの集成だと考えてはならない。ひとつひとつのコマを、ギベールはおそらく手帖や日記を参照しつつそのときどきの媒体にむけて場当たり的に収集し、幾度か形を変え、熟成させたうえで引き伸ばしているからである。アウグスト・ザンダーについての記事が書けず、呻吟するあまり熱を出してしまう様子を描いた章がその見やすい例だ。この章の主語を《ぼく》から《彼》に変え、いくらかの距離を介在させれば、一九八〇年に書かれた「写真評論」という短い文章の一節と、字句の使い方までほぼ狂いなく一致するだろう。一九八一年以前に形をなしている短文のすべてが『幻のイマージュ』にむけて書かれたと断言することはできないとしても、ふだん撮りためておいたスナップショットが活用されているのは明白であり、じじつ一九九四年刊行の『愛の注射』に収録されている作品のうち『幻のイマージュ』に先だって書かれたものの大半は、映像をめぐる物語だった。

*

しかし、感光していなかった母親の映像から語り起こされ、癌に蝕まれるように消滅して行く少年の写真の挿話で閉じられる『幻のイマージュ』の構造にいま一度目をむけてみれば、それが慎重に仕組まれた入れ子細工であったことに気づかされる。負と負で挟まれた「幻」のうちにこそ欲望が鮮明に表出されるとの美学に立ったギベールの信念を書物の構成そのものが代弁し、短篇とも掌篇とも断章ともつかない欲望に接ぎ木された表現形式が、始めと終わりを否定で囲むことによって実現されている。しかも断章のひとつひとつが、彼の審美眼の例証となっているのだ。「ほとんど」「ある種の」「いくらかの」「多かれ少なかれ」といった確定を避ける表現をギベールは好むのだが、『幻のイマージュ』では、価値判断の固着を嫌い、たえず留保を残しておくこの手の言いまわしが頻出し、それが文章、段落のさわりとも呼びうる箇所に集中している。

*

それら留保の中心に位置するのは、やはり「死」だ。彼の愛する写真は、すべて彼の欲望を、それも死後の欲望を投影した自画像であり、そのまま葬儀の円形写真に転用できるほど「死」を包摂したものでなくてはならない。「幻のイマージュ」に最も接近した映像は、じつはギベール自身のセルフポートレートなのである。

＊

脚本を担当したパトリス・シェローの映画『傷ついた男』が完成した頃、ルーヴル美術館で出会ったクールベの絵はがきにレナート・ベルタのキャメラが捉えた画面の色調に近しい情感を読んだギベールは、ふとそのはがきを裏返してみて、題名に驚く。そこには《傷ついた男の自画像》とあったのだ。ギベール作品の受け身の優しさを言い当てるのに、これほど適切なタイトルはなかっただろう。二十代半ばのギベールが自身のすべてを投影して悔いることのなかった透明な映像。窓ガラスに貼り付けたレントゲン写真のように、なにもかもさらけ出してしまう危うさと脆さが放つ蒼白い光によって、紙のうえに描き出された自画像は美しく輝いている。

＊

そんな自画像の浮かびあがる光でも闇でもない領域をかりに薄闇と呼ぶとすれば、その薄闇にはどれほどの奥行きがあるのだろうか。底知れぬ、と形容されるとおり、闇は視覚が到達できない深さを抱えている空間だ。まんべんなく世界を照らし出す太陽、ビルの谷間をまさぐる投光器、一瞬のうちに被写体を覆いつくそうとするフラッシュ。闇はそれらの光を軽々と呑みこんで、いっこうに吐き出す気配がない。だが光と闇のあいだには、どんなに形式化された物言いであれ、いずれの側にも従属しない中間層が存在している。光の到達できない漆黒の量塊とも、光あふれる白くまばゆい器とも相容れない境界。これら中域に残された光と闇のうっすらとひろがる表層では、空間だけでなく、時間の流れすらも殺された奇妙な静止状態が現出する。

＊

不透明なその表面を、今度は絵画と呼んでおこう。そこではすでに青銅色の、鈍色の錆が現われ、ところどころで腐食がはじまっている。ある部分は朽ち果てて画布を浸食し、ある部分は絵の具の形を借りた緑青を堆積し、嵩を増していく、ちょうどルオーの絵のように。もちろんルオーの比喩はただしつきでしか通用しない。ステンドグラスの制作にも力をそそいでいたこの敬虔な画家のタブローには、外から漉されて内に流れ込んで来る光と、内から外へと湧き出る光がこもごも定着され、圧倒的な絵の具の嵩は、闇ではなくむしろ光の強度を確認させるものになっているからだ。それらは意志と信仰の力で作りあげていく光と闇なのであって、光と闇はそこで互いに互いを映し出す、悪しき意味での二項対立に回収される危険をまぬかれていない。

＊

けれどもその光と闇を完全に融解させ、なおかつどちらにも通路を閉ざす薄靄の境界面がある。そこに滑りこませるべき名前こそ、『赤い帽子の男』に登場する亡命画家、ボリス・ザボロフなのだ。あるとき語り手は、「ぼんやりと土色にくすみ、何が描いてあるのだかほとんどわからない」小さな子どもの肖像画に引きつけられて、それまで一度も入ったことのない画廊に足を踏み入れる。ヴィゴという名のアルメニア人が経営していたその画廊に置かれていたのが、ザボロフの絵だった。

＊

「ヴィゴはザボロフのカタログを一冊取り出してくれた。蠟燭を一本手にして、記憶が正しければ父親の柩を載せる台の前後どちらかに佇んでいるひとりの子どもの絵に、ぼくは釘づけになった。ヴィゴの倉庫にはたくさんのザボロフがあり、いつかご都合のよろしい日にいらっしゃればお見せしますよ、と言いながら、この画家は現代美術館で回顧展が行われることになってましてね、相場の方もこのところずいぶん上がってるんです、とすぐさま先手を打って言い含めた。ザボロフの作品は、絵画に靄をかけて化石にした、古い写真のようだった。まるで絵画が、写真の思い出を凝結する塵に、あるいは蜘蛛の巣にすぎないかのように」

＊

もっとも、ギベールが繰りひろげる偏愛の目録のなかで、ザボロフの名に割り当てられた行数はごくわずかなものでしかない。画廊主とのつき合いを深めながらも、主人公が後日この画家の絵を購入した形跡はなく、それどころか物語の発端で赤い帽子の男の視線を一瞬のうちに魅了してしまったザボロフの名は、放置されたままついに戻ってくることはないのだ。

＊

作中人物によって予告されているとおり、ザボロフの展覧会は、一九八九年に現代美術館ことパレ・ド・トウキョウで開催されている。小説を読み返しながら幾日か眺め暮らした画集の、海の底に少しずつ下りていくような息づまる無音の感覚は、いまも私の胸のうちにある。ザボロフを教示してくれた小説の書き手はすでに世を去っていたにもかかわらず、絵のなかの登場人物の視線を介して、まぎれもない彼の欲望が伝わってくるように感じられたのだ。板戸の前に立ってこちらを見ているネズミ顔の少年、歯のなさそうな口もとを結んだ老婦人とそのわきで目を閉じている犬、あいだに裸体の男性の塑像を挟んでいる双子らしき老嬢、アフロディテの首とならんだ労働者ふうの中年男性、古びた革装の書物の表紙に埋め込まれている記念写真。そして小説の記述を思い出させる、帽子をかぶった両性具有の少女の肖像。光というより靄に、闇というより影に溶けていくこれらの作品からは、物語のなかで大きな位置を与えられている他の画家たち以上に顕著なギベール的主題があふれ出ている。

＊

ボリス・ザボロフは一九三五年、旧ソヴィエトのミンスクに生まれた。地元の美術学校で絵画を学んだ後、一九四九年から一九五四年まで、レニングラードの美術学校で研鑽を積んでいる。卒業後は舞台美術やイラストを手掛けて活躍し、一九八〇年、フランスに亡命。そこにいたるまでの決意と断念について具体的なことはなにひとつわからないのだが、彼の絵にひそむどこか密室的な空気、色褪せた家具や革装の本などの小道具が持つ閉鎖性からは、強い拒絶の意志が感じられる。

＊

ザボロフの転機は、絵画の発想源として写真を見出したときに訪れた。自身の過去とはまるで関係のない第三者が撮影した写真をひとつの自然の光景と見なし、絵画への同化を試みること。先の画集に一文を寄せているダニエル・サルナーヴは、ザボロフの制作手順を以下のように伝えている。まず大きな木の台に紙をひろげてアクリルで厚い絵の具の層を作り、くすんだ金、褐色、セピア、暗い黄色などの混じった背景を整える。そこにはさまざまな痕跡が残されている。かろうじて形がわかる程度の印影や出処のはっきりしない文字が連ねられているかと思えば、深い切り込みや傷もある。この混沌とした背景が出来あがったところで、写真から抜き出した大きな人物を鉛筆で転写していく。

＊

だがいくら眼の前にひろがる自然と同列に扱われたにせよ、そこから切り取られ、参照された写真は、ザボロフの嗜好と方向性を明示せずにはおかない。光と闇のあわいに揺れる寒々とした質感を保証する秘密は、選択された写真にあるからだ。クーデルカのジプシーやアーバスの老女たち、ルイス・ハインの奇形児など、日常のなかの違和をとらえた作品が鉛筆描きで彼の世界に招き入れられ、夢のなかの出来事のように半透明の色調を帯びて、ぼんやりとその存在を主張しはじめる。すべてが靄のなかに埋没し、たったいま浮かびあがってきたところなのか、それともこれから消え入ろうとしているのか判然とせず、消滅したかと思うと、人物たちの抱えていた過去がふたたび見る者の無意識に訴えかけてくる。それまで動きのなかった静止画像に不思議な命が吹きこまれ、靄が一種のスクリーンとなって、人里離れた田舎家で亡霊と対話しているような幻想に捕らわれるのだ。

＊

フィリップ・ビデーヌは、ザボロフの人物からの訴えかけを「魂の輸血」と呼んでいる。ザボロフの靄を分け入って得られたのは、自然の風景に溶け込んだ無名の魂であるとともに、おそらくは輸血されたギベールの視線だったのだろう。そこに漂っていたのは、まちがいなく生のむこう側の匂いである。

＊

写真が芸術作品ではなく、自然の一部であるとの視点。ザボロフの態度表明によって、写真に内在する領野はまったく予想外の地平にむけて拡張されたことになる。サルナーヴが指摘するように、写真の基盤など思いのほか曖昧で、ゆるいものかもしれない。写真は自然の事物とおなじ位置から見る者を脅かし、また援護する。サルナーヴは書いている。「写真は芸術と自然の、メカニックと自由のあいだにある仲介者だ。写真がわたしたちの物語を、世界を、過去を定着したと言うことはできない。それらは、絶滅した種族が印象化石のなかに積もるように、年月が樹木の辺材に刻印されるように、写真のうえに沈殿しているだけなのである」と。写真が自然だというのはそうした文脈においてのことだが、これはむしろ自然と相似した性質のものと言ったほうが正確だろう。古い写真に死の匂いが染み着いているのは、被写体の死が焼き付けられているだけでなく、写真じたいに「自然死」の可能性が内包されているからなのだ。

＊

ザボロフの画面にいま一度分け入ってみよう。家族三人の、あるいは少年少女たちの、メダイヨンに嵌め込まれた小さな肖像画は、写真をそのまま転写して細工をほどこしたような触感を湛えている。しかもここでの写真は、焦点距離も露光も完璧な、光と闇を寸分の狂いもなく融合させたものではなく、技術面でどこか致命的な不備があり、現実を写しそこねたのではないかという印象をもたらす。ダゲレオタイプや初期のセピア色の写真、腐食版画の原版のイメージ。ところがこの白濁した薄靄、もしくは「写真の思い出を凝結する塵」を生み出すザボロフの手法は、不可視の存在をおそるべき明度で再現する映写幕でもあって、そこには見る者の魂を瀉血し、吸い取り、永遠に闇でしかなかった骨や臓腑までが、まるでX線に当てられたように透写される。そう、ザボロフとギベールを結ぶ境界面は、光と翳を徹底的に殺いだ、厚みのないレントゲン写真に通じているのだ。

＊

「土曜日の朝、画家のPFがぼくの肖像画を持ってきてくれた。カタログに寄せる文章を彼に頼まれたので、それと引き換えに肖像画を描いてもらったのだ。鬚の下で癒着しつつある切開部、つまりぼくの首を青で描きながら、PFは帽子の赤を残さなかった。彼の家で撮ったポラロイド写真を返してもらったのだが、頭を後ろへ反らした絵のなかのぼくは、その写真にそっくりだった。PFには、もしよかったら、亡霊に指輪をはめた拳でがつんと一発殴られたような、頰に青痣をこしらえた小さな髑髏みたいに描いてほしいと注文を出しておいた。というのも彼が虚しさを巧みに描いてみせる画家だったからで、髑髏ならもってこいのお題目だったのだ。ところがそうするかわりに、PFは中世に広く行われた例に倣って、ぼくの肖像画を両面刷りで描きあげたのである。顔のうしろ、すなわち裏面に隠れるよう髑髏が配され、それはこのきわめて特殊な厚手の紙を透かして、正面から撮ったレントゲン写真のごとく滲み込んでいた」(『赤い帽子の男』)

＊

ポラロイドやスピード写真は、死をじかに、瞬時に焼き付ける能力によってギベールを深く魅了する表現手段だったが、じぶんの顔に死を埋めこんでほしいという願望においても、肖像画がポラロイドを下敷きに描かれたという示唆的な事実においても、また完成した当の絵が語り手の注文とは微妙に異なっていたという裏切りの構図においても、この挿話は無視できない。ギベールの期待に反したその肖像画は、じつは彼が真に望んでいたものを確実に暴き出しているからだ。《透かし》のように光を通してはじめて現出するその闇のなかの髑髏こそ、ギベールがザボロフの芸術から掬いあげた自分自身の亡霊だったのであり、「魂の輸血」とはまさに両者の交感を指し示す言葉だったのである。ザボロフの絵画は、ギベールの死と欲望を、ネガの残らない亡霊としてポラロイドのように再現する写真機械であったばかりか、靄を吹き払うレントゲン写真の効力も兼ね備えていたのだった。

＊

ただし「魂の輸血」は、死を控えた人物だけに起こりうるものではない。一九八〇年にギベールが撮影したヴォージラール通りの自室の写真がある。旧式のタイプライターが置かれた机の正面にバルコンへ通じるフランス窓があって、むかいの建物が見えているその左手のガラスに上半身の小さなレントゲン写真が貼られているものだ。生命も時間も停止し、微弱な脳波だけを送ってくるザボロフの絵画に鋭く感応したギベールの網膜は、あからさまな欲望とおそるべき老成ぶりを、闇でも光でもない《透かし》の肌触りでこの写真に植えつけた。不吉な闇を衆目に晒すことでしか見えてこない光を、彼はザボロフの絵画に出会う以前に浴び尽くしていたのである。レントゲン写真についての断章を書いたとき、彼は病と無関係に生きる若者だった。光と闇の中域を言葉で把持しようとしたこの一書こそ、実質的な時間の無化と成熟の否定によって写真の自然死にあらがい、またあらがうことで死に深く与する薄闇の実践だったのである。

＊

だからいまやはっきり認めておかなければならない。ギベールの遺作に漲る不穏なまでの迫力は、彼がエイズで斃れたことによるのではなく、あくまで作品の類まれな濃度に由来するのだという事実を。なるほどギベールは、フランス本国ですらエイズ告白作家・暴露作家として脚光を浴びたかに見えたし、折からのエイズ・ブームに乗って、わが国でもある種きわもの的な紹介のされ方をしてきた。だがそれは、『ぼくの命を救ってくれなかった友へ』以前からすでに営々と重ねられてきた彼の作家活動を無視することと同義なのである。

＊

読者が待ち望んでいるエイズ患者の手記という常套を早々と、かつ巧妙に脱ぎすてた『召使と私』（一九九二）、おのれの美意識だけを土台にすえた『赤い帽子の男』を一読すれば、それは容易に納得できるだろう。終着点のない「未完成」を前提とした、書くことの偶然と絶望と熱狂。ギベールの芸術は、この「書くこと」によるひたむきな日々の実践にかかっていたのであり、病はあくまで題材でしかなかった。そして、厳しい修練ののち体得されたその果敢な試みの到達点が、死の一年後に刊行された『楽園』(一九九二)である。

＊

冒頭からいきなり、ギベールは読者を鷲づかみにする。それも美しい風景描写や心理描写からはほど遠い、残虐な映像によって。複雑にくねる構文と、表題に不釣り合いなまがまがしいイメージが、ギベール的世界へと読み手を一挙にひきずりこむ。「ジェーン、腹を裂かれるなんて、馬鹿なやつめ、もと水泳チャンピオンの彼女がサリーヌ海岸沖の珊瑚礁で事故にあって、おかげでこのぼくは世界の果てでただ一人、レンタカーが残ったがぼくには運転ができず、荷物は別にないもののポケットには百ドル札の束がうなっていて、頭には大きな麦わら帽子をかぶり、知らない言葉を話す野蛮人どもの国の砂浜でさんざん待たされたあげく、ローラーで運ばれてきたジェーンの遺骸を見ると、確かに恥丘から胸のところまで肉が切り開かれていて、青みを帯びた薔薇色をし、体じゅうがまるでサディストに切り裂かれた陰門といった様子で……」(『楽園』、野崎歓訳)。

＊

連綿とつづく言語の音楽と錯綜するイメージ。息のながいこの一文に記された血のしたたるギベール的虚構の品目は、喉の切開手術からはじまる赤い帽子をかぶった男の彷徨にぴたりと重なる。こちらの虚をつくような情報のいちいちが無秩序なフラッシュバックのなかで肉付けされていくのだが、じつはそれすらさらなる不安をかき立てずにはおかないのである。

＊

たとえば事故の当事者であり、語り手と抜き差しならぬ仲にあるらしいジェーン・ハインツに関する情報のいかがわしさ。背泳の元世界チャンピオンからモデル業界に入り、やがてニーチェ、ストリンドベルィ、ローベルト・ヴァルザーら「凄い狂人たち」についての博士論文を準備するインテリに化け、とんでもないスピード狂で、ピストルをヴァギナに挿入するような性戯に溺れた身長一八二センチの大女。主客のはっきりしない関係を語り手に強要するこの女性は、「ケチャップの創始者ロベール・ハインツの曾孫のそのまた孫」だと言い張っていたのだが、遺体の身元を調査していた現地警察とインターポールの手によって、どこにも存在しない身元不明の人物だと断定される。

＊

４ＷＤを駆った彼女とのロード・ムーヴィー的アフリカ体験が、こうしてひとつの夢のように揺らぎ出す。ギベールはこの揺らぎを抑えるために、ひたすら書きつづける。「書いていないとき、ぼくは死んだも同然だ」と。切迫した思いで綴られる灼熱のアフリカに浸された回想部分は、ジェーンとのセックスシーンをその白眉として稠密な描写に満ちあふれ、息つく暇もない。だが、ランボーやルーセルの名前がちらつきだすあたりから、彼の筆は少しずつ横滑りし、次第に狂気の予感すら漂いはじめる。「エクリチュール、それは狂気、狂気であり同時に理性、狂気の理路だ」。この言葉が発せられた瞬間、読者はギベールの人生がいよいよ最終段階に入りつつあることを感覚するだろう。

＊

しかしその裏で、破天荒な物語の速度に反比例する、なんとも鈍重な疲労と絶望が刻々と蓄えられていたことにも気づかされるのだ。葉から垂れる雨のしずくが毒になるという、マンサニリアの木の話にギベールは取り憑かれてしまうのだが、あたかもみずから望んで雨水に溶けこんだその「おいしい毒」を飲みほし、毒牙にゆっくりとむしばまれるようにして彼はこう独語する。「ぼくは自分の人生の意味を考えてみる、もしそんなものがあればの話だが。勇気さえあれば、頭に一発撃ち込むだろう」。

＊

ここまで追いつめられた男にとって、「楽園」とは何なのか。永遠を見出したランボーの、あのアフリカの地なのだろうか。たしかに『赤い帽子の男』は、アフリカ旅行記の原稿紛失事件で幕を閉じていた。失われたとされる原稿が『楽園』としてよみがえったのだろうか。そうではない。ギベールにとっての「楽園」とは、アフリカの地でも、それどころかいかなる現実の土地でもない。いつまでもつづくエクリチュールの微熱のなかに出来した、幻視の光景なのだ。死を目前に控え、狂気すれすれの地平で書きつづけること。「楽園」とは、日に日を継いだ闘争の果てに垣間見られた幻のイマージュにほかならず、誰にもたどりつけない遠い彼方の世界なのである。

＊

それにしてもギベールは、この世を去る前に未完の書物をどれだけ残していったのだろう。死後まもなく発表された『赤い帽子の男』、さらに思いがけないこぼれ幸のようにしてもたらされた『楽園』を追うように出版された幻想的な戯曲集『飛べ、わがドラゴン』（一九九四）、散文集『愛の注射』（同上）のあとは、おそらく「ル・モンド」の記事か禁断の日記、あるいは書簡くらいしか残されていないだろうと、誰もがそう思っていたにちがいない。ところが一九九五年、ギベールが文章を、ベルガーが写真を担当する『エジプトからの手紙・カイロからアスワンへ、一九……年』という薄手の書物が不意に差し出されたのだ。

＊

ふたりの友人の一方が写真に、一方が文章に責任を負うエジプト紀行。そんなシナリオなら、すでに百五十年以上もむかしにギュスターヴ・フロベールとマクシム・デュ・カンの手で実現されている。もっとも発明されたばかりの写真を駆使して前代未聞の資料を作成した律義な相棒を横目で見やるように、小説家にしかなりえなかった男は職務を忘れ、空想の世界に浸っていた。彼にとってエジプトとは、創作を刺激する発想の場にすぎなかったのである。ところが二十世紀末の若いふたり連れに御大層な公務などありはしなかったし、出版社との正式な契約すらなかった。それぞれが写真と文章を組み合わせ、つごう四つの視点が混在したテクストを仕上げるという大まかな予定だけでカイロに赴き、ナイルを上流へとたどったのである。ギベールの略年譜を開いてみると、エジプト旅行は一九八四年のことだが、帰国後も課題はまとまらず、彼らは計画を変更し、きちんと役割を分担したうえで再度の練りなおしに踏み切った。書物の形をなすまでに、さらに十年近くの歳月が経過したことになる。

＊

そこに開示されているのは、まちがいなくギベール的感性の領域に属する空間だ。伴走しているようでいながらどこかで静かにじぶんの呼吸を保っているベルガーの写真も、これまでに発表された作品と同様、異郷に遊ぶ友人を追いつつもそれをなにほどかのエピソードで粉飾することだけは断固として拒み、顔や手や遠巻きのシルエットを広々とした視野に配置するいつもの手法を固持している。遺跡の写真がなければそこがエジプトだと判別できないほど奇妙な統一感のあるモノクロの世界。二十数葉の写真に映し出されたその光景は、『映像の対話』に登場するエルバ島の空気と完全に溶けあい、それに呼応するかのようにギベールの文章からも過度な欲望の痕跡が拭い去られている。「写真から欲望を除いたらなにも残らない」と断じた彼の教訓が、ここでは裏返しに生かされているのだ。副題が暗示するとおり、日付を奪われた『エジプトからの手紙』は、じっさいに投函されたわけではなく、独白にも似た架空の書簡が織りなす虚構だった。しかもそこに記されているのは、いかにもガイドブックにありそうな光景や風物ではなく、移動のさなかでギベールが感じとった不在の友人たちへの想いばかりなのだ。彼らとの絆を確認するべく、ギベールはあえて「距離」を選んだのである。

＊

身近にはいない大切な存在に向けて言葉を発し、名宛人を物語に引き入れ、エジプトを中性的な語りの磁場に変容させること。架空書簡の冒頭は死にかけている大叔母シュザンヌに捧げられ、「死なないでほしい」という痛切な一語で結ばれている。旅は出だしから死の匂いで覆われ、実在の大叔母が馴染みの登場人物へと転換されるに及んで、真の名宛人たる読者は、ギベールの目論見を悟らずにいられなくなる。三月十九日、カイロ発シュザンヌ宛ての手紙にはじまって、呼びかけの対象に選ばれたウジェーヌ、ティエリー、ヴァンサン、ベルナール、ミシェルらは、みな「ますます離れがたくなった」友人であり、ギベールは離れていることの辛さを肌身で感じ、不本意に僻地へ連行されて来たような疎外感を味わいつつも、彼らを虚構へと転換させるために心眼を求めたのだった。

＊

アフリカ行きを綴った『楽園』には、衰えた身体に鞭打つ命の昂揚が書き留められていた。肉体の衰弱がもたらした生々しい幻視をその最たるものとして、死の直前のアフリカには、虚の舞台でありながら読み手を煽り、震撼させるだけの、熱く迸るなにかがあった。しかし『エジプトからの手紙』にはそれがない。生きとし生けるものすべての源であるはずのナイル川は、むしろ下降していく命への予感に満ちて、ギベールを清らかな屍衣で包みこんでいる。

跋

小説や詩集になく、評論集やエッセイ集や翻訳書の類にあるものを、一般に「あとがき」という。本書は私にとって三冊目の著作にあたるが、前二作にこの種の文章は付されていない。言いたいことはすべて本文にあるから、というのではもちろんなくて、書き出せばそれが始末書みたいに気のない反省の弁になるだろうとわかっていたからだ。慣習に負けて「あとがき」を付け足した瞬間、そこで作品の所属先が決定されてしまうのを懼れていたのかもしれない。自作に関しては可能なかぎり分類を曖昧にしておきたいというのが、当時もいまも変わらぬ私の基本姿勢である。

その意味で、本書を支えているのは、「現代詩手帖」一九九六年二月号から十一月号まで、《雑歌集》の通しタイトルのものに書き継がれた、四〇〇字詰め原稿用紙七枚半ほどの小さな散文だろうと思う。雑記、雑文、雑感といえば、最初から統一感など無視した文章を、しかし意識的に綴っていくこの国の伝統的な表現形式だが、《雑歌集》には、春、夏、秋、冬、相聞、挽歌などの部立てから漏れた雑歌に倣って、「無所属であることの意義が事後的にしか見えてこない散文」の意がこめられていた。ほぼおなじ分量で書かれた同種の短文を組み合わせれば、意識の外で刻まれていた線分がなんらかの律動をもって浮かびあがるのではないか、あるいは散発的に書かれた長めの文章を絡めることで、規格の揃った文章にはない有機的な雑然性が生まれるのではないか。発表媒体を超えた文章の接ぎ目を可能なかぎり滑らかにする「はざま」の散文の可能性を探ること。私の望みはそれだけだった。

ここに収められた文章がいずれもフランス文学に関係しているのは、だから単なる結果にすぎず、まちがっても「フランス文学論集」といった高尚な書き物を意図したのではないことだけは、強調しておきたい。論考にしてはあまりに蕪雑だし、思考のレッスンとしては緻密さに欠け、新刊紹介の枠で綴られた短文のいくつかは、すでに情報の耐用年数が切れている。しかも、自身の立脚点を明らかにし、主義主張を他者に伝えるには表現への欲求と自発性が求められるはずなのに、本書にまとめられた文章は、すべて外からの注文に応じたその場しのぎの応答なのである。

けれども主題と枚数と〆切を呈示される仕事だからこそ無意識の鉱脈に行き当たり、偶然の糸を引き寄せることができたのではないかと、いま校正刷に目を通してつくづく思う。発表当時はそれらが自分のなかでどんなふうに育っていくのか見当もつかなかったのに、こうして編集してみると、か細いながらひとつの流れが見えてくるからだ。

たとえば第Ⅱ部と第Ⅳ部のうち、「ユリイカ」の《ワールド・カルチュア・マップ》欄に輪番で書き溜めた一九九四年の小品と、初出では「註」などを付してあらずもがなの体裁を整えた第Ⅲ部のセリーヌをめぐる最初の二篇は、のちに単行本となる「郊外へ」の連載時期と重なって相互に影響を与えているし、第Ⅰ部はその『郊外へ』の一章がなければありえなかった幸福な出会いの産物である。そして《雑歌集》の諸篇が、第一作から『おぱらばん』へのゆるやかなつなぎの役目を果たしていることも、まちがいなさそうである。また第Ⅴ部は、二十代の終わりから三十代のはじめにかけて刊行した翻訳書の「訳者ノート」に、その後あちこちに書き散らした文章を接合したものだが、原文を日本語に移植した段階でつきあいは終わりと考えていた小説家に、とぎれながらではあれかかわることができたのは、やはり「注文」のおかげなのだった。

外部から課された拘束は、場当たり的な思考しかできない私の脳裡に投じられた、貴重な発火石である。第Ⅲ部のように、これは「論文」だと強弁すれば認める人がいるかもしれない硬めの読み物でさえ、書き終えてみるまでは自分がなにをしようとしているのか、どこへ行き着こうとしているのか、まったくわからなかった。それどころか、引用した作家たちに対して親近感を抱いているのかどうかすら判然としないまま、書きあげてみたら情が移っていたという事例も少なくない。受け身の戦略に徹している書き手にとって、言葉の連なりを断ち切る合図は、指定された枚数という物理的な条件だけなのである。

このような状況のなかで、可能か否かはべつとしてひとつの理想に掲げていたのは、作家なり詩人なりに寄り添いつつ進んだ藪のなかの足跡が立ち消えていく瞬間、小さな楽音が生まれるような呼吸だった。目の前の対象しだいで、それは長調にも短調にもなる。嬰記号がつくことも、変記号がつくこともある。論理を追わずに書いているのだから、できあがった全体の調子は、自分の耳が捉えうる周波数の幅と再生能力の限界を、正直に、かつ残酷にさらけだすだろう。単純な誤植や事実関係の誤り、あるいは措辞の乱れなどはあとからいくらでも修正がきく。しかし終止符が打たれてしまった曲の色合いだけはごまかしようがない。それを否定されたら、なにも残らないだろう。じつをいえば、これは前二作を書いていたときの想いと、まったく変わらない感覚なのである。

ばらばらな声を集めた結果として私の耳に残ったかすかな残響は、こんなふうだ。第Ⅰ部はいくらか軽快な長調で、それが第Ⅱ部で徐々に短調へと移り、第Ⅲ部ではっきりと陰鬱な色に染まったあと第Ⅳ部でさらに転調を重ね、第Ⅴ部でふたたび穏やかな短調となってフェイドアウトする。だが幻の声と共振する糸の、なんと頼りないことだろうか。

＊

「現代詩手帖」の連載を軸にした散文集を思潮社から出したいというありがたいお話を頂いたのは、一九九七年春のことである。実現までに三年もかかったのは、ひとえに私の怠慢による。原案を作ってくださった元編集部の林桂吾氏と、それをたたき台にして現在の形に仕上げてくださった佐藤一郎氏、表紙のためにすばらしい作品を提供してくださった松浦寿夫氏に、深く感謝したい。

二〇〇〇年三月二十日

堀江敏幸

文庫本のためのあとがき

本書の成り立ちについては、単行本の「跋」に記したとおりである。「自作に関しては可能なかぎり分類を曖昧にしておきたい」という八年前の記述は、現在も有効だ。定義が曖昧なまま「小説」と呼ばれている散文形式に接する機会も増えてきてはいるが、私自身は、いま何をしているのか、何をしようとしているのかを書きながら考え、考えながら書きつづけているだけである。書くことにおいては、寄港地はあり得ても、目的地はない。本書以後の足取りも、消えてしまった幻の子午線のようにはかなく、ディベッツが埋めた円盤のように、線にはならず点綴されるばかりだ。

今回の文庫化にあたっては、親本に付されていた初出一覧を削除し、細部に修正をほどこした。過去と向き合う貴重な機会を与えてくださった講談社文庫の中島隆氏、すばらしい解説を寄せてくださった港千尋氏（ご自身もいちはやくディベッツの円盤探しを体験されている）、高雅な遊び心に満ちた装丁で拙著を包んでくださったクラフト・エヴィング商會の吉田篤弘・浩美両氏に、心から御礼申し上げたい。

（二〇〇八年九月）

読むことと書くことの鮮やかな連携

解説

野崎　歓

本書を開き、表題作を一読した読者はだれしも、若き堀江敏幸の愉快な語り口と弾む足取りに魅了されずにはいられないだろう。フランソワ・アラゴーによる子午線弧の測定を記念した銅盤が、パリ市内各所に一三五枚埋められているのだという。そのすべてを網羅しようなどとは気負わず、ノンシャランに地図を辿りながらの探索が繰り広げられる。ただしそこにはダンテの彷徨におけるウェルギリウスよろしく、堀江に加護を与える詩人が存在した。ジャック・レダである。

ジャック・レダは二十世紀後半のフランスを代表する詩人といっていい。そのもっともよく知られる作品『パリの廃墟』はほかならぬ堀江自身によって、本書刊行の翌年に翻訳出版されている。したがってエッセー「子午線を求めて」は、堀江によるジャック・レダ研究のとびきり粋でぜいたくな余滴ともいえる性格をもつ。以下、フランスの近現代文学をめぐる文章が並び、フランス文学者としての堀江の充実した活動を集約する内容になっている。

ところが著者自身は「跋」において、「まちがっても「フランス文学論集」といった高尚な書き物を意図したのではないことだけは、強調しておきたい」と明言している。これはどう考えればいいのだろう。読者をけむに巻く遁辞であろうか。「高尚な」の一語がアイロニーも感じさせる。世の「フランス文学論集」なるものの肩ひじ張ったありようとは一線を画したいという、抵抗の意志を読み取るべきなのか。

しかしそもそも「跋」には、「自作に関しては可能なかぎり分類を曖昧にしておきたい」と記されていた。この言葉を読者は正面から受け止めるべきだろう。文章の流れに運ばれるがまま、可能なかぎり分類が曖昧になってしまうようなテクストのただなかへと誘い出されてしまうことの楽しみ。それが堀江作品の読者が味わう愉悦である。「フランス文学論集」的と分類できそうな話題が並んでいるからこそ、本書はひときわ、分類が曖昧になってしまうことのふしぎなスリルと面白さを満喫できる一冊となったのである。

とにかくまずは、冒頭に描き出されたパリ郊外、古物市の風景に目をやり、ほのかに漂ってくる焼きトウモロコシの匂いを吸い込んでみよう。舗道の一角に、「一日のノルマなどまったく意に介さない堂々たる仕事ぶりの玉蜀黍屋が計算し尽くされた間隔で出現し、さりげなく商品名を叫」んでいる。そんな描写には、ほとんど儲けのありそうもない仕事に隷属させられている移民系労働者たちが、それにもかかわらず身に備えた一種、ゆとりある尊厳への、連帯のまなざしが感じられる。堀江作品がひょっとすると世上のイメージ以上に、社会問題への——現場に根ざした——強い意識に支えられたものであることは、こうした細部にも明らかだ。その問題意識を、社会的ないし政治的と分類されるような言説によって表明するのではなしに、「アラブ系の男」が「簡易コンロのうえに網を乗せて細々と玉蜀黍を焼いている」様子への共感や、小腹のすいた散歩者にとってはあらがいがたい香ばしい匂いのうちに溶かし込んで綴るところに、堀江文学ならではの、とぼけた、しかも強靱な力が宿るのである。

「玉蜀黍」という漢字による表現自体が何とも面白い。アラブ系の男の風情と、やや見慣れない漢字表記とが言語や文化の壁をものともせずに絶妙のハーモニーを醸し出し、「どことなく醬油の香り」さえ漂わせるのだ。そうやって焼きトウモロコシ売りの佇む風景を慈しんだ散歩者は、その代償として口腔内にトウモロコシの粒を「フジツボさながら」繁茂させてしまうことになる。いかにも歯のあいだに詰まりやすかろう焼きトウモロコシの粒によって、散歩者のフランス語の発音はいささか変調をきたす。そこには大げさにいえば、「分類」的思考の抽象性を徹底して回避し、つつましい現実のひと粒ひと粒をかみしめながら、その味わいに即した言葉を紡ごうとする堀江文学の基本的態度を見て取ることができる。

もちろん、本書の中核部分を形作る一連の「郊外」をめぐる文章が示すとおり、堀江がフランス文学を専攻する大学研究者として、卓越した論文を書く人物であったことも否定する必要のない事実である。いわゆる「バンリュー」問題が、だれの目にもあらわな形で炸裂したのは二〇〇五年のこと。パリ東郊の街クリシー＝スー＝ボワで、警官に追われた北アフリカ系の若者三人が変電所に逃げ込んで二人が感電死し、それに抗議する若者たちの暴動が、フランス全土へと拡散していった事件によってだった。以後、現今のマクロン政権における「黄色いベスト」運動にいたるまで、フランス社会は民衆レベルからふつふつと沸き上がる抵抗と異議申し立ての動きに揺れ続けることとなった。ほかならぬ『郊外へ』(一九九五年)によってデビューした堀江は、そうした動きの前兆をすばやく捉え、フランス社会のゆくえを左右する場所としての郊外にだれよりも早く着目したフランス文学者だった。

『郊外へ』に記されていたように、そこには「たまたま住むことになったモンルージュの街に、説明しがたい愛着を感じるようになった」というなりゆきが影響していた(フランス政府給費留学生として渡仏した堀江は、一時期、パリ南郊モンルージュのエコール・ノルマルの寮で暮らしていた)。それに加え、現代文学の諸作とのふれあいによって社会の現実をやわらかく、かつ鋭敏に受け止める姿勢が培われていたことも大きい。詩集『壁の外』でモンルージュを謳ったジャック・レダはもちろんのこと、「ロマン・ノワール」や

「ポラール」、つまりフランス産ミステリーへの親炙が堀江にとって大切な糧となったことが、本書を読むとよくわかるのである。もちろん、郊外の貧しい住民相手の医者としての経験にもとづいて幻視的な巨編を書き上げたセリーヌと対比したとき、そうした作品には通りいっぺんの紋切り型イメージによりかかりすぎる傾向があることを堀江は批判もしている。しかし同時に、それら通常のフランス文学者が守備範囲に収めようとしない作品群のなかから、異様な熱を帯びた郊外像が立ち現れるかもしれず、そのときわれわれは「郊外という空間でしか生起しえないなにかが頁のうえに訪れる瞬間」を目撃できるはずなのだ。ロマン・ノワールの慧眼なる読み手としての堀江と、『郊外へ』や『おぱらばん』（一九九八年）の作家としての堀江のあいだに、いささかも断絶はない。

しかもそうした読むこと＝書くことの連携の根幹には、ごく私的で身体的な、それゆえゆるがせにできない感覚が息づいている。たとえば本書第二部、ジャック＝ピエール・アメットという作家がミステリー作家ポール・クレマンと同一人物であると知ったときの驚きを綴る「変名について」の、次のような一節。

「作者の経歴も前評判もまったくわからない手探り状態で、目についたときにだけあがなう《セリ・ノワール》のなかでも、ポール・クレマンの小説は、頁の匂いや活字組みの視覚的な好感度や読んでいたときの気候などを鮮明に憶えている作品のひとつであり、そんなふうにこちらの脳裏に刻まれるについては、なにがしかの美点があったにちがいないのだ」

ここには堀江流の小説とのつきあい方が端的に示されている。セリ・ノワールは一九四五年に創刊された、ガリマール社のミステリー叢書で、「黒のシリーズ」なるその名は詩人ジャック・プレヴェールの命名による。白線に縁どられた黒い表紙に黄色のタイトル文字が浮かぶ特徴的な装丁の本は、『気狂いピエロ』をはじめジャン゠リュック・ゴダール作品の登場人物が小道具よろしくしょっちゅう手にしているものだった。しかし堀江にとってはゴダール経由というよりも、それが古本屋や文房具店の店先によく転がっている、まったく敷居の高くない文庫シリーズであることや、そこでは英米の翻訳物とフランスの作品が混じりあい、純文学と大衆文学の境目において、分類を曖昧にするような物語が連綿と生み出され続けている点が大切だったのだろう。公式的文学史や文学研究の中心部から隔たった「へり」の部分、現代文学の「郊外」として、セリ・ノワールは堀江の深く愛する散策の場だったのである。そこでは純然たる偶然の出会いをとおして、作品が鮮やかに立ち上がり、未知の作者とのあいだに親密な絆が結ばれる。本書が、日本においては(しばしばフランスにおいても)知られざる作品や作家を扱いながら、それを語る言葉がじつに精彩に富むと感じられるのは、堀江と本とのあいだのそうした共生が描き込まれているからに違いない。

何しろ堀江の筆にかかると、本の紹介はおよそ世上一般の書評のあり方を超えて、そこにフィクショナルな世界が生き生きと広がり出すような印象を与えるものとなる。「忘れられた軽騎兵」という一文をご覧いただきたい。「ロジェ・ニミエとならんで《ふたりのロジェ》と目された作家、ロジェ・アルヴェイ。」そんな出だしから、いかにも堀江好みの渋い作家に照明が当てられるのかと思わせる。ジェローム・ルロワなる若い作家の小説が、このアルヴェイについての著作をこころざす人物を主人公にしているのだという。だがやがて、あれこれと調べるうちに堀江は、他のどんな本にもこのアルヴェイなる名が見当たらないことに気づく。つまりアルヴェイとはルロワの小説内限定の、架空の作家だったのだ。

ひょっとするとそれは、本書のひとつの読み方を示唆するエピソードかもしれない。つまり本書に登場する固有名詞を、すべて「アルヴェイ」とみなして読んでもいいのだ。とするとそこには驚くべき空想の図書館が出現することになる。一方では、ベルギーの郊外に生まれた作家が「ほとんど『枕草子』の世界」のような作をものしているかと思えば、他方では「義母」Belle-mère が長い年月を経て「美しい母」Belle mère に変容するという物語を綴る女性作家がいる。「スポーツで鍛えぬかれた頑強な肉体と不屈の闘志」をもちながら、レジスタンス活動で悲劇的な死を遂げた作家がいるかと思えば、「カメレオンになろうとしているのに、世界はたえず私から色を奪っていく」と箴言を記すサスペンス作家がいる。それらはみな、何と堀江敏幸の小説にふさわしい人物たちであろうか。いずれもが傑作『その姿の消し方』(二〇一六年)の、姿を現さない主人公というべき「詩人」にたとえられるべき存在と思えるのだ。

とはいえこれはもちろん、堀江の語り口のあまりの巧みさについ余計なことを口走ってしまっただけのことである。ここで扱われている本について、自分でも実際に多少知っている場合には、堀江の言葉がいかに精緻な正確さを備え、対象に肉薄しているかに舌を巻くことになる。本書をしめくくるギベールに捧げられた断章は、筆者にとって、まさにそうした忘れがたい印象を与える文章だった。三十六年の人生を閉じようとしていた最期の日々、エルヴェ・ギベール(一九五五―一九九一年)はなお残るエネルギーを振りしぼって書き続け、次々に新刊を世に問うた。そのぎりぎりの文学的営為を、当時、堀江と同じく筆者も息を殺すような思いで受け止め、ギベールの遺したテクストの翻訳を手がけたのである。それだけに、堀江による『赤い帽子の男』(一九九三年)の邦訳刊行時、そこに付された「『赤い帽子の男』をめぐる断章――訳者ノート」を一読して受けた衝撃は忘れがたい(本書収録の「下降する命の予感」二三八ページ三行目までがそれにあたる)。《見ること》の主題、眼力と絵画、嘘と贋作、翻訳小説と文体。そしてバスと出会い。ギベール作品の特質をストロボの閃光のように浮かび上がらせる断章形式の見事さはどうだろう。それを論じる言葉には、「訳者あとがき」の定型に安んじることだけはしたくないという意志がほとばしるかのようだ。そこにはすでにして、翻訳者が表現者、創作者に変貌しようとする勢いがみなぎっているかのように感じられ、圧倒された。

久しぶりに読み返してみても、その鮮烈さにはいささかも変わりがない。エルヴェ・ギベールはいまの日本において、広く知られる名前ではないかもしれない。彼の作品の翻訳は多くがすでに品切れになっている。だが本書とともに、ギベールに捧げられた透徹した言葉の輝きが、新たな読者に向けて放たれることを喜びたい。そしてまた、「訳者あとがき」に分類されるはずの文章の枠組みをみずみずしく踏み越えて、ひとりのまぎれもない作家が登場した瞬間に、改めて目を瞠ろうではないか。

年譜

堀江敏幸

一九六四年（昭和三九年）
一月三日、父・庄七、母・喜代子の長男として、岐阜県多治見市に生まれる。父は紙器の製造会社に勤務し、のち独立。翌年、妹が誕生。

一九七〇年（昭和四五年）　六歳
四月、多治見市立養正小学校入学。ひたすら戸外で遊ぶ。四年生の頃から、市立図書館を友だちとの待ち合わせ場所に使ったことがきっかけで、本に触れるようになる。架蔵された本には表紙カバーも函もなく、本体背表紙の色や文字を眺めて過ごす。布テープなどで補修された本のたたずまいに惹かれる。

一九七四年（昭和四九年）　一〇歳
新刊書店での漫画週刊誌の立ち読みを叱られないよう、担保として文庫本を買うことを覚える。最初に手に入れたのは、なぜか平台に置かれていた角川文庫の二冊。星新一『きまぐれロボット』とジム・トンプソン『ゲッタウェイ』。

一九七六年（昭和五一年）　一二歳
四月、多治見市立多治見中学校入学。卓球部に入り、高校時代とあわせて六年間、ペンホルダーのラケットを握った。クラシック音楽に興味を持ち、FM放送に親しむ。吉田秀和の「名曲のたのしみ」を知る。

一九七九年（昭和五四年）　一五歳
四月、岐阜県立多治見北高等学校入学。日本の古典文学に惹かれ、大学では国文科への進学を決めていた。高校の図書館に入っていた「アサヒグラフ」で、團伊玖磨の連載「パイプのけむり」を愛読。
一九八二年（昭和五七年）　一八歳
四月、早稲田大学第一文学部入学。西早稲田、ついで高田町に住み、面影橋の周辺を彷徨。ACTミニ・シアターの会員になり、「戦艦ポチョムキン」「地下水道」「処女の泉」「灰とダイヤモンド」を繰り返し見る。
一九八三年（昭和五八年）　一九歳
四月、当初の予定とは異なる仏文科に進学。一〇月、西武美術館で開かれたジャコメッティ展に強い印象を受ける。
一九八四年（昭和五九年）　二〇歳
都電荒川線沿いに住む。以後、授業にはあまり出ず、荒川放水路周辺を歩きまわる。「あらかわ遊園」の観覧車を愛す。
一九八六年（昭和六一年）　二二歳
三月、早稲田大学卒業。卒業論文はマルグリット・ユルスナール論。指導教員の勧めで、全体を四〇枚程度に改稿し、「書かれる手」と題して「早稲田文学」に送る。四月、東京大学人文科学研究科大学院仏語仏文学専修修士課程に進学。存命中の作家は扱わないという暗黙のルールに従い、研究題目をユルスナールからヴァレリー・ラルボーに変更。
一九八七年（昭和六二年）　二三歳
二月、「早稲田文学」（三月号）に「書かれる手」が掲載される。七月、「端正なエロス——竹西寛子論」を「早稲田文学」（八月号）に発表。一二月、ユルスナール死去。研究題目の変更はしなかった。
一九八八年（昭和六三年）　二四歳
八月、「脱走という方途——長谷川四郎論」を「早稲田文学」（九月号）に発表。

一九八九年（昭和六四年・平成元年）二五歳
一月、「濃密な淡彩――パトリック・モディアノ論のための覚え書き」、およびモディアノの小品「メモリー・レーン」の抄訳を「早稲田文学」（二月号）に発表。三月、修士課程修了。修士論文は「ヴァレリー・ラルボー論――ゆるやかさという快楽原理」。四月、博士課程に進学。九月、フランス政府給費留学生としてパリ高等師範学校、およびパリ第三大学に留学。モンルージュの学生寮に住む。

一九九〇年（平成二年）二六歳
一月、誕生日に結婚。六月、ヴィシー市に二週間ほど滞在し、同市図書館内に設置されたラルボー文庫で資料を収集する。七月、妻が合流し、床の傾いた小さな部屋で暮らす。一〇月、DEA（博士論文提出資格）を取得。一一月末から一二月初旬にかけて、ブルターニュ地方を旅する。

一九九一年（平成三年）二七歳
五月、「物語なき肖像の試み――ヴァレリー・ラルボー「ある修道女」をめぐって」を「仏語仏文学研究」（第七号）に発表。中部フランスをまわり、ペルピニャンからポルトボウ経由でスペインに向かう。ラルボーが第一次世界大戦中に住んだアリカンテを訪ねる。

一九九二年（平成四年）二八歳
三月、長女が生まれる。五月、ストラスブール大学で開かれたラルボーをめぐるシンポジウムに参加。ラルボーの養女、レタ夫人の知遇を得る。七月、「河馬の誘惑――ヴァレリー・ラルボーにおける生活術の実践とテクストの賦活」を「仏語仏文学研究」（第八号）に発表。この論考のために河馬の絵はがきを収集。

一九九三年（平成五年）二九歳
三月、帰国。東京大学人文科学研究科大学院仏語仏文学専修博士課程を中退。四月、東京

水産大学（現東京海洋大学）非常勤講師となる。七月、「批評と創造――ヴァレリー・ラルボーにおける《私》の現代性」を「仏語仏文学研究」（第九号）に発表。一〇月、東京工業大学工学部専任講師となる。一一月、エルヴェ・ギベール『赤い帽子の男』（翻訳）を集英社より刊行。
一九九四年（平成六年）　三〇歳
三月、白水社の雑誌「ふらんす」（四月号）に「郊外へ」の連載を開始（九五年三月号まで）。九月、ミシェル・リオ『踏みはずし』（翻訳）を白水社より刊行。一〇月、来日したリオの取材で通訳をつとめる。
一九九五年（平成七年）　三一歳
一月、「図書新聞」にて文芸時評を担当（同年一二月まで）。一一月、散文集『郊外へ』を白水社より刊行。帯文は須賀敦子。一二月、エルヴェ・ギベールの写真論的エッセイ『幻のイマージュ』（翻訳）を集英社より刊行。
一九九六年（平成八年）　三二歳
一月、「現代詩手帖」（二月号）にて「雑歌集」の連載を開始（同年一一月号まで）。四月、明治大学理工学部専任講師となる。八月、「ユリイカ」（九月号）にて「遠い街」の連載を開始（九七年一〇月号まで）。三段組み九ポイント、見開き二頁に四〇〇字詰め原稿用紙換算で二四枚ほどを埋め込む。
一九九七年（平成九年）　三三歳
四月、明治学院大学非常勤講師となり、白金校舎で仏文科の演習を担当（二〇〇一年まで）。
一九九八年（平成一〇年）　三四歳
七月、「遠い街」に「ユリイカ」ムーミン特集に寄せた一文「のぼりとのスナフキン」を加え、散文集『おぱらばん』として青土社より刊行。八月末から九月上旬にかけてパリに滞在。詩人ジャック・レダを訪ね、ガンベッタ、ベルヴィル界隈をともに歩く。

一九九九年（平成一一年）　三五歳

三月、「図書新聞」にて「回送電車」の連載を開始（不定期）。ミシェル・フーコー『思考集成〈2〉文学・言語・エピステモロジー』（共訳）を筑摩書房より刊行。スリジー・ラ・サルでの小説をめぐるシンポジウムの翻訳を担当した。四月、明治大学理工学部助教授となる。「書斎の競馬」にて「いつか王子駅で」の隔月連載を開始（雑誌休刊に伴い第七回で中断）。五月、『おぱらばん』で第一二回三島由紀夫賞受賞。九月より、「読売新聞」にて「季評文学」を担当（〇一年四月まで）。

二〇〇〇年（平成一二年）　三六歳

四月、「FRONT」にて「水辺のシネマ館」の連載を開始（〇一年三月まで）。五月、「現代詩手帖」の連載「雑歌集」、パリ郊外とポラールを扱った論考を含む散文集『子午線を求めて』を思潮社より、書き下ろしの山川方夫論「二人きりの孤独」を含む批評的散文集『書かれる手』を平凡社より刊行。七月より「日本経済新聞」にて「プロムナード」を担当（同年一二月まで）。一一月、「熊の敷石」を「群像」（一二月号）に発表。

二〇〇一年（平成一三年）　三七歳

一月、「熊の敷石」で第一二四回芥川賞受賞。二月、『熊の敷石』を講談社より刊行。四月、「朝日新聞」書評委員となる（〇四年三月まで）。五月、散文集『回送電車』を中央公論新社より刊行。同月、白水社の「ユルスナール・セレクション」第一巻、『ハドリアヌス帝の回想』に「ほほえみの粉──一九五一年八月の出来事」を寄稿。以後、シリーズ全六巻に巻末エッセイを寄せる。六月、「書斎の競馬」休刊で中断していた連載に加筆し、『いつか王子駅で』として新潮社より刊行。八月、ジャック・レダの詩文集『パリの廃墟』（翻訳）をみすず書房より刊行。一二月、「スタンス・ドット」を「新潮」（一月号）に発表。同月、「ユリイカ」（一月号）にてジョルジュ・ペロス論「魔法の石板」の連載を開始（〇三年四月号まで）。

二〇〇二年（平成一四年）　三八歳

一月、「読売新聞」夕刊にて「アクセスポイント」を担当（同年一二月まで）。二月、短篇集『ゼラニウム』を朝日新聞社より刊行。三月、書評集『本の音』を晶文社より刊行。四月、長期研究休暇を得て、家族で一年間パリに滞在。同月、小島信夫との対談「われらが「小説」作法」を「新潮」（五月号）に掲載。七月、季刊誌「考える人」創刊号に「河岸段丘」を発表。同月、「新潮」（八月号）にて「河岸忘日抄」の連載を開始（〇四年一一月号まで）。八月、新設された小林秀雄賞の選考委員となり、初回選考会のため一時帰国。同月、「東京新聞」にて「多情物心」の連載を開始（同月末まで）。時差のある締切を少しでものばすため、挿絵の代わりに自分で撮影した写真を用いる。一〇月、メジッスリー河岸で、オレンジ・黒・白・茶色の毛を持つ生後二ヶ月の雑種の仔猫に出会い、引き取る。一一月、『回送電車』の韓国語訳『회송전차』を乙酉文化社より刊行（キム・ナンジュ訳）。一二月、共編著『島崎藤村・北村透谷』を筑摩書房より刊行。同月、「本の旅人」（一月号）にて「もののはずみ」の連載を開始（〇四年一二月号まで）。

二〇〇三年（平成一五年）　三九歳

一月、雑誌の取材で二週間イタリア各地の工房をまわる。三月、猫とともに帰国。四月、「スタンス・ドット」で第二九回川端康成文学賞受賞。七月、パトリック・モディアノ『八月の日曜日』（翻訳）を水声社より刊行。一一月、短篇集『雪沼とその周辺』を新潮社より刊行。一二月、『魔法の石板——ジョルジュ・ペロスの方へ』を青土社より刊行。
二〇〇四年（平成一六年）　四〇歳
二月、『雪沼とその周辺』で第八回木山捷平文学賞を受賞。四月、明治大学理工学部教授となる。同月、群像新人賞選考委員となる（第四七回から第五一回まで）。六月、『一階でも二階でもない夜――回送電車Ⅱ』を中央公論新社より刊行。七月、「図書」にて「バン・マリーへの手紙」の連載を開始（〇六年六月号まで）。八月、『雪沼とその周辺』で第四〇回谷崎潤一郎賞を受賞。
二〇〇五年（平成一七年）　四一歳
二月、『河岸忘日抄』を新潮社より刊行。三月、『熊の敷石』の韓国語訳『곰의 포석』を文学トンネより刊行（シン・ウンジュ他訳）。四月、「クロワッサン」（四月二五日号）にて「彼女のいる背表紙」の連載を開始（〇七年四月一〇日号まで）。同月、「毎日新聞」書評委員となる。五月、鎌倉市に吉田秀和氏を訪ねる。七月、『もののはずみ』を角川書店より刊行。八月、「おぱらばん」の仏訳「Auparavant」がセシル・デフォ社『Pour un autre roman japonais』に収録される（ジャック・レヴィ訳）。
二〇〇六年（平成一八年）　四二歳
二月、『河岸忘日抄』で第五七回読売文学賞（小説賞）を受賞。四月二日、「毎日新聞」日曜版にて「めぐらし屋」の連載を開始（同年九月二四日まで）。同月、『熊の敷石』の仏訳『Le Pavé de l'ours』をガリマール社より刊行（アンヌ・バヤール＝坂井訳）。九月、雑誌の取材でパリへ。街中の文房具店や画材店をまわる。ガリマール社にフィリップ・ソレルスを訪ね、インタビューをする。一二月、ソレルス『神秘のモーツァルト』（翻訳）を集英社より刊行。同月、「法王のピアノ　ソレルス訪問記」を「すばる」（一月号）に発表。同月、「花時間」（一月号）にて「季節の余白に」の連載を開始（〇七年一二月号まで）。

二〇〇七年（平成一九年）　四三歳

一月、「婦人公論」（一月二二日号）にて「正弦曲線」の連載を開始（〇八年一二月二二日・〇九年一月七日合併号まで）。二月、「都心に住む」（三月号）にて「環状線の内側で」の連載を開始（〇八年二月号まで）。四月、早稲田大学文学学術院文化構想学部教授となる。同月、『めぐらし屋』を毎日新聞社より刊行。五月、「dancyu」にて、角田光代と交代で「私的読食録」の連載を開始（継続中）。同月、散文集『バン・マリーへの手紙』を岩波書店より刊行。七月、ETV特集「言葉で奏でる音楽 吉田秀和の軌跡」に出演。九月、『アイロンと朝の詩人――回送電車Ⅲ』を中央公論新社より刊行。

二〇〇八年（平成二〇年）　四四歳

一月、日仏翻訳文学賞選考委員となる。二月、「クロノス日本版」（三月号）にて「戸惑う窓」の連載を開始（一二年一月号まで）。三月、パリ高等師範学校にて、アンヌ・バヤール＝坂井と翻訳をめぐる講演を行う。六月、「考える人」の取材でフランスへ。ジャン＝ルー・トラッサール、ミシェル・トゥルニエにインタビューをする。『熊の敷石』を読んだトゥルニエから、これは「きつい《デュール》」作品だ、と評される。八月、短篇アンソロジー『記憶に残っていること』を編み、新潮社より刊行。同月、「すばる」（九月号）にて「なずな」の連載を開始（一〇年九月号まで）。同月、ちよだ文学賞選考委員となる（第三回から第一〇回まで）。同月、「東京人」にて「曇天記」の連載を開始（継続中）。一〇月、短篇集『未見坂』を新潮社より刊行。同月、「季刊 永青文庫」にて「坂を見あげて」の連載を開始（一四年一〇月号まで）。一一月、「GQ JAPAN」にて「喫水検査」を連載（一〇年一一月号まで）。同月、野間文芸新人賞の選考委員となる（第三〇回から第三五回まで）。
二〇〇九年（平成二一年）四五歳
六月、『彼女のいる背表紙』をマガジンハウスより刊行。同月、森岡書店で写真展を開催。九月、散文集『正弦曲線』を中央公論新社より刊行。一二月、編集と解説を担当した『吉田一穂傑作選　白鳥古丹《カムイコタン》』を幻戯書房より刊行。
二〇一〇年（平成二二年）四六歳
二月、『正弦曲線』で第六一回読売文学賞（随筆・紀行賞）受賞。五月より「ミセス」（六月号）にて輪番書評を担当（一五年七月号まで）。八月、谷崎潤一郎賞選考委員となる。九月、第二〇回ドゥ・マゴ文学賞選考委員として、朝吹真理子「流跡」を受賞作とする。同月、ロベール・ドアノーの自伝的エッセイ『不完全なレンズで　回想と肖像』（翻訳）を月曜社より刊行。一〇月、「いくつもの穴が掘られている土地　駒井哲郎をめぐる断章」を『駒井哲郎作品展』カタログ（資生堂）に寄稿。同月、「37度7分と38度4分のあいだで――エルヴェ・ギベールの写真をめぐって」を、『ラヴズ・ボディ――生と性を巡る表現展』カタログ（東京都写真美術館編）に寄稿。一一月、池澤夏樹＝個人編集『世界文学全集　短篇コレクションⅡ』に、ポール・ガデンヌ「鯨」を訳載。
二〇一一年（平成二三年）四七歳
一月、鬼海弘雄写真集『アナトリア』（クレヴィス）に、「曇天の村道を行くアヒルの数を記すこと」を寄稿。三月、震災後、サラヴァ東京で開かれた「ことばのポトラック」に参加。以後、現在まで活動を持続。同月、川端康成文学賞の選考委員となる（一九年の休止まで）。五月、『なずな』を集英社より刊行。娘が二歳のときに描いた落書きを表紙にあしらう。同月、『象が踏んでも──回送電車Ⅳ』を中央公論新社より刊行。同月、「ふらんす」（六月号）に「マルグリット・ユルスナール　5歳の少女のまなざし」を発表。六月、「キネマ旬報」（六月下旬号）にて「読む、映画」を担当（一二年五月下旬号まで）。七月、「東京新聞」にて「紙つぶて」を担当（同年一二月まで）。一二月、「群像」（一月号）に書き下ろし作品「燃焼のための習作」を発表。

二〇一二年（平成二四年）　四八歳

三月、『時計まわりで迂回すること──回送電車Ⅴ』を中央公論新社より刊行。同月、書評集『振り子で言葉を探るように』を毎日新聞社より刊行。同月、『雪沼とその周辺』の仏訳『Les Marais des neiges』をガリマール社より刊行（アンヌ・バヤール＝坂井訳）。サロン・ド・リーヴル招待作家としてパリに滞在。四月、写真集『目ざめて腕時計を見ると』をサンクチュアリ出版より刊行。五月、『なずな』で第二三回伊藤整文学賞を受賞。同月、『燃焼のための習作』を講談社より刊行。六月、伊藤整賞授賞式のため、はじめて北海道を訪れる。七月、芥川賞選考委員となる。同月、「水天宮のモーツァルト──吉田秀和追悼」を「すばる」（八月号）に、「いいおぢいさんでした──吉田秀和追悼」を「中原中也研究」（第一七号）に発表。九月、すばる文学賞選考委員となる。同月、「Europe」誌創刊九〇周年記念号にインタビュー「Bain-Marie」を掲載。一一月、「鞠足の発する言葉」を「リポート笠間」（第五三号）に発表。一二月、批評的散文集『余りの風』をみすず書房より刊行。

二〇一三年（平成二五年）　四九歳

一月、『振り子で言葉を探るように』で第一一回毎日書評賞を受賞。一〇月、『堀辰雄展　生と死と愛と』（鎌倉文学館）に「快活な亡者の眼差し――鎌倉の堀辰雄」を寄稿。一一月、須賀敦子『イタリアの詩人たち』（新装版）に「拒否のバランス」を寄稿。一二月、小島信夫『ラヴ・レター』（夏葉社）に「あなた、今までどこにいたの――『ラヴ・レター』に寄せて」を寄稿。

二〇一四年（平成二六年）　五〇歳

一月、窓をめぐる散文集『戸惑う窓』を中央公論新社より刊行。同月、「クラシックプレミアム」（創刊号）にて「音の糸」の連載を開始（一五年一二月八日号まで）。同月、高見順賞選考委員となる（第四四回から第四八回まで）。三月、「ミセス」（四月号）にて「季節の環のなかへ」の連載を開始（同年一二月号まで）。写真も担当する。同月、「芸術新潮」（四月号）にて「定形外郵便」の連載を開始。四月、野呂邦暢『野呂邦暢小説集成〈3〉草のつるぎ』（文遊社）に「乾いた井戸の底から」を寄稿。五月初旬、ロベール・クートラスの跡を追って、フランス各地を取材。六月、郡山市立美術館でロベール・ドアノーについて、八月、豊田市美術館でフォートリエとジャン・ポーランについて、軽井沢町平岡篤頼文庫で平岡文学について講演。一一月、「固くて柔らかくて白いものを投げあげる」を『内藤礼　信の感情』展カタログ（東京都庭園美術館）に寄稿。一二月、「ミコクリエを探して――パトリック・モディアノに」を「すばる」（一月号）に発表。同月、「なごみ」（一月号）にて「くちすうの夢」の連載を開始（一五年一二月号まで）。

二〇一五年（平成二七年）　五一歳

六月、芸術論集『仰向けの言葉』を平凡社より刊行。八月、マルグリット・ユルスナール『なにが？　永遠が』（翻訳）を白水社より刊行。訳了後、深い虚脱状態に陥る。同月、「一ダースのうずらをめぐって」を「すばる」（九月号）に発表。一〇月、角田光代との共著『私的読食録』をプレジデント社より刊行。同月、『現代版絵本　御伽草子　象の草子』を講談社より刊行。同月、「オールドレンズの神のもとで」を、『Shoji Ueda』(Chose Commune)に寄稿(英・仏・日三ヵ国語版。英訳はデヴィッド・ボイド、仏訳はアンヌ・バヤール＝坂井)。
二〇一六年(平成二八年)五二歳
一月、〇九年から断続的に書き継いできた短篇をあわせ、『その姿の消し方』として新潮社より刊行。同月、紀貫之『土左日記』の現代語訳を担当した『竹取物語　伊勢物語　堤中納言物語　土左日記　更級日記』(池澤夏樹＝個人編集『日本文学全集第三巻』)を、河出書房新社より刊行。七月、「消された声　鴇田とみ「からの」手紙」を『藤田嗣治　妻とみへの手紙　1913―1916　上巻・大戦前のパリより』(人文書院)に寄稿。一一月、『その姿の消し方』で第六九回野間文芸賞受賞。
二〇一七年(平成二九年)五三歳
一月、クラシック音楽をめぐる散文集『音の糸』を小学館より刊行。二月、「工芸青花」(第七号)にて「ロベール・クートラスをめぐる断章群」の連載を開始(継続中)。三月、「日本経済新聞」にて「傍らにいた人」の連載を開始(一八年二月まで)。四月、「群像」(五月号)にて「二月のつぎに七月が」の連載を開始(継続中)。七月、「アンデル」にて小川洋子との往復書簡形式の共同作品「あとは切手を、一枚貼るだけ」の連載を開始(一八年八月号まで)。第二回以後、偶数回を担当。一二月、パリから連れてきた愛猫が闘病の末に逝く。同月、津島佑子『大いなる夢よ、光よ』(人文書院)に「「タマシイ」の音符」を寄稿。
二〇一八年(平成三〇年)五四歳
一月、Pushkin Press 社から『熊の敷石』の英訳『The Bear and the Paving Stone』を刊行（ゲライント・ハウエルズ訳）。二月、『坂を見あげて』を中央公論新社より刊行。同月、『曇天記』を都市出版より刊行。三月、宇佐見英治の作品を編んだ『言葉の木蔭』を港の人より刊行。六月、短篇集『オールドレンズの神のもとで』を文藝春秋より刊行。一〇月、林武史『凸凹な石』（求龍堂）に「寝返りを打つ石たち――林武史の世界に寄せて」を寄稿。一一月、『傍らにいた人』を日本経済新聞社より刊行。

二〇一九年（平成三一年・令和元年）　五五歳

一月、『松本竣介　読書の時間』展カタログ（大川美術館）に、「内なる神の属性として――松本竣介の本棚」を寄稿。同月、『イケムラレイコ　土と星 Our Planet』（求龍堂）に「存在の曲線を棒グラフにしないこと」を寄稿。同月、「ふらんす堂通信」（第一五九号）に「こわい俳句」を発表。同月、「LES DEUX MAGOTS PARIS Littéraire」（第一八号）に「活字のなかの碧眼」を発表。二月、「別冊太陽　藤田嗣治・腕一本で世界に挑む」（平凡社）に「えぐり取られた心のありか」を発表。三月、鬼海弘雄『PERSONA　最終章』（筑摩書房）に「傾きという鬼の摂理」を寄稿。四月、『ある編集者のユートピア　小野二郎：ウィリアム・モリス、晶文社、高山建築学校』展カタログ（世田谷美術館）に「そこにはないものの大切さ」を寄稿。六月、『あとは切手を、一枚貼るだけ』（小川洋子との共同作品）を中央公論新社より刊行。

（二〇一九年七月三日　堀江敏幸編）

本書は『子午線を求めて』（講談社文庫、二〇〇八年一〇月刊）を底本としました。

子午線《しごせん》を求《もと》めて
堀江敏幸《ほりえとしゆき》

二〇一九年八月八日第一刷発行

発行者――渡瀬昌彦
発行所――株式会社 講談社
東京都文京区音羽2・12・21 〒112-8001
電話 編集（03）5395・3513
販売（03）5395・5817
業務（03）5395・3615

デザイン―菊地信義
印刷――豊国印刷株式会社
製本――株式会社国宝社
本文データ制作―講談社デジタル製作

定価はカバーに表示してあります。

講談社
文芸文庫

ISBN978-4-06-516839-4

講談社文芸文庫

坂上弘——故人　若松英輔——解／田谷良一、吉原洋一-年
坂口安吾—風と光と二十の私と　川村 湊——解／関井光男—案
坂口安吾—桜の森の満開の下　川村 湊——解／和田博文—案
坂口安吾—白痴|青鬼の褌を洗う女　川村 湊——解／原 子朗——案
坂口安吾—信長|イノチガケ　川村 湊——解／神谷忠孝—案
坂口安吾—オモチャ箱|狂人遺書　川村 湊——解／荻野アンナ-案
坂口安吾—日本文化私観 坂口安吾エッセイ選　川村 湊——解／若月忠信—年
坂口安吾—教祖の文学|不良少年とキリスト 坂口安吾エッセイ選　川村 湊——解／若月忠信—年
阪田寛夫—庄野潤三ノート　富岡幸一郎-解
鷺沢萠——帰れぬ人びと　川村 湊——解／著者、オフィスめめ-年
佐々木邦—凡人伝　岡崎武志—解
佐々木邦—苦心の学友 少年倶楽部名作選　松井和男—解
佐多稲子—私の東京地図　川本三郎—解／佐多稲子研究会-年
佐藤紅緑—ああ玉杯に花うけて 少年倶楽部名作選　紀田順一郎-解
佐藤春夫—わんぱく時代　佐藤洋二郎-解／牛山百合子-年
里見弴——恋ごころ 里見弴短篇集　丸谷才一—解／武藤康史—年
澤田謙——プリューターク英雄伝　中村伸二—年
椎名麟三—神の道化師|媒妁人 椎名麟三短篇集　井口時男—解／斎藤末弘—年
椎名麟三—深夜の酒宴|美しい女　井口時男—解／斎藤末弘—年
島尾敏雄—その夏の今は|夢の中での日常　吉本隆明—解／紅野敏郎—案
島尾敏雄—はまべのうた|ロング・ロング・アゴウ　川村 湊——解／柘植光彦—案
島田雅彦—ミイラになるまで 島田雅彦初期短篇集　青山七恵—解／佐藤康智—年
志村ふくみ-一色一生　高橋 巖——人／著者———年
庄野英二—ロッテルダムの灯　著者———年
庄野潤三—夕べの雲　阪田寛夫—解／助川徳是—案
庄野潤三—インド綿の服　齋藤礎英—解／助川徳是—年
庄野潤三—ピアノの音　齋藤礎英—解／助川徳是—年
庄野潤三—野菜讃歌　佐伯一麦—解／助川徳是—年
庄野潤三—ザボンの花　富岡幸一郎-解／助川徳是—年
庄野潤三—鳥の水浴び　田村 文——解／助川徳是—年
庄野潤三—星に願いを　富岡幸一郎-解／助川徳是—年
庄野潤三—明夫と良二　上坪裕介—解／助川徳是—年
笙野頼子—幽界森娘異聞　金井美恵子-解／山崎眞紀子-年
笙野頼子—猫道 単身転々小説集　平田俊子—解／山崎眞紀子-年

▶解=解説　案=作家案内　人=人と作品　年=年譜を示す。　2019年8月現在

講談社文芸文庫

白洲正子―かくれ里　青柳恵介―人／森 孝一―年
白洲正子―明恵上人　河合隼雄―人／森 孝一―年
白洲正子―十一面観音巡礼　小川光三―人／森 孝一―年
白洲正子―お能|老木の花　渡辺 保―人／森 孝一―年
白洲正子―近江山河抄　前 登志夫―人／森 孝一―年
白洲正子―古典の細道　勝又 浩―人／森 孝一―年
白洲正子―能の物語　松本 徹―人／森 孝一―年
白洲正子―心に残る人々　中沢けい―人／森 孝一―年
白洲正子―世阿弥 ―花と幽玄の世界　水原紫苑―人／森 孝一―年
白洲正子―謡曲平家物語　水原紫苑―解／森 孝一―年
白洲正子―西国巡礼　多田富雄―解／森 孝一―年
白洲正子―私の古寺巡礼　高橋睦郎―解／森 孝一―年
白洲正子―[ワイド版]古典の細道　勝又 浩―人／森 孝一―年
杉浦明平―夜逃げ町長　小嵐九八郎―解／若杉美智子―年
鈴木大拙訳-天界と地獄 スエデンボルグ著　安藤礼二―解／編集部―年
鈴木大拙―スエデンボルグ　安藤礼二―解／編集部―年
青鞜社編―青鞜小説集　森 まゆみ―解
曽野綾子―雪あかり 曽野綾子初期作品集　武藤康史―解／武藤康史―年
高井有一―時の潮　松田哲夫―解／武藤康史―年
高橋源一郎-さようなら、ギャングたち　加藤典洋―解／栗坪良樹―年
高橋源一郎-ジョン・レノン対火星人　内田 樹―解／栗坪良樹―年
高橋源一郎-虹の彼方に《オーヴァー・ザ・レインボウ》　矢作俊彦―解／栗坪良樹―年
高橋源一郎-ゴーストバスターズ 冒険小説　奥泉 光―解／若杉美智子―年
高橋たか子-誘惑者　山内由紀人-解／著者―年
高橋たか子-人形愛|秘儀|甦りの家　富岡幸一郎-解／著者―年
高橋英夫―新編 疾走するモーツァルト　清水 徹―解／著者―年
高見順―如何なる星の下に　坪内祐三―解／宮内淳子―年
高見順―死の淵より　井坂洋子―解／宮内淳子―年
高見順―わが胸の底のここには　荒川洋治―解／宮内淳子―年
高見沢潤子-兄 小林秀雄との対話 人生について
武田泰淳―蝮のすえ|「愛」のかたち　川西政明―解／立石 伯―案
武田泰淳―司馬遷―史記の世界　宮内 豊―解／古林 尚―年
武田泰淳―風媒花　山城むつみ-解／編集部―年
竹西寛子―式子内親王|永福門院　雨宮雅子―人／著者―年

講談社文芸文庫

太宰治	男性作家が選ぶ太宰治	編集部──年
太宰治	女性作家が選ぶ太宰治	
太宰治	30代作家が選ぶ太宰治	編集部──年
田中英光	空吹く風|暗黒天使と小悪魔|愛と憎しみの傷に 田中英光デカダン作品集 道籏泰三編	道籏泰三──解／道籏泰三──年
谷崎潤一郎	金色の死 谷崎潤一郎大正期短篇集	清水良典──解／千葉俊二──年
種田山頭火	山頭火随筆集	村上 護──解／村上 護──年
田村隆一	腐敗性物質	平出 隆──人／建畠 晢──年
多和田葉子	ゴットハルト鉄道	室井光広──解／谷口幸代──年
多和田葉子	飛魂	沼野充義──解／谷口幸代──年
多和田葉子	かかとを失くして|三人関係|文字移植	谷口幸代──解／谷口幸代──年
多和田葉子	変身のためのオピウム|球形時間	阿部公彦──解／谷口幸代──年
多和田葉子	雲をつかむ話|ボルドーの義兄	岩川ありさ──解／谷口幸代──年
近松秋江	黒髪|別れたる妻に送る手紙	勝又 浩──解／柳沢孝子──案
塚本邦雄	定家百首|雪月花(抄)	島内景二──解／島内景二──年
塚本邦雄	百句燦燦 現代俳諧頌	橋本 治──解／島内景二──年
塚本邦雄	王朝百首	橋本 治──解／島内景二──年
塚本邦雄	西行百首	島内景二──解／島内景二──年
塚本邦雄	秀吟百趣	島内景二──解
塚本邦雄	珠玉百歌仙	島内景二──解
塚本邦雄	新撰 小倉百人一首	島内景二──解
塚本邦雄	詞華美術館	島内景二──解
塚本邦雄	百花遊歴	島内景二──解
辻邦生	黄金の時刻の滴り	中条省平──解／井上明久──年
辻潤	絶望の書|ですぺら 辻潤エッセイ選	武田信明──解／高木 護──年
津島美知子	回想の太宰治	伊藤比呂美──解／編集部──年
津島佑子	光の領分	川村 湊──解／柳沢孝子──案
津島佑子	寵児	石原千秋──解／与那覇恵子──年
津島佑子	山を走る女	星野智幸──解／与那覇恵子──年
津島佑子	あまりに野蛮な 上・下	堀江敏幸──解／与那覇恵子──年
津島佑子	ヤマネコ・ドーム	安藤礼二──解／与那覇恵子──年
鶴見俊輔	埴谷雄高	加藤典洋──解／編集部──年
寺田寅彦	寺田寅彦セレクション I 千葉俊二・細川光洋選	千葉俊二──解／永橋禎子──年
寺田寅彦	寺田寅彦セレクション II 千葉俊二・細川光洋選	細川光洋──解

講談社文芸文庫

中村光夫 ―二葉亭四迷伝 ある先駆者の生涯	絓 秀実――解／十川信介――案
中村光夫選－私小説名作選 上・下 日本ペンクラブ編	
中村光夫 ―谷崎潤一郎論	千葉俊二―解／金井景子―年
中村武羅夫－現代文士廿八人	齋藤秀昭―解
夏目漱石 ―思い出す事など｜私の個人主義｜硝子戸の中	石﨑 等――年
西脇順三郎－*ambarvalia*｜旅人かへらず	新倉俊――人／新倉俊一―年
日本文藝家協会編－現代小説クロニクル1975～1979	川村 湊――解
日本文藝家協会編－現代小説クロニクル1980～1984	川村 湊――解
日本文藝家協会編－現代小説クロニクル1985～1989	川村 湊――解
日本文藝家協会編－現代小説クロニクル1990～1994	川村 湊――解
日本文藝家協会編－現代小説クロニクル1995～1999	川村 湊――解
日本文藝家協会編－現代小説クロニクル2000～2004	川村 湊――解
日本文藝家協会編－現代小説クロニクル2005～2009	川村 湊――解
日本文藝家協会編－現代小説クロニクル2010～2014	川村 湊――解
丹羽文雄 ―小説作法	青木淳悟―解／中島国彦―年
野口冨士男－なぎの葉考｜少女 野口冨士男短篇集	勝又 浩――解／編集部――年
野口冨士男－風の系譜	川本三郎―解／平井一麥―年
野口冨士男－感触的昭和文壇史	川村 湊――解／平井一麥―年
野坂昭如 ―人称代名詞	秋山 駿――解／鈴木貞美―案
野坂昭如 ―東京小説	町田 康――解／村上玄一―年
野崎 歓 ――異邦の香り ネルヴァル『東方紀行』論	阿部公彦―解
野田宇太郎－新東京文学散歩 上野から麻布まで	坂崎重盛―解
野田宇太郎－新東京文学散歩 漱石・一葉・荷風など	大村彦次郎－解
野間 宏 ――暗い絵｜顔の中の赤い月	紅野謙介―解／紅野謙介―年
野呂邦暢 ―[ワイド版]草のつるぎ｜一滴の夏 野呂邦暢作品集	川西政明―解／中野章子―年
橋川文三 ―日本浪曼派批判序説	井口時男―解／赤藤了勇―年
蓮實重彥 ―夏目漱石論	松浦理英子－解／著者――年
蓮實重彥 ―「私小説」を読む	小野正嗣―解／著者――年
蓮實重彥 ―凡庸な芸術家の肖像 上 マクシム・デュ・カン論	
蓮實重彥 ―凡庸な芸術家の肖像 下 マクシム・デュ・カン論	工藤庸子―解
蓮實重彥 ―物語批判序説	磯﨑憲一郎－解
花田清輝 ―復興期の精神	池内 紀――解／日高昭二―年
埴谷雄高 ―死霊 Ⅰ Ⅱ Ⅲ	鶴見俊輔―解／立石 伯――年
埴谷雄高 ―埴谷雄高政治論集 埴谷雄高評論選書1 立石伯編	

埴谷雄高	埴谷雄高思想論集 埴谷雄高評論選書2 立石伯編	
埴谷雄高	埴谷雄高文学論集 埴谷雄高評論選書3 立石伯編	立石 伯──年
埴谷雄高	酒と戦後派 人物随想集	
濱田庄司	無盡蔵	水尾比呂志-解／水尾比呂志-年
林 京子	祭りの場｜ギヤマン ビードロ	川西政明──解／金井景子──案
林 京子	長い時間をかけた人間の経験	川西政明──解／金井景子──年
林 京子	希望	外岡秀俊──解／金井景子──年
林 京子	やすらかに今はねむり給え｜道	青来有一──解／金井景子──年
林 京子	谷間｜再びルイへ。	黒古一夫──解／金井景子──年
林 芙美子	晩菊｜水仙｜白鷺	中沢けい──解／熊坂敦子──案
原 民喜	原民喜戦後全小説	関川夏央──解／島田昭男──年
東山魁夷	泉に聴く	桑原住雄──人／編集部──年
久生十蘭	湖畔｜ハムレット 久生十蘭作品集	江口雄輔──解／江口雄輔──年
日夏耿之介	ワイルド全詩（翻訳）	井村君江──解／井村君江──年
日夏耿之介	唐山感情集	南條竹則──解
日野啓三	ベトナム報道	著者──年
日野啓三	地下へ｜サイゴンの老人 ベトナム全短篇集	川村 湊──解／著者──年
日野啓三	天窓のあるガレージ	鈴村和成──解／著者──年
深沢七郎	笛吹川	町田 康──解／山本幸正──年
深沢七郎	甲州子守唄	川村 湊──解／山本幸正──年
深沢七郎	花に舞う｜日本遊民伝 深沢七郎音楽小説選	中川五郎──解／山本幸正──年
深瀬基寛	日本の沙漠のなかに	阿部公彦──解／柿谷浩一──年
福田恆存	芥川龍之介と太宰治	浜崎洋介──解／齋藤秀昭──年
福永武彦	死の島 上・下	富岡幸一郎-解／曾根博義──年
福永武彦	幼年　その他	池上冬樹──解／曾根博義──年
藤枝静男	悲しいだけ｜欣求浄土	川西政明──解／保昌正夫──案
藤枝静男	田紳有楽｜空気頭	川西政明──解／勝又 浩──案
藤枝静男	藤枝静男随筆集	堀江敏幸──解／津久井 隆──年
藤枝静男	愛国者たち	清水良典──解／津久井 隆──年
富士川英郎	読書清遊 富士川英郎随筆選 高橋英夫編	高橋英夫──解／富士川義之-年
藤澤清造	狼の吐息｜愛憎一念 藤澤清造 負の小説集	西村賢太──解／西村賢太──年
藤田嗣治	腕一本｜巴里の横顔 藤田嗣治エッセイ選 近藤史人編	近藤史人──解／近藤史人──年
舟橋聖一	芸者小夏	松家仁之──解／久米 勲──年
古井由吉	雪の下の蟹｜男たちの円居	平出 隆──解／紅野謙介──案

講談社文芸文庫

古井由吉——古井由吉自選短篇集 木犀の日	大杉重男——解／著者——年	
古井由吉——槿	松浦寿輝——解／著者——年	
古井由吉——聖耳	佐伯一麦——解／著者——年	
古井由吉——仮往生伝試文	佐々木 中——解／著者——年	
古井由吉——白暗淵	阿部公彦——解／著者——年	
古井由吉——蜩の声	蜂飼 耳——解／著者——年	
北條民雄——北條民雄 小説随筆書簡集	若松英輔——解／計盛達也——年	
堀田善衞——歯車|至福千年 堀田善衞作品集	川西政明——解／新見正彰——年	
堀 辰雄——風立ちぬ|ルウベンスの偽画	大橋千明——年	
堀江敏幸——子午線を求めて	野崎 歓——解／著者——年	
堀口大學——月下の一群（翻訳）	窪田般彌——解／柳沢通博——年	
正宗白鳥——何処へ|入江のほとり	千石英世——解／中島河太郎-年	
正宗白鳥——世界漫遊随筆抄	大嶋 仁——解／中島河太郎-年	
正宗白鳥——白鳥随筆 坪内祐三選	坪内祐三——解／中島河太郎-年	
正宗白鳥——白鳥評論 坪内祐三選	坪内祐三——解	
町田 康——残響 中原中也の詩によせる言葉	日和聡子——解／吉田凞生・著者-年	
松浦寿輝——青天有月 エセー	三浦雅士——解／著者——年	
松浦寿輝——幽|花腐し	三浦雅士——解／著者——年	
松下竜一——豆腐屋の四季 ある青春の記録	小嵐九八郎-解／新木安利他-年	
松下竜一——ルイズ 父に貰いし名は	鎌田 慧——解／新木安利他-年	
松下竜一——底ぬけビンボー暮らし	松田哲夫——解／新木安利他-年	
松田解子——乳を売る|朝の霧 松田解子作品集	高橋秀晴——解／江崎 淳——年	
丸谷才一——忠臣蔵とは何か	野口武彦——解	
丸谷才一——横しぐれ	池内 紀——解	
丸谷才一——たった一人の反乱	三浦雅士——解／編集部——年	
丸谷才一——日本文学史早わかり	大岡 信——解／編集部——年	
丸谷才一編-丸谷才一編・花柳小説傑作選	杉本秀太郎-解	
丸谷才一——恋と日本文学と本居宣長|女の救はれ	張 競——解／編集部——年	
丸谷才一——七十句|八十八句	編集部——年	
丸山健二——夏の流れ 丸山健二初期作品集	茂木健一郎-解／佐藤清文——年	
三浦哲郎——拳銃と十五の短篇	川西政明——解／勝又 浩——案	
三浦哲郎——野	秋山 駿——解／栗坪良樹——案	
三浦哲郎——おらんだ帽子	秋山 駿——解／進藤純孝——案	
三木 清——読書と人生	鷲田清一——解／柿谷浩一——年	

講談社文芸文庫

講談社文芸文庫

吉村 昭	月夜の記憶	秋山 駿——解／木村暢男——年
吉本隆明	西行論	月村敏行——解／佐藤泰正——案
吉本隆明	マチウ書試論|転向論	月村敏行——解／梶木 剛——案
吉本隆明	吉本隆明初期詩集	著者——解／川上春雄——案
吉本隆明	マス・イメージ論	鹿島 茂——解／高橋忠義——年
吉本隆明	写生の物語	田中和生——解／高橋忠義——年
吉本隆明	追悼私記 完全版	高橋源一郎-解
吉屋信子	自伝的女流文壇史	与那覇恵子-解／武藤康史——年
吉行淳之介	暗室	川村二郎——解／青山 毅——案
吉行淳之介	星と月は天の穴	川村二郎——解／荻久保泰幸-案
吉行淳之介	やわらかい話 吉行淳之介対談集 丸谷才一編	久米 勲——年
吉行淳之介	やわらかい話2 吉行淳之介対談集 丸谷才一編	久米 勲——年
吉行淳之介	街角の煙草屋までの旅 吉行淳之介エッセイ選	久米 勲——解／久米 勲——年
吉行淳之介編	酔っぱらい読本	徳島高義——解
吉行淳之介編	続・酔っぱらい読本	坪内祐三——解
吉行淳之介編	最後の酔っぱらい読本	中沢けい——解
吉行淳之介	[ワイド版]私の文学放浪	長部日出雄-解／久米 勲——年
吉行淳之介	わが文学生活	徳島高義——解／久米 勲——年
李恢成	サハリンへの旅	小笠原 克—解／紅野謙介——案
和田芳恵	ひとつの文壇史	久米 勲——解／保昌正夫——年

アポロニオス／岡 道男 訳
アルゴナウティカ　アルゴ船物語　岡 道男——解

荒井 献 編
新約聖書外典

荒井 献 編
使徒教父文書

アンダソン／小島信夫・浜本武雄 訳
ワインズバーグ・オハイオ　浜本武雄——解

ウルフ、T／大沢 衛 訳
天使よ故郷を見よ(上)(下)　後藤和彦——解

ゲーテ／柴田 翔 訳
親和力　柴田 翔——解

ゲーテ／柴田 翔 訳
ファウスト(上)(下)　柴田 翔——解

ジェイムズ、H／行方昭夫 訳
ヘンリー・ジェイムズ傑作選　行方昭夫——解

関根正雄 編
旧約聖書外典(上)(下)

セルー、P／阿川弘之 訳
鉄道大バザール(上)(下)

ドストエフスキー／小沼文彦・工藤精一郎・原 卓也 訳
鰐　ドストエフスキー ユーモア小説集　沼野充義——編・解

ドストエフスキー／井桁貞義 訳
やさしい女｜白夜　井桁貞義——解

ナボコフ／富士川義之 訳
セバスチャン・ナイトの真実の生涯　富士川義之—解

ハクスレー／行方昭夫 訳
モナリザの微笑　ハクスレー傑作選　行方昭夫——解

フォークナー／高橋正雄訳
響きと怒り　高橋正雄――解

ベールイ／川端香男里訳
ペテルブルグ(上)(下)　川端香男里－解

ボアゴベ／長島良三訳
鉄仮面(上)(下)

ボッカッチョ／河島英昭訳
デカメロン(上)(下)　河島英昭――解

マルロー／渡辺淳訳
王道　渡辺 淳――解

ミラー、H／河野一郎訳
南回帰線　河野一郎――解

メルヴィル／千石英世訳
白鯨　モービィ・ディック(上)(下)　千石英世――解

モーム／行方昭夫訳
聖火　行方昭夫――解

モーム／行方昭夫訳
報いられたもの|働き手　行方昭夫――解

モーリアック／遠藤周作訳
テレーズ・デスケルウ　若林 真――解

魯迅／駒田信二訳
阿Q正伝|藤野先生　稲畑耕一郎－解

ロブ=グリエ／平岡篤頼訳
迷路のなかで　平岡篤頼――解

講談社文芸文庫

堀江敏幸
子午線を求めて

敬愛する詩人ジャック・レダの文章に導かれて、パリ子午線の痕跡をたどりながら、「私」は街をさまよい歩く。作家としての原点を映し出す、初期傑作散文集。

解説=野崎 歓　年譜=著者
ほF1
978-4-06-516839-4

藤澤清造　西村賢太 編・校訂
狼の吐息/愛憎一念
藤澤清造　負の小説集

解説・年譜=西村賢太
ふN1
978-4-06-516677-2

貧苦と怨嗟を戯作精神で彩った作品群から歿後弟子・西村賢太が精選し、校訂を施す。新発見原稿を併せ、不屈を貫いた私小説家の〝負〟の意地の真髄を照射する。